O OUTRO LADO DA MOEDA
(Teleny)

copyright Hedra
edição brasileira© Hedra 2014
tradução© Francisco Innocêncio

título original Teleny, or the reversal of the medal
primeira edição 1893

edição Luis Dolhnikoff e Bruno Costa
coedição Jorge Sallum
assistência editorial Luan Maitan
revisão Ana Lima Cecilio
capa Julio Dui
imagem da capa Latinstock/Martin Meyer/Corbis

ISBN 978-85-7715-367-1

Grafia atualizada segundo o Acordo Ortográfico da Língua Portuguesa de 1990, em vigor no Brasil desde 2009.

EDITORA HEDRA LTDA.
R. Fradique Coutinho, 1139 (subsolo)
05416-011 São Paulo SP Brasil
Telefone/Fax +55 11 3097 8304

editora@hedra.com.br
www.hedra.com.br

Foi feito o depósito legal.

O OUTRO LADO DA MOEDA

(Teleny)

[Oscar Wilde]

Aurora Bernardini (*introdução*)
Francisco Innocêncio (*tradução*)

2ª edição

hedra

São Paulo_2014

[Oscar Wilde] (Dublin, 1854–Paris, 1900), poeta, dramaturgo, escritor e satirista irlandês, famoso por obras-primas como *O retrato de Dorian Gray* (1891), *Salomé* (1893), *O príncipe Feliz e outros contos* (1888) e *O fantasma de Canterville* (1887) e por sua clamorosa prisão por prática de homossexualismo (1895–1897). Filho de pais ilustres (o pai foi um dos maiores cirurgiões da Irlanda, e a mãe, poeta, feminista e nacionalista, mantinha um salão literário), foi brilhante nos estudos, acumulou prêmios tanto em Dublin quanto em Oxford e aprendeu vários idiomas, entre os quais o grego e o latim. Em 1878, mudou-se para Londres, onde se tornou um expoente do Esteticismo, movimento artístico que propunha a arte pela arte, e levou uma vida intensamente mundana, conquistando a alta sociedade da época, que lhe perdoava as extravagâncias e excessos. Publicou poemas, foi crítico de arte, viajou pela Europa, Canadá e Estados Unidos como conferencista e foi colaborador de revistas e jornais. Em 1884, casou-se com Constance Lloyd, que lhe deu dois filhos e morreu em 1898. Na verdade, o casamento já havia se desfeito antes, pois, em 1891, Wilde conhecera o jovem Lord Alfred Douglas (Bosie, autor do poema "Two Loves", onde há o famoso verso: "Eu sou o Amor que não ousa dizer seu nome") que se tornou sua grande paixão e a causa de sua ruína. Insultado publicamente como sodomita pelo pai do jovem, Wilde apresentou queixa-crime contra ele. A sociedade, que parecia fechar os olhos quando os parceiros de Wilde eram pessoas comuns, não perdoou o escândalo no seio da nobreza. Wilde foi condenado e perdeu os bens que lhe restavam e a guarda de seus filhos. Ao sair da prisão foi à França, sob o pseudônimo de Sebastian Melmoth, onde continuou escrevendo, e depois à Itália, onde tentou conviver abertamente com Bosie, mas as famílias de ambos, que custeavam a vida dos dois com um pequeno subsídio, não o permitiram.

De volta a Paris, Wilde foi acometido por meningite e morreu aos 46 anos, num hotel barato, após converter-se ao catolicismo. Após pedir sua última taça de champanhe, proferiu seu derradeiro *bon mot*: "Morro acima de minhas posses".

O outro lado da moeda (Teleny) (1893) romance escrito a várias mãos, teve sua autoria posteriormente atribuída a Oscar Wilde (Os colchetes indicam a dúvida quanto à autoria da obra, geralmente atribuída *a posteriori*.), que certamente interferiu em sua composição e edição. Foi uma das primeiras obras de literatura erótica em língua inglesa a tratar explicitamente do amor homossexual. O romance narra os conflitos íntimos do jovem Camille Des Grieux à medida que sua homossexualidade aflora, assim como seu romance com o pianista húngaro René Teleny. Dotado do estilo irônico e sagaz que caracteriza o decadentismo inglês, *Teleny* é também uma denúncia contra o puritanismo vitoriano.

Francisco Innocêncio é tradutor e mestre em Letras pela Universidade Federal do Paraná (UFPR). Traduziu *Educação de um bandido*, de Edward Bunker (Barracuda, 2005), *Perto de casa*, de Peter Robinson (Record, 2005), *Espinheiro*, de Ross Thomas (Record, 2006), *O Rei das Mentiras*, John Hart (Record, 2008), entre outros títulos. Atualmente, dedica-se ao estudo do mito literário de Fausto e sua presença na obra do poeta romântico brasileiro Álvares de Azevedo.

Aurora Bernardini leciona Literatura Russa e Literatura Comparada na pós-gradução da Universidade de São Paulo (USP). Em 2004, partilhou com Haroldo de Campos o prêmio Jabuti pela tradução de poemas de Ungaretti, *Daquela estrela à outra* (Ateliê Editorial). Traduziu *Indícios flutuantes*, de Marina Tsvetáieva (Martins Fontes, 2006), e, juntamente com Homero Freitas de Andrade, *O exército de cavalaria*, de Isaac Bábel (Cosac Naify, 2006).

Sumário

Introdução

Aurora Bernardini

Embora Oscar Wilde, em sua longa carta a Lord Douglas, publicada em 1905 com o título *De Profundis* e escrita dezenove meses após sua prisão — quando finalmente lhe deram os meios para tanto — reconheça ter-se entregue, durante sua vida dissipada, aos mais desvairados prazeres, do ópio ao sexo, dominado que fora pelo desejo, e ignaro que "aquilo que se faz no segredo de quatro paredes teria, algum dia, de ser proclamado publicamente", ele jamais se entregou a isso em seus escritos.

Sua arte, cheia de alusões, paradoxos, matizes, epigramas, decadentista e por isso mesmo preciosa e altamente refinada, jamais permitiria uma descrição fisiológica dos segredos da alcova, tanto hetero quanto homossexual.

Esta, ao contrário, é justamente uma das características mais conspícuas de *O outro lado da moeda (Teleny)*, o romance gay publicado anonimamente em 1893, em duzentos exemplares, atribuído inicialmente a Wilde, e que, após passar pelas mãos de Charles Hirsch, o dono da Librairie Parisienne de Londres, que nele encontrou grafias diferentes e uma série de rasuras e correções, foi considerado obra de um esforço conjunto de escritores amigos de Wilde, sendo que este último teria sugerido alguns momentos do enredo e corrigido o manuscrito, se tanto.

Durante vinte anos, e mais precisamente de 1966 — data da publicação da obra pela Icon Books de Londres, expurgada em virtude da lei das publicações obscenas ainda em vigor na época — até 1986, data de sua publicação completa pela GMP londrina em sua série *Gay Modern Classics*, os originais da obra podiam ser consultados numa caixa especial, no British Museum. A partir daí as edições se sucederam, sendo a atual versão em português traduzida a partir da publicada pela Wordsworth Classics, na série *Wordsworth Classics Erotica*, em 1995.

O início da história, que descreve a paixão fulminante entre o jovem aristocrata francês Camille Des Grieux e o pianista de sangue cigano René Teleny, durante um concerto deste, lembra de perto a fascinação recíproca que teria existido entre Oscar Wilde e o jovem estudante universitário de 22 anos, Lord Alfred Douglas, a quem Wilde, em seu segundo encontro no verão de 1891, já se insinuara e presenteara com um exemplar de *O retrato de Dorian Gray*, que também, por alguns críticos, foi associado a *Teleny*. Nesta sua novela, publicada no mesmo ano de 1891, a vida de Dorian, o protagonista, é estranhamente assimilada à de um maravilhoso retrato que lhe fora presenteado e que vai mudando de feições conforme os atos de seu possuidor, jovem de posses e mimado pela sociedade, que aos poucos, vítima do instinto, vai se abandonando a uma série de atos fatais dos quais o retrato será o espelho, até a hecatombe final.

"Somente as coisas sagradas merecem ser tocadas"; "Belos pecados são o privilégio dos ricos"; "Se não se fala de uma coisa, ela nunca existiu", lê-se, entre um acontecimento e outro, na narrativa de *Dorian Gray*. Esses e outros aforismos generalizantes, que revelam o *panache* de Wilde, são sempre colocados a propósito, constelando o enredo, cinzelado em seus detalhes como uma joia e poderiam, com efeito, contribuir para a sedução do jovem Alfred. O que se passa em *Teleny*, entretanto, quanto aos aforismos, é que eles também têm uma tonalidade bastante explícita: "A vida só vale a pena enquanto prazerosa"; "... desprezei todo o gênero feminino, a praga do mundo", conclui, por exemplo, Camille Des Grieux, em suas considerações. Quanto às citações e referências de obras clássicas, o cuidado de Wilde é proverbial: "Art begins where imitation ends" — escreve ele em *De Profundis* — e arremata, ainda escrevendo da prisão: "O supremo e único modo de vida para um artista é a mera expressão". Ora, muitas vezes, em *Teleny*, as referências são tão diretas que em lugar de aludir, não apenas acompanham, mas parecem sublinhar os acontecimentos. Veja-se, por exemplo, o momento em que Camille, para tentar se furtar à fascinação por Teleny, seduz uma garota: "Os encantos de Leda, que fizeram Júpiter se transformar num cisne, ou os de Danae, quando separou suas coxas para receber no fundo de seu ventre a ardente chuva de ouro, não podiam ser mais tentadores do que os lábios daquela jovem garota".

Mesmo a questão da homossexualidade não é matizada ou nobilitada no livro, com referências a Platão ou a Davi, conforme faz Wilde respondendo a seu processo, antes de ser transferido para a prisão de Reading, mas é considerada simplesmente congênita, conforme haviam afirmado médicos como Auguste Tardieu e Cesare Lombroso.

Tirante esses reparos concernentes à autoria e alguns momentos ingênuos, a história que busca sofregamente a ação, não deixa de ser arquetipicamente enlevante e, de certa forma, romântica.

Após a primeira e conturbada aproximação, os dois jovens partilham suas experiências, muitas vezes escabrosas: as descrições das relações entre os sexos, sejam elas hetero ou homossexuais, são exacerbadas a ponto de raiarem ao expressionismo e a visita a casas de tolerância, antes femininas que masculinas, por parte do jovem Camille, está bem mais próxima de um Sade do que do naturalismo de um Zola. A paixão toma conta dos dois amantes e leva Camille a crises de ciúme, particularmente quando Teleny o informa que deverá se ausentar por alguns dias devido à sua atuação em um concerto. Durante a ausência deste, Camille volta à residência do amigo e descobre que Teleny mentiu e que, da forma mais ignóbil, o traiu. Segue-se uma separação violenta e, por parte de Camille, uma tentativa de suicídio. Após seu restabelecimento há, *in extremis*, o reencontro e a explicação dos dois amantes que renovam suas juras frente a um destino inexoravelmente adverso.

Fecha-se assim a história de duas personagens, acompanhadas pelo narrador em sua existência dramática, que também, como Wilde e Bosie, tentaram viver abertamente seu amor. Tal como o processo de Wilde, este romance contribuiu, na época, para a alteração das leis referentes ao homossexualismo na Inglaterra.

O outro lado da moeda

I

— Conte-me sua história desde o princípio, Des Grieux — disse ele, interrompendo-me —, e de como você conseguiu tornar-se íntimo dele.

— Foi num grande concerto beneficente em que ele estava tocando; pois embora os espetáculos amadores sejam uma das muitas pragas da civilização moderna, ainda assim, pelo fato de minha mãe ser uma das damas benfeitoras, senti que era forçoso estar presente.

— Mas ele não era um amador, era?

— Oh, não! Ainda que naquele tempo estivesse apenas começando a fazer nome.

— Bem, prossiga.

— Ele já havia sentado ao piano quando cheguei ao meu camarote. A primeira coisa que tocou foi uma *gavotte* de minha predileção — uma daquelas melodias delicadas, graciosas e agradáveis, que parecem cheirar a *lavande ambrée*, e que por algum motivo nos fazem evocar Lulli e Watteau, e damas poderosas vestidas de seda amarela, flertando com seus admiradores.

— E depois?

— Quando chegou ao fim da peça musical, lançou diversos olhares oblíquos na direção — foi o que pensei —

da dama benfeitora. Quando ele estava para se levantar, minha mãe — que sentava atrás de mim — deu uma pancadinha com seu leque em meu ombro, apenas para fazer uma das muitas observações insossas com que as mulheres estão sempre nos atormentando, de modo que quando me voltei para aplaudir, ele havia desaparecido.

— E o que aconteceu em seguida?

— Deixe-me ver. Acho que houve alguma cantoria.

— Mas ele não voltou a tocar?

— Oh, sim! Ele apareceu novamente quando o concerto se aproximava da metade. Quando cumprimentou a plateia, antes de assumir seu lugar ao piano, seus olhos pareceram estar à procura de alguém no fosso. Foi então — como pensei — que nossos olhares se encontraram pela primeira vez.

— Que tipo de homem era ele?

— Era um homem alto e franzino de vinte e quatro anos. Seus cabelos, curtos e encaracolados — seguindo o estilo que Bressan, o ator, havia posto em voga —, eram de uma peculiar tonalidade cinzenta; mas isso — como descobri posteriormente — devia-se ao fato de serem constante e imperceptivelmente empolados. De qualquer forma, a brancura do seu cabelo contrastava com as sobrancelhas escuras e o pequeno bigode. Sua compleição era daquela palidez cálida e saudável que, creio eu, os artistas apresentam com frequência em sua juventude. Seus olhos — ainda que geralmente tidos por negros — eram de um azul intenso; e embora sempre parecessem tão calmos e serenos, um observador mais atento teria visto neles, vez ou outra, um olhar assustado e triste, como se contemplassem alguma visão assustadoramente sombria e distante. Uma expressão da mais profunda dor invariavelmente sucedia esse angustiante encanto.

— E qual era a razão de tal tristeza?

— No princípio, todas as vezes em que lhe perguntava, ele sempre encolhia os ombros e respondia, sorridente: "Você nunca vê fantasmas?". Quando passei a conviver em termos mais íntimos com ele, sua resposta invariavelmente era: "Meu destino; este meu horrível, horrível destino!". Mas então, sorrindo e arqueando suas sobrancelhas, ele sempre sussurrava: "*Non ci pensiam*".[1]

— Ele não tinha uma disposição deprimida ou taciturna, tinha?

— Não, de modo algum; era apenas muito supersticioso.

— A exemplo de todos os artistas, creio.

— Ou antes, a exemplo de todas as pessoas como... bem, como nós; pois nada torna as pessoas tão supersticiosas quanto o vício...

— Ou a ignorância.

— Oh! Esse é um tipo bem diferente de superstição.

— Havia alguma característica dinâmica peculiar aos olhos dele?

— Para mim, é claro que havia: ainda que ele não tivesse o que se chamaria de olhos hipnóticos, seus olhares eram muito mais sonhadores do que penetrantes ou persistentes; e mesmo assim, tinham tal poder de penetração que, desde a primeiríssima vez que o vi, senti que ele poderia mergulhar profundamente no meu coração; e embora sua fisionomia fosse tudo menos sensual, ainda assim, cada vez que ele me olhava, eu sempre sentia como se todo o sangue em minhas veias estivesse em chamas.

---

1. Em italiano no original, a resposta de Teleny é uma alteração de "*non ci pensiamo*", ou seja, "não pensemos nisso". [Todas as notas são do tradutor, exceto quando indicadas.]

— Várias vezes disseram-me que ele era muito bonito; isso é verdade?

— Sim, ele tinha uma aparência notável, e no entanto era ainda mais singular do que dono de uma beleza impressionante. Suas roupas, principalmente, embora impecáveis, eram um tanto excêntricas. Naquela tarde, por exemplo, ele usava um cacho de heliotrópios brancos na sua lapela, embora camélias e gardênias estivessem em moda na época. Suas atitudes eram predominantemente cavalheirescas, mas no palco — assim como entre estranhos —, era ligeiramente pedante.

— Bem, e depois que seus olhares se encontraram?

— Ele sentou-se e começou a tocar. Eu olhei o programa; era uma selvagem rapsódia húngara de algum compositor desconhecido com um nome trava-línguas; seu efeito, porém, foi perfeitamente arrebatador. De fato, em nenhum tipo de música o elemento sensual é tão poderoso quanto na dos ciganos. Veja, partindo de uma escala menor...

— Ah! Por favor, sem termos técnicos, pois eu dificilmente saberia diferenciar uma nota da outra.

— De qualquer forma, se você já ouviu uma czarda, deve ter sentido que, embora a música húngara seja repleta de raros efeitos rítmicos, ainda assim, uma vez que difere bastante das nossas regras harmônicas estabelecidas, ela nos abala os ouvidos. Tais melodias começam chocando-nos, depois conquistam-nos gradualmente, até que terminam por nos cativar. As esplêndidas fiorituras, por exemplo, das quais elas abundam, são de um caráter arábico decididamente luxuriante, e...

— Bem, esqueça as fiorituras da música húngara e prossiga com a sua história.

— Aí é que está a dificuldade, pois você não pode

separá-lo da música do seu país; pelo contrário, para entendê-lo você tem de começar sentindo o encanto latente que impregna cada canção cigana. Alguma estrutura nervosa — uma vez impressionada pelo encanto de uma czarda — sempre se excita em resposta a esses números mágicos. Essas melodias geralmente iniciam com um suave e baixo *andante*, algo como um queixoso lamento de esperança perdida, depois o ritmo, sempre cambiante — e cada vez mais rápido — torna-se "furioso como os tons de adeus dos amantes",[2] e sem perder nem um pouco de sua doçura, mas sempre adquirindo novo vigor e solenidade, o *prestissimo* — sincopado por suspiros — atinge um paroxismo de misteriosa paixão, ora derretendo-se numa lamentosa endecha, ora irrompendo na explosão aguda de um hino fogoso e guerreiro.

Ele, em sua beleza, assim como em seu caráter, era a própria personificação dessa música arrebatadora. Enquanto ouvia-o tocar fiquei enfeitiçado; e no entanto dificilmente poderia dizer se foi pela composição, pela execução ou pelo músico. Ao mesmo tempo, as mais estranhas visões começaram a flutuar diante dos meus olhos. Primeiro, vi Alhambra em toda a luxuriante delicadeza de sua cantaria moura — aquelas suntuosas sinfonias de pedra e tijolos —, tão semelhantes aos floreados daquelas exóticas melodias ciganas. Então, um ardente fogo desconhecido começou a se acender no meu peito. Desejei sentir aquele poderoso amor que enlouquece alguém a ponto de cometer um crime, experimentar a lascívia explosiva dos homens que vivem sob o sol causticante, beber a fundo da taça de algum filtro amoroso de satírio. A visão mudou; em vez da Espanha, vi uma terra

2. Verso extraído do poema "A Noiva de Abidos", de Lord Byron.

árida, as areias iluminadas pelo sol do Egito, umedecidas pelo indolente Nilo; onde Adriano se lamentou, desamparado, desconsolado, pois perdera para sempre o rapaz que tanto amava. Enfeitiçado por aquela música suave, que aguçava todos os sentidos, eu agora começava a entender coisas que até ali me eram tão estranhas, o amor que o poderoso monarca sentia por seu belo escravo grego, Antínoo, que – como Cristo – se sacrificou por seu mestre. E em consequência disso, todo meu sangue fluiu do coração para a cabeça, depois se precipitou, através de cada veia, como chumbo derretido.

O cenário então mudou, e passou para as esplendorosas cidades de Sodoma e Gomorra, misteriosas, belas e magníficas; para mim as notas do pianista naquele momento pareceram murmurar nos meus ouvidos com o ofegar de um desejo sôfrego, o som de beijos eletrizantes.

Então – em meio à minha visão – o pianista virou sua cabeça e lançou-me um olhar distante, prolongado e sonhador, e nossos olhos se encontraram novamente. Mas seria ele o pianista, seria Antínoo, ou seria antes um daqueles dois anjos que Deus enviou para Lot? Seja como for, o encanto irresistível da sua beleza era tal que eu quase me deixava dominar por ela; e a música nesse momento parecia sussurrar:

Não beberias seu olhar como vinho,
Cujo esplendor, contudo, desfalecesse
No silêncio lânguido
Como um tom dentro de um tom?[3]

Aquele anelo excitante que senti tornou-se cada vez mais intenso, a ânsia tão insaciável que se transformou

3. Versos do poema "*The Card-Dealer*", do poeta e pintor pré-rafaelita inglês Dante Gabriel Rossetti (1828–1882).

em dor; o fogo abrasador agora convertido numa poderosa chama, e todo o meu corpo convulsionava, contorcido de louco desejo. Meus lábios estavam secos, arfei para recobrar o fôlego; minhas juntas estavam enrijecidas, minhas veias inchadas, ainda assim continuei sentado imóvel, como toda a multidão à minha volta. Mas, subitamente, uma mão pesada pareceu pousar sobre o meu colo, alguma coisa foi curvada, e agarrada e apertada, o que me fez desfalecer de luxúria. A mão se movia para cima e para baixo, inicialmente devagar, depois ficou cada vez mais rápida ao ritmo da música. Meu cérebro começou a vacilar como se através de cada veia fluísse lava incandescente, e então, algumas gotas chegaram a brotar — eu ofegava...

De uma hora para a outra, o pianista terminou a peça que executava com um estrondo em meio ao aplauso trovejante de todo o teatro. Eu próprio não ouvi nada além do ruído de trovão, vi uma aclamação inflamada, uma chuva de rubis e esmeraldas consumindo as Cidades da Campina,[4] e ele, o pianista, postado nu sob a luz lívida, expondo-se aos raios do Céu e às chamas do inferno. Enquanto ele estava ali de pé, vi-o — em minha loucura — transformar-se subitamente em Anúbis, o deus egípcio com cabeça de cão, depois gradativamente num *poodle* repulsivo. Assustei-me, estremeci, senti-me enojado, mas ele retornou rapidamente à sua própria forma novamente.

Eu estava impossibilitado de aplaudir, fiquei ali sentado, mudo, imóvel, inerte e exausto. Meus olhos estavam fixos no artista que estava ali de pé, curvando-se com indiferença, com desprezo; enquanto seus olhares

---

4. Assim são designadas Sodoma e Gomorra no Gênesis.

cheios de "ávida e apaixonada ternura",[5] pareciam procurar os meus e apenas os meus. Que sentimento de exultação despertou dentro de mim! Mas poderia ele me amar, e apenas a mim? Por pouco a exultação não deu lugar a um amargo ciúme. Estaria ficando louco, perguntei a mim mesmo?

Enquanto olhava para ele, suas feições pareceram ensombrecidas por uma profunda melancolia, e — horrível de se contemplar — vi uma pequena adaga cravada em seu peito, com o sangue fluindo rapidamente da ferida. Não apenas senti um calafrio, como quase gritei de medo, tão real era a visão. Minha cabeça girava, eu estava ficando fraco e enjoado, caí exausto em minha cadeira, cobrindo meus olhos com as mãos.

— Que estranha alucinação, eu me pergunto o que a teria causado?

— Foi, de fato, algo mais do que uma alucinação, como você verá em seguida. Quando ergui novamente minha cabeça, o pianista se fora. Então eu me virei, e minha mãe, vendo o quanto eu estava pálido, perguntou-me se me sentia doente. Murmurei algo sobre o calor estar muito opressivo.

— Vá até o camarim — disse-me ela — e beba um copo de água.

— Não, acho que é melhor eu ir para casa.

Sentia, de fato, que não poderia ouvir mais música naquela noite. Meus nervos estavam tão completamente abalados que uma canção sentimental teria naquele momento me exasperado, enquanto outra melodia intoxicante poderia me fazer perder os sentidos.

---

5. Passagem dos *Essays* de Shelley, em que o poeta inglês, com tais adjetivos, compara um viajante em Roma às estátuas de Antínoo.

Quando me levantei, sentia-me tão fraco e exausto que parecia caminhar em transe, e então, sem saber exatamente para onde dirigia meus passos, segui de maneira mecânica algumas pessoas à minha frente e, poucos momentos depois, encontrei-me inesperadamente no camarim.

O salão estava quase vazio. Na extremidade oposta, alguns dândis estavam agrupados em torno de um jovem em traje de gala, cujas costas estavam voltadas para mim. Reconheci um deles como Briancourt.

— O quê, o filho do general?

— Precisamente.

— Lembro-me dele. Ele sempre se vestiu de maneira chamativa.

— É verdade. Naquela tarde, por exemplo, enquanto todos os cavalheiros estavam de preto, ele, ao contrário, usava um terno de flanela branca; como de costume, um colarinho muito aberto à maneira de Byron e uma gravata Lavalliere vermelha atada num enorme laço.

— Sim, pois ele tinha um pescoço e uma garganta adoráveis.

— Ele era muito bonito, embora, de minha parte, eu sempre tenha tentado evitá-lo. Ele tinha um modo de comer com os olhos que fazia com que você se sentisse constrangido. Você ri, mas é a pura verdade. Há alguns homens que, quando olham fixamente para uma mulher, parecem estar despindo-as a todo momento. Briancourt tinha esse jeito indecente de olhar para todos. Eu sentia vagamente seus olhos me percorrerem, e isso me deixava intimidado.

— Mas você o conhecia bem, não?

— Sim, nós estivemos em algum jardim de infância juntos, mas, sendo três anos mais jovem do que ele, eu estava sempre numa classe mais baixa. Seja como for, naquela noite, tendo-o percebido, eu estava prestes a deixar o salão, quando o cavalheiro em traje de gala se voltou. Era o pianista. Quando nossos olhos se encontraram novamente, senti uma estranha palpitação, e o fascínio do seu olhar era tão poderoso que eu mal pude me mover. Então, atraído para diante como eu estava, em vez de deixar o camarim, avancei vagarosamente, quase com relutância, rumo ao grupo. O músico, ainda que não olhasse fixamente, não afastou seus olhos de mim. Eu estava tremendo da cabeça aos pés. Ele parecia puxar-me lentamente para si, e devo confessar que o sentimento era de tal modo prazeroso que eu me rendi inteiramente a ele.

Só então Briancourt, que não havia me visto, virou-se e, reconhecendo-me, fez um cumprimento de cabeça à sua maneira casual. Quando fez isso, os olhos do pianista brilharam e este sussurrou algo para ele, com o que o filho do general, sem lhe dar qualquer resposta, veio até mim e, tomando-me pela mão, disse:

— Camille, permita-me que lhe apresente meu amigo René. Monsieur René Teleny... Monsieur Camille Des Grieux.

Fiz uma reverência, corando. O pianista estendeu sua mão desenluvada. Na minha crise de nervosismo, havia tirado ambas as minhas luvas, de forma que agora punha minha mão nua entre as dele.

Sua mão era perfeita para um homem, mais para grande que pequena, forte ainda que macia, e com dedos longos e afilados, de modo que seu aperto era firme e resoluto.

Quem jamais sentiu os múltiplos sentimentos produzidos por um toque de mão? Muitas pessoas parecem ter em si uma temperatura própria. São quentes e febris em pleno inverno, enquanto outras são frias como gelo em dias de canícula. Algumas mãos são secas e áridas, outras continuamente úmidas, viscosas e pegajosas. Há mãos carnudas, polpudas, musculosas, ou finas, esqueléticas e ossudas. O aperto de algumas é como o de um torno de ferro, outras parecem frouxas como um pedaço de trapo. Há um produto artificial de nossa civilização moderna, uma deformidade semelhante à dos pés de uma dama chinesa, sempre encerrada numa luva durante o dia, frequentemente envolta por um cataplasma durante a noite, cuidada por uma manicure; elas são brancas como neve, se não castas como gelo. Como aquela inútil mãozinha se retrairia ao toque da mão descarnada, áspera, argilosa, encardida de um trabalhador, cujo trabalho duro e irremitente transformou-a numa espécie de casco. Algumas mãos são recatadas, outras acariciam-no de maneira indecente; o aperto de algumas é hipócrita, e não o que finge ser; há a mão aveludada, a untuosa, a sacerdotal, a mão do trapaceiro; a palma aberta do perdulário, a garra fortemente fechada do sovina. Há, acima de tudo, a mão magnética, que parece ter uma secreta afinidade com a sua; o simples toque dela excita todo o seu sistema nervoso, e o enche de deleite.

Como posso expressar tudo o que senti com o contato da mão de Teleny? Ela me pôs em chamas; e, estranho dizer isso, ao mesmo tempo tranquilizou-me. Quão mais doce e mais suave, ela era, do que qualquer beijo feminino. Senti seu aperto infiltrar-se lentamente por todo o meu corpo, acariciando meus lábios, minha garganta, meu peito; meus nervos estremeceram de delícia da cabeça aos pés, e depois ela mergulhou até meus quadris, e Príapo, novamente desperto, alçou sua cabeça. Eu realmente senti que estava sendo possuído, e fiquei embriagado em pertencer a ele.

Eu gostaria de ter dito alguma coisa polida em reconhecimento ao prazer que ele me proporcionou com sua música, no entanto, que frase que não soasse banal poderia ter expressado toda a admiração que senti por ele?

— Mas, cavalheiro — disse ele —, temo que o esteja privando da música.

— Eu estava justamente me retirando — disse eu.

— Então o concerto o entedia, é isso?

— Não, ao contrário; mas depois de tê-lo ouvido tocar, não posso mais ouvir música alguma esta noite.

Ele sorriu e pareceu contente.

— De fato, René, você se superou nesta noite — disse Briancourt. — Nunca ouvi você tocar desse jeito antes.

— Você sabe por quê?

— Não, a não ser que tenha sido por encontrar um teatro tão cheio.

— Oh, não! Foi simplesmente porque, no momento em que tocava a *gavotte*, senti que alguém me escutava.

— Ah! Alguém! — ecoou o jovem, rindo. — Em meio a um público francês, especialmente o de um concerto beneficente, você realmente acha que havia muitas pessoas que ouviram? Refiro-me às que ouviram atentamente, com todo seu coração e sua alma. Os homens jovens estão cortejando as damas, estas estão examinando as *toilettes* umas das outras; os pais, que estão entediados, pensam nas ações em alta e em baixa ou contam a quantidade de lâmpadas de gás, avaliando quanto a iluminação irá custar.

— Ainda assim, em meio a tal multidão certamente há mais de um ouvinte atento — disse Odillot, o advogado.

— Oh, sim! Eu ouso dizer; como, por exemplo, a jovem dama que estava tamborilando a peça que se acabara de tocar, mas dificilmente há mais de um — como posso expressar isso? — Bem, mais de um ouvinte simpático.

— O que você quer dizer com um ouvinte simpático? — perguntou Courtois, o corretor de valores.

— Uma pessoa com quem uma corrente parece se estabelecer; alguém que sente, enquanto ouve, exatamente o que eu sinto no momento em que estou tocando, que tem, talvez, as mesmas visões que eu...

— O quê! Você tem visões enquanto toca? — perguntou um dos presentes, impressionado.

— Normalmente não, só quando tenho um ouvinte simpático.

— E você tem tal ouvinte com frequência? — perguntei, com uma aguda pontada de ciúme.

— Com frequência? Oh, não! Raramente, muito raramente, de fato quase nunca, e no entanto...

— No entanto o quê?

— Nunca como o desta noite.

— E quando você não tem nenhum ouvinte? — perguntou Courtois.

— Então eu toco mecanicamente, e de maneira monótona.

— Você pode adivinhar quem era o seu ouvinte desta noite? — acrescentou Briancourt, sorrindo de modo sardônico e depois lançando um olhar de viés para mim.

— Uma das muitas damas bonitas, é claro — disse Odillot. — Você é um sujeito de sorte.

— Sim — disse outro. — Eu gostaria de ser seu vizinho nesse bufê, assim você poderia me passar o prato depois de ter se servido.

— Foi alguma garota bonita? — falou Courtois de modo questionador. Teleny olhou no fundo dos meus olhos, sorriu ligeiramente, e respondeu:

— Talvez.

— Você acha que algum dia conhecerá o seu ouvinte? — inquiriu Briancourt.

Teleny novamente fixou seus olhos nos meus e acrescentou tenuemente:

— Talvez.

— Mas que pistas você teria para levá-lo a essa descoberta? — perguntou Odillot.

— Suas visões teriam de coincidir com as minhas.

— Eu sei quais seriam as minhas visões se eu tivesse experimentado alguma — disse Odillot.

— Quais seriam elas? — perguntou Courtois.

— Dois seios como lírios brancos, com mamilos como róseos botões de flor, e mais embaixo, dois lábios orvalhados como aquelas conchas rosadas que, abrindo-se com o despertar da lascívia, revelam um luxuriante mundo carnoso, porém de uma profunda tonalidade coralina, e por fim esses dois lábios intumescidos deveriam estar coroados por uma delicada penugem dourada ou negra...

— Chega, chega, Odillot, minha boca está cheia d'água com a sua visão, e minha língua anseia por provar o sabor desses lábios — disse o corretor de valores, com seus olhos brilhando como os de um sátiro, e num evidente estado de priapismo.

— Não é essa a sua visão, Teleny?

O pianista sorriu de modo enigmático:

— Talvez.

— Quanto a mim — disse um dos jovens que ainda não havia falado — uma visão evocada por uma rapsódia húngara seria de vastas planícies, de bandos de ciganos, ou de homens com chapéus redondos, calças largas e jaquetas curtas, cavalgando cavalos fogosos.

— Ou de soldados de botas e laçadas dançando com garotas de olhos negros — acrescentou outro.

Eu sorri, pensando no quanto minha visão fora diferente daquelas. Teleny, que estava me observando, notou os movimentos de meus lábios.

— Cavalheiros — disse o músico — a visão de Odillot não foi provocada pela minha música, mas por alguma jovem bonita que ele esteve devorando com os olhos; quanto às de vocês, são simples reminiscências de alguma pintura ou balé.

— Qual foi a sua visão, então? — perguntou Briancourt.

— Eu estava para lhe fazer a mesma pergunta — retorquiu o pianista.

— Minha visão foi de certa forma como a de Odillot, embora não exatamente a mesma.

— Então deve ter sido *le revers de la medaille*...[6] o lado de trás — disse o advogado, rindo —; ou seja, dois outeiros nevados e no fundo do vale lá embaixo, um poço, com um pequeno buraco de margens escuras, ou antes, um halo castanho em volta dele.

— Bem, vejamos agora a sua visão — insistiu Briancourt.

— Minhas visões são tão vagas e indistintas, elas se desvanecem tão rapidamente que eu mal consigo lembrar-me delas — respondeu ele, de maneira evasiva.

— Mas são belas, não são?

— E ao mesmo tempo horríveis — disse ele.

6. Em francês no original, "o reverso da medalha".

— Como o corpo divino de Antínoo, visto sob a luz prateada da lua opalina, flutuando sobre as águas fúnebres do Nilo — falei.

Todos os jovens olharam surpresos para mim. Briancourt riu de um modo estridente.

— Você é um poeta ou um pintor — disse Teleny, olhando para mim com olhos semicerrados. Então, depois de uma pausa: — Seja como for, vocês têm razão em me interrogar, mas não devem se preocupar com meu discurso visionário, pois sempre há muito do louco na composição de todo artista.

Depois, lançando um raio obscuro de seus olhos tristes bem dentro dos meus, acrescentou:

— Quando formos mais íntimos, você saberá que há muito mais de louco que de artista em mim.

Em seguida, ele tirou do bolso um fino lenço de algodão fortemente perfumado e enxugou a transpiração de sua testa.

— Agora — acrescentou —, não devo mantê-los aqui nem mais um minuto com a minha conversa fútil, caso contrário a dama promotora ficará zangada, e eu realmente não posso me permitir desagradar as damas — e com um olhar furtivo para Briancourt, acrescentou:

— Posso?

— Não, isso seria um crime contra o belo sexo — respondeu alguém.

— Além disso, os outros músicos diriam que eu saí por despeito; pois ninguém é dotado de sentimentos de ciúme tão fortes quanto os amadores, sejam eles atores, cantores ou instrumentistas, portanto, *au revoir*.

Então, com uma profunda reverência que teria concedido ao seu público, ele estava prestes a deixar o salão, quando parou novamente:

— Mas você, M. Des Grieux, disse que não iria ficar, posso requisitar o prazer da sua companhia?

— Com todo prazer — disse eu, ansiosamente.

Briancourt novamente sorriu com ironia — o porquê, eu não poderia entender. Então ele cantarolou um trecho de *Madame Angout*, opereta que então estava na moda, da qual as únicas palavras que meus ouvidos captaram foram: *Il est, dit-on, le favori*,[7] pois foram ressaltadas propositadamente.

Teleny, que a ouvira tão bem quanto eu, deu de ombros e murmurou alguma coisa entre dentes.

— Uma carruagem está me esperando na porta dos fundos — disse ele, deslizando seu braço por sob o meu. — No entanto, se você preferir caminhar...

— Sim, eu prefiro, pois o calor no teatro estava muito sufocante.

— Sim, muito calor — acrescentou ele, repetindo minhas palavras, mas pensando evidentemente em alguma outra coisa. Depois, de maneira precipitada, como se fosse atingido por um pensamento súbito, disse:

— Você é supersticioso?

— Supersticioso? — fui surpreendido pela estranheza da pergunta. — Bem... sim, um pouco, creio.

— Eu sou muito. Suponho que seja da minha natureza, pois você pode ver que o elemento cigano é forte em mim. Dizem que pessoas educadas não são supersticiosas. Bem, em primeiro lugar, eu recebi uma educação desprezível; e depois, penso que se nós realmente conhecêssemos os mistérios da natureza, provavelmente

7. Em francês no original, "ele é, dizem, o favorito".

poderíamos explicar todas aquelas estranhas coincidências que sempre acontecem. — Então, ele parou de maneira abrupta. — Você acredita na transmissão de pensamentos, de sensações?

— Bem, na verdade eu não sei...

— Você deve acreditar — acrescentou ele, imperativamente. — Veja que nós tivemos a mesma visão ao mesmo tempo. A primeira coisa que você viu foi Alhambra, resplandecendo à luz ardente do sol, não foi?

— Sim, foi — disse eu, impressionado.

— E você pensou que gostaria de sentir aquele poderoso amor contundente que estilhaça o corpo e a alma? Não responda. Depois veio o Egito, Antínoo e Adriano. Você era o imperador, eu era o escravo.

Então, pensativamente, ele acrescentou, quase para si mesmo:

— Quem sabe, talvez eu morra por você um dia! — e suas feições assumiram aquele aspecto docemente resignado que se vê nas estátuas do semideus.

Eu olhei perplexo para ele.

— Ah! Você acha que eu estou louco, mas não estou, estou apenas apresentando fatos. Você não sentiu que fosse Adriano, simplesmente por não estar acostumado a tais visões; sem dúvida, tudo isso ficará mais claro a você algum dia; quanto a mim, há, você deve saber, sangue asiático nas minhas veias, e... — mas ele não terminou sua frase, e nós caminhamos por algum tempo em silêncio. Então:

— Você não me viu voltar o rosto durante a *gavotte* e olhar para você? Eu comecei a senti-lo exatamente naquele momento, mas não consegui encontrá-lo; você se lembra, não é?

— Sim, vi-o olhar na minha direção e...

— E você ficou com ciúmes!

— Sim — falei, de maneira quase inaudível.

Ele pressionou meus braços fortemente de encontro ao seu corpo como resposta, então, depois de uma pausa, acrescentou apressadamente e num sussurro:

— Você deve saber que eu não me interesso por uma só garota neste mundo, nunca me interessei, jamais poderia amar uma mulher.

Meu coração batia com força; experimentei uma sensação sufocante, como se houvesse algo entalado na minha garganta. "Por que ele estaria me contando isso?", disse para mim mesmo.

— Você não sentiu um aroma bem naquele momento?

— Um aroma... quando?

— Quando eu estava tocando a *gavotte*; talvez você tenha esquecido.

— Deixe-me ver, você tem razão, que perfume era?

—*Lavande ambrée.*

— Exatamente.

— Ao qual você é indiferente e do qual não gosto; diga-me, qual é o seu perfume favorito?

—*Heliotrope blanc.*

Sem dar-me uma resposta, ele puxou seu lenço e entregou-me para cheirar.

— Todos os nossos gostos são exatamente os mesmos, não são? — e dizendo isso, olhou-me com um anseio tão apaixonado e voluptuoso, que o desejo carnal revelado em seus olhos fez com que eu me sentisse desfalecer. — Está vendo, eu sempre uso um cacho de heliotrópios brancos; deixe-me dar este a você, para que seu perfume faça com que se recorde de mim esta noite, e talvez o leve a sonhar comigo.

E tomando as flores de sua lapela, ele as pôs na minha com uma das mãos, ao mesmo tempo em que passava seu braço esquerdo em torno da minha cintura e me apertava com força, pressionando-me contra seu corpo inteiro por alguns segundos. Esse curto intervalo de tempo pareceu-me uma eternidade.

Pude sentir seu hálito quente e ofegante sobre meus lábios. Embaixo, nossos joelhos se tocaram, e senti algo duro comprimir-se e movimentar-se de encontro às minhas coxas.

Minha emoção naquele momento era tal que mal podia ficar de pé; por um momento pensei que ele fosse beijar-me – mais do que isso, os pêlos crespos do seu bigode roçavam ligeiramente os meus lábios, produzindo a mais deliciosa das sensações. Porém, ele apenas olhou no fundo dos meus olhos com um fascínio demoníaco.

Senti o fogo do seu olhar mergulhar profundamente no meu peito, e muito mais abaixo. Meu sangue começou a ferver e borbulhar como um fluido em ebulição, e senti meu... (o que os italianos chamam de "passarinho", e representavam como um querubim alado) lutar contra a sua prisão, erguer sua cabeça, abrir seus minúsculos lábios e novamente expelir uma ou duas gotas daquele fluido viscoso gerador da vida.

Mas aquelas poucas lágrimas – longe de serem um bálsamo atenuante – pareciam gotas de um líquido cáustico, queimando-me e produzindo uma forte e insuportável irritação.

Eu me sentia torturado. Minha mente era um inferno. Meu corpo estava em chamas.

"Estaria ele sofrendo tanto quanto eu?", disse comigo mesmo.

Bem nesse momento, ele soltou seu braço da minha

cintura, e este caiu inerte com seu próprio peso, como o de um homem adormecido.

Ele deu um passo para trás e estremeceu como se tivesse recebido um forte choque elétrico. Pareceu desfalecido por um momento, depois enxugou sua testa úmida e suspirou alto. Toda cor havia fugido de seu rosto e ele se tornou mortalmente pálido.

— Você me acha louco? — disse ele. Depois, sem esperar uma resposta: — Mas quem é são e quem é louco? Quem é virtuoso e quem é pervertido neste nosso mundo? Você sabe? Eu não.

A lembrança de meu pai me veio à mente e perguntei a mim mesmo, trêmulo, se meu senso também estaria me deixando.

Houve uma pausa. Nenhum de nós falou por algum tempo. Ele havia entrelaçado seus dedos com os meus, e caminhamos por alguns momentos em silêncio.

Todos os vasos sanguíneos do meu membro ainda estavam fortemente distendidos e seus nervos rígidos, os dutos espermáticos cheios a ponto de transbordar; portanto, com a ereção persistindo, senti uma dor surda se espalhar pelos órgãos reprodutores e suas proximidades, ao mesmo tempo em que o resto do meu corpo encontrava-se num estado de prostração, e ainda assim — apesar da dor e do langor —, era um sentimento muito prazeroso caminhar calmamente com nossas mãos entrelaçadas, sua cabeça quase pousada no meu ombro.

— Quando foi que você sentiu pela primeira vez os meus olhos nos seus? — ele me perguntou baixo, num tom sussurrado, depois de algum tempo.

— Quando você subiu ao palco pela segunda vez.

— Exatamente; então nossos olhares se encontraram, e depois estabeleceu-se uma corrente entre nós, como uma faísca elétrica percorrendo um fio condutor, não foi?

— Sim, uma corrente ininterrupta.

— Mas você realmente me sentiu antes que eu me retirasse, não é verdade?

Como única resposta, pressionei seus dedos com força.

II

Eu finalmente recuperei os meus sentidos. Estando agora completamente acordado, minha mãe me fez entender que, ouvindo-me gemer e gritar, fora ver se eu estava bem. Claro que apressei-me em assegurar a ela que estava em perfeita saúde e havia apenas sido presa de um pesadelo assustador. Ela, em seguida, pôs sua mão fresca sobre a minha testa. O toque reconfortante de sua mão suave refrescou o fogo que ardia no meu cérebro, e amainou a febre que enfurecia meu sangue.

Quando fiquei mais calmo, ela me fez beber um copo cheio de água com açúcar aromatizada com essência de flores de laranjeira, e depois me deixou. Caí no sono mais uma vez. Despertei, porém, várias vezes, sempre para ver o pianista diante de mim.

Pela manhã, do mesmo modo, quando dei por mim, seu nome soava em meus ouvidos, meus lábios murmuravam-no e meus primeiros pensamentos voltaram-se para ele. Vi-o — com os olhos da minha mente — parado sobre o palco, curvando-se para o público, com seus olhares ardorosos pregados nos meus.

Continuei por algum tempo deitado em minha cama, contemplando sonolento aquela doce visão, tão vaga e indefinida, tentando evocar suas feições que agora se misturavam às de várias estátuas de Antínoo que eu vira.

Analisando meus sentimentos, estava agora consciente de que uma nova sensação me dominava – um vago sentimento de inquietude e intranquilidade. Havia um vazio em mim, embora não pudesse entender se o vácuo estava em meu coração ou em minha cabeça. Eu não havia perdido nada, mas ainda assim senti-me solitário, desamparado, mais do que isso, quase enlutado. Tentei avaliar meu estado mórbido e o que consegui descobrir foi que meus sentimentos eram similares aos que se experimentam quando se tem saudades do lar ou da própria mãe, com a simples diferença de que o exilado sabe quais são os seus anseios, mas eu não sabia. Era algo indefinido como o *Sehnsucht*[8] de que os alemães falam tanto e na verdade sentem tão pouco.

A imagem de Teleny me assombrava, o nome de René estava sempre nos meus lábios. Continuava repetindo-o novamente e novamente por dúzias de vezes. Que nome doce era aquele! Ao seu som, meu coração batia mais depressa. Meu sangue parecia ter-se tornado mais quente e mais espesso. Levantei-me vagarosamente, demorei a me vestir. Contemplei-me no espelho, mas nele eu vi Teleny em vez de mim mesmo; e atrás dele ergueram-se nossas sombras fundidas, como eu as vira sobre o pavimento na noite anterior.

Nesse instante, o criado bateu à porta; isso me chamou de volta à consciência. Vi-me no espelho e senti-me horrível, e pela primeira vez na minha vida desejei ter uma boa aparência – mais do que isso, ser arrebatadoramente belo.

O criado que batera à porta informou-me que minha

---

8. Palavra alemã de difícil tradução, cujo significado aproximado é "saudade; nostalgia". [N. do E.]

mãe estava na sala do café-da-manhã e mandara-o ver se eu não estava bem. O nome de minha mãe fez com que meu sonho me voltasse à mente, e pela primeira vez eu quase preferi não encontrá-la.

— No entanto, você estava então em bons termos com sua mãe, não estava?

— Certamente. Quaisquer que fossem os defeitos que ela pudesse ter, ninguém poderia ter sido mais afetuosa; e embora dissessem que ela era um tanto leviana e entregue a prazeres, nunca me negligenciou.

— Ela impressionou-me, de fato, como uma pessoa talentosa, quando eu a conheci.

— É verdade; em outras circunstâncias ela pode ter-se demonstrado até mesmo uma mulher superior. Muito organizada e prática em todos os seus arranjos domésticos, ela sempre encontrou tempo de sobra para tudo. Se sua vida não estava de acordo com o que genericamente chamamos de "princípios morais", ou antes, hipocrisia cristã, a culpa era do meu pai, não dela, como eu talvez tenha-lhe dito em alguma outra ocasião.

Quando entrei na sala do café da manhã, minha mãe ficou alarmada com a mudança na minha aparência e perguntou-me se eu não me sentia bem.

— Devo estar um pouco febril — respondi. — Além disso, o clima está tão abafado e opressivo.

— Opressivo? — disse ela, sorrindo.

— Não está?

— Não; ao contrário, está bem estimulante. Veja, o barômetro subiu consideravelmente.

— Bem, então, deve ter sido o seu concerto que me transtornou os nervos.

— Meu concerto! — disse minha mãe, sorrindo, e servindo-me um pouco de café.

Foi-me inútil tentar prová-lo, a simples visão dele deixou-me enjoado. Minha mãe olhou-me com ansiedade.

— Não é nada, apenas, de uns tempos para cá, venho ficando enjoado de café.

— Enjoado de café? Você nunca disse isso antes.

— Não? — falei, distraidamente.

— Quer um pouco de chocolate, ou chá?

— Não posso ficar em jejum desta vez?

— Sim, se estiver doente... ou tiver algum grande pecado para reparar.

Olhei para ela e estremeci. Poderia estar interpretando meus pensamentos melhor do que eu mesmo?

— Um pecado? — eu disse, com um olhar surpreso.

— Bem, você sabe, mesmo as pessoas mais corretas...

— E daí? — falei, interrompendo-a bruscamente; mas para disfarçar meu modo arrogante de falar, acrescentei em tons mais suaves:

— Não estou com fome; ainda assim, para agradá-la, tomarei uma taça de champanhe e comerei um biscoito.

— Champanhe?

— Sim.

— A esta hora da manhã, e de estômago vazio.

— Bem, então não tomarei mesmo nada — respondi com mau humor. — Vejo que você está com medo que eu fique bêbado.

Minha mãe não disse nada, apenas olhou-me tristemente por alguns minutos, com uma expressão de profunda dor em seu rosto, depois, sem acrescentar nem uma só palavra, tocou o sino e ordenou que trouxessem o vinho.

— Mas o que a deixou tão triste?

— Mais tarde eu entendi que ela teve medo que eu já estivesse me tornando como o meu pai.

— E o seu pai...?

— Eu lhe contarei a história dele em outra ocasião.

Depois de engolir uma ou duas taças de champanhe, senti-me revigorado pelo vinho euforizante: nossa conversa então voltou-se para o concerto, e embora eu ansiasse por perguntar a minha mãe se ela sabia alguma coisa sobre Teleny, ainda não me atrevia a pronunciar o nome que era o mais importante a ocupar meus lábios, e ao contrário, tinha sempre de conter-me para não repeti-lo em voz alta a cada momento.

Por fim, minha mãe falou dele por sua própria conta, elogiando primeiro a sua música e depois a sua beleza.

— O quê, você acha-o belo? — perguntei abruptamente.

— Eu devo achar — respondeu ela, arqueando suas sobrancelhas de um modo perplexo. — Há alguém que não ache? Toda mulher considera-o um Adônis; mas afinal, vocês homens divergem tanto de nós em sua admiração pelo seu próprio sexo, que às vezes julgam insípidos aqueles que nós temos em alta conta. De qualquer forma, ele seguramente terá sucesso como artista, pois todas as damas se apaixonarão por ele.

Tentei não estremecer ao ouvir estas últimas palavras, mas por mais que fizesse, era impossível manter minha expressão completamente imóvel.

Minha mãe, vendo-me franzir as sobrancelhas, acrescentou, sorrindo:

— O que foi, Camille, você vai começar a agir de forma tão vaidosa quanto a de uma mulher reconhecidamente bela, que não pode ouvir nenhuma outra ser elogiada sem sentir que qualquer enaltecimento feito a outra mulher é subtraído do que é devido a ela própria?

— Todas as mulheres são livres para se apaixonar por quem elas quiserem — respondi com impaciência. — Você sabe muito bem que eu nunca me vangloriei nem com minha beleza, nem com minhas conquistas.

— Não, é verdade, ainda que hoje você esteja agindo como um cão que se recusa a soltar o osso, pois de que lhe importa que as mulheres gostem dele ou não, especialmente se isso é de tanta ajuda para a sua carreira?

— Mas um artista não pode ficar em evidência unicamente pelo seu talento?

— Às vezes — acrescentou ela com um sorriso incrédulo —, embora raramente, e apenas com aquela perseverança sobre-humana da qual as pessoas dotadas frequentemente carecem, e Teleny...

Minha mãe não terminou sua frase em palavras, mas a expressão em seu rosto, e acima de tudo nos cantos de sua boca, revelou seus pensamentos.

— E você acha que esse jovem é um ser tão degradado a ponto de se permitir ser sustentado por uma mulher, como um...

— Bem, não exatamente ser sustentado... pelo menos, ele não consideraria sob esse ponto de vista. Ele pode, antes de tudo, permitir-se a ser auxiliado de mil outras maneiras que não financeiramente, mas seu piano seria seu *gagne-pain*.[9]

— Exatamente como é o palco para a maioria das bailarinas; então eu não gostaria de ser um artista.

— Oh! Eles não são os únicos homens que devem seu sucesso a uma amante ou a uma esposa. Leia *Bel Ami*, e você verá que muitos homens de sucesso, e até mais de

---

9. Em francês no original, "ganha-pão".

um personagem célebre, devem sua grandeza a...

— Uma mulher?

— Exatamente; é sempre: *Cherchez la femme.*[10]

— Então, este é um mundo revoltante.

— Tendo de viver nele, somos obrigados a fazer o melhor que pudermos, e não tomar as coisas tão tragicamente quanto você.

— Seja como for, ele toca bem. De fato, eu nunca ouvi ninguém tocar como ele fez na noite passada.

— Sim, eu admito que na noite passada ele tocou de maneira brilhante, ou antes, sensacional; mas também deve-se admitir que você estava num estado de saúde e espírito um tanto mórbido, de modo que aquela música deve ter exercido um efeito incomum sobre os seus nervos.

— Oh! Você acha que havia um espírito maligno dentro de mim, perturbando-me, e que um harpista habilidoso — como o da Bíblia[11] — foi, sozinho, capaz de acalmar meus nervos.

Minha mãe sorriu.

— Bem, hoje em dia, todos nós somos mais ou menos como Saul; isto é, todos nós somos ocasionalmente perturbados por um espírito maligno.

Em seguida, seu cenho tornou-se sombrio e ela se interrompeu, pois evidentemente a lembrança do atraso de meu pai lhe veio à mente; então, ela acrescentou, em tom pensativo:

— E Saul era realmente de se ter pena.

---

10. Em francês no original, "procurai a mulher".

11. Em 1Samuel (16, 16), o rei Saul, atormentado por um espírito maligno enviado por Deus, ordena que seus homens procurem um harpista habilidoso para acalmar-lhe os nervos. Como resultado dessa busca, trazem-lhe Davi.

Não lhe dei uma resposta. Apenas fiquei pensando por que Davi foi considerado favorito aos olhos de Saul. Seria porque ele "era ruivo, e também de formoso semblante e agradável à visão"? seria também por essa razão que, tão logo o viu, "a alma de Jônatas se ligou à alma de Davi, e Jônatas o amou como à sua própria alma"?

Estaria a alma de Teleny ligada à minha? Iria eu amá-lo e odiá-lo, como Saul amou e odiou Davi? De qualquer forma, desdenhei a mim mesmo e à minha tolice. Senti um ressentimento contra o músico que havia me enfeitiçado; acima de tudo, desprezei todo o gênero feminino, a praga do mundo.

— O quê!

Subitamente, minha mãe me tirou dos meus pensamentos sombrios.

— Você não vai para o escritório hoje, caso não se sinta bem — disse ela, depois de um momento.

— O quê! Você trabalhava no comércio, então, é verdade?

— Sim, meu pai havia-me deixado um negócio muito lucrativo, e o mais confiável e excepcional dos gerentes, que durante anos havia sido a alma da casa. Eu tinha então vinte e dois anos, e minha participação na empresa consistia em embolsar a parte do leão dos lucros. No entanto, devo dizer não apenas que nunca fui preguiçoso, mas, além disso, era, ao contrário, um jovem sério para a minha idade e, acima de tudo, para as minhas circunstâncias. Tinha apenas um *hobby* — um dos mais inofensivos. Eu gostava de majólica antiga, antigos leques e rendas, dos quais tenho hoje uma bela coleção.

Bem, eu fui ao escritório como de costume, mas fizesse o que fizesse, era quase impossível concluir qualquer espécie de trabalho.

A visão de Teleny confundia-se com qualquer coisa que eu tentasse resolver, atrapalhando tudo. Além disso, as palavras de minha mãe estavam sempre presentes em minha mente. Toda mulher se apaixonava por ele, e o amor delas era-lhe necessário. Por conta disso, tentei duramente bani-lo dos meus pensamentos. "Onde há a vontade, há um caminho", disse para mim mesmo, "por isso, eu logo me livrarei dessa paixão tola e piegas."

— Mas você não teve sucesso, teve?

— Não! Quanto mais eu procurava não pensar nele, mais eu pensava. Alguma vez você já ouviu trechos de uma melodia parcialmente recordada zumbindo em seus ouvidos? Vá para onde for, ouça o que quiser, aquela melodia está sempre atormentando você. Você não pode recordá-la inteiramente, do mesmo modo como não consegue se livrar dela. Se vai para a cama, ela impede-o de pegar no sono; você dorme e ouve-a em seus sonhos; você acorda, e ela é a primeira coisa que escuta. Assim era com Teleny; ele de fato me assombrava, sua voz — tão doce e baixa — repetia constantemente, naquele sotaque desconhecido: Oh! Amigo, meu coração anseia por ti.

E então sua imagem adorável jamais abandonava os meus olhos, o toque de sua mão suave ainda estava sobre a minha, eu sentia até mesmo seu hálito perfumado sobre os meus lábios; assim, naquele anseio sôfrego, a cada momento eu estendia meus braços para agarrá-lo e pressioná-lo de encontro ao meu peito, e a alucinação era tão forte em mim que logo fantasiei que podia sentir o seu corpo no meu.

Em consequência disso, teve lugar uma forte ereção, que enrijeceu cada nervo e quase me deixou louco; mas embora sofresse, ainda assim era doce a dor que eu sentia.

— Desculpe-me interrompê-lo, mas você nunca se

apaixonou antes de conhecer Teleny?

— Nunca.

— Estranho.

— Por quê?

— Aos vinte e dois?

— Bem, entenda que eu era predisposto a amar homens, e não mulheres, e sem saber disso, estava sempre lutando contra as inclinações da minha natureza. É verdade que várias vezes pensei já estar apaixonado, no entanto, foi apenas ao conhecer Teleny que entendi o que é o verdadeiro amor. Como todos os garotos, eu me acreditava obrigado a cair de amores, e fiz o melhor que pude para me persuadir de que havia sido flechado profundamente. Após ter, uma vez, encontrado casualmente uma jovem de olhos sorridentes, concluí que ela era exatamente o que uma Dulcineia idealizada deve ser; então eu a seguia por todo lugar, a cada vez que a encontrava, e às vezes até tentava pensar nela em momentos ociosos, quando não tinha nada para fazer.

— E como o romance terminou?

— De um modo ridículo. A coisa aconteceu, creio, cerca de um ou dois anos antes de eu deixar o *Lycée*; sim, eu me recordo, foi durante as férias de verão, a primeira vez em minha vida que viajei sozinho.

Sendo de disposição um tanto tímida, fiquei por algum motivo perturbado e nervoso por ter de abrir meu caminho a cotoveladas através da multidão, de correr e empurrar para conseguir minha passagem, de tomar cuidado para não entrar num trem de partida para a direção errada.

A conclusão de tudo isso foi que, antes de tomar plena consciência disso, vi-me sentado diante da garota pela qual me acreditava apaixonado, e além do mais, num carro reservado ao belo sexo.

Infelizmente, no mesmo vagão havia uma criatura que certamente não poderia ser classificada sob essa denominação; pois, embora eu não possa jurar nada quanto ao seu sexo, posso empenhar minha palavra de que não era bela. Na verdade, pelo que me lembro dela, era um autêntico espécime de velha dama inglesa migratória, coberta por um casaco impermeável algo parecido com um sobretudo. Uma dessas criaturas heterogêneas com as quais continuamente nos deparamos no continente, e creio que em todos os outros lugares exceto na Inglaterra, pois cheguei à conclusão de que a Grã-Bretanha as produz unicamente para exportação. Seja como for, eu mal havia ocupado meu lugar, quando...

— *Monseer* — disse ela num tom rabugento que parecia um latido —, *cette compartement est reservadô for dames soûles.*

Suponho que ela queria dizer *"seules"*,[12] mas naquele momento, confuso como estava, tomei-a ao pé da letra.

— *Dames soûles!*... damas bêbadas! — disse eu, aterrorizado, correndo os olhos por todas as senhoras.

Minhas vizinhas começaram a dar risinhos contidos.

— A madame disse que este vagão está reservado para damas — acrescentou a mãe da minha garota. — É claro que um jovem não está... bem, não está autorizado a fumar aqui, mas...

— Oh! Se essa é a única objeção, eu certamente evitarei fumar.

— Não, não! — disse a velha, evidentemente muito

---

12. Há, aqui, um trocadilho com as palavras francesas *seules*, desacompanhadas, e *soûles*, bêbadas.

chocada — *Vous sair*, saia, *ou moi crier!*[13]

— *Garde* — ela gritou para fora da janela — *faites sortir cette monseer!*[14]

O guarda apareceu na porta, e não apenas ordenou, mas expulsou-me ignominiosamente daquele vagão, como se eu fosse um novo coronel Baker.[15]

Senti-me tão envergonhado, tão mortificado, que meu estômago — que sempre foi delicado — desarranjou-se completamente com o abalo que eu sofrera. Por esse motivo, nem bem o trem começou a se mover e eu passei a, primeiro, ficar desconfortável; depois, sentir uma dor rumorejante; e, por último, uma vontade premente, tão intensa que foi com dificuldade que consegui sentar-me em meu lugar, apertando-me o máximo que podia, e não ousava me mover por medo das consequências.

Depois de algum tempo, o trem parou por alguns minutos, mas nenhum guarda veio abrir a porta do vagão; eu consegui me levantar, mas não havia guarda algum à vista e nenhum lugar onde eu pudesse me aliviar. Eu ponderava o que fazer quando o trem deu a partida.

O único ocupante do vagão era um velho cavalheiro, que — tendo-me dito para sentir-me confortável, ou antes

---

13. "Ou grito."

14. Francês imperfeito, em que se misturam palavras inglesas. "Guarda, tire este senhor daqui".

15. O narrador se refere ao caso do coronel Valentine Baker, que causou grande escândalo na época. Baker era um oficial britânico que lutou na Guerra da Crimeia e foi comandante da polícia egípcia, no Cairo, cargo que ocupou até sua morte. Numa viagem de trem de Londres para Waterloo, Baker, então com 49 anos, assediou e tentou agarrar à força uma jovem de 21, com quem dividia sua cabine. Preso sob acusação de tentativa de estupro, foi absolvido dessa imputação (provavelmente por causa de sua amizade com o Príncipe de Gales), mas condenado por atentado ao pudor.

para ficar à vontade — se pôs a dormir, e roncava feito um pião; era o mesmo que se eu estivesse sozinho.

Elaborei vários planos para aliviar minha barriga, que ficava cada vez mais indomável a cada momento que passava, mas apenas um ou dois deles pareciam dar-me uma resposta; e no entanto eu não podia pô-los em execução, pois minha amada, a apenas alguns vagões de distância, olhava a todo momento pela janela, e portanto não seria nada conveniente se, em vez do meu rosto, ela de repente visse... minha lua cheia. Pela mesma razão eu não podia usar meu chapéu como o que os italianos chamam de *comodina*, especialmente porque o vento soprava forte na direção dela.

O trem parou novamente, mas apenas por três minutos. O que alguém conseguiria fazer em três minutos, principalmente com uma dor-de-barriga como a minha? Outra parada; dois minutos. À força de apertar-me eu agora sentia que poderia esperar um pouco mais. O trem moveu-se e depois chegou uma vez mais a uma estação. Seis minutos. Agora era a minha chance, ou nunca. Saltei para fora.

Era uma espécie de estação rural, aparentemente um entroncamento, e todos estavam saindo.

O guarda vociferou: *"Les voyageurs pour..., en voiture."*[16]

— Onde é o lavatório? — perguntei a ele.

Ele quis me empurrar para dentro do trem. Eu escapei, e fiz a mesma pergunta para outro oficial.

— Ali — disse ele, apontando para o sanitário. — Mas seja rápido.

---

16. Em francês no original, "Passageiros com destino a..., embarquem."

Eu corri naquela direção, entrei em disparada sem olhar aonde ia. Empurrei a porta com violência.

Ouvi primeiro um gemido de alívio e conforto, seguido de um chapinhar e de um som de água caindo, depois um grito agudo, e vi minha donzela inglesa, não sentada, mas empoleirada sobre o assento da latrina.

A locomotiva apitou, o sino tocou, o guarda soprou sua buzina, o trem estava partindo.

Corri de volta o mais rápido que podia, sem pensar nas consequências, segurando minhas calças pendentes em minhas mãos, e seguido pela irada velha inglesa aos gritos, parecendo um franguinho fugindo de uma galinha velha.

— E...

Todos estavam nas janelas dos vagões, rindo da minha desventura.

Poucos dias depois, eu estava com meus pais na Pension Bellevue, no balneário de N..., quando, ao descer para o bufê, surpreendi-me ao descobrir a jovem dama em questão sentada com sua mãe, quase em frente ao lugar geralmente ocupado por meus pais. Ao vê-la, eu, é claro, corei até ficar escarlate; sentei-me e ela e sua mãe trocaram olhares e sorriram. Posicionei minha cadeira de um modo mais confortável e derrubei a colher que havia pego.

— Qual é o problema com você, Camille? — perguntou minha mãe, vendo-me ficar vermelho e empalidecer.

— Oh, nada! Eu apenas... eu... quero dizer, meu... meu estômago está um tanto desarranjado — falei, com um sussurro, sem achar melhor desculpa no calor do momento.

— Seu estômago novamente? — disse minha mãe em voz baixa.

— O quê, Camille! Você está com dor-de-barriga? — falou meu pai, com seu jeito espontâneo e sua voz retumbante.

Fiquei tão envergonhado e contrariado que, faminto como estava, meu estômago começou a fazer os roncos mais assustadores.

Todos que estavam na mesa, eu acho, davam risadinhas, quando subitamente eu ouvi uma bem conhecida voz raivosa, estridente e parecida com um latido, dizer: *"Gaason, demandez que monseer non parler cochonneries na table."*[17]

Lancei um olhar na direção de onde a voz partira, e, como era de se esperar, aquela horrível velha senhora inglesa migratória estava ali.

Senti-me afundar sob a mesa de vergonha, vendo que todos olhavam para mim. De qualquer forma, tive de suportar aquilo; e por fim aquela interminável refeição chegou ao fim. Subi para o meu quarto e, por isso, não vi mais minhas conhecidas.

Pela manhã, encontrei a jovem do lado de fora com sua mãe. Quando ela me viu, seus olhos sorridentes tiveram um brilho mais alegre do que nunca. Não me atrevi a olhar para ela, muito menos acompanhá-la como estava acostumado a fazer.

Havia várias outras garotas na *pension*, e ela logo conseguiu pôr-se em termos amigáveis com elas, pois era de fato uma favorita universal. Eu, ao contrário, mantinha-me isolado de todos, tendo a certeza de que meu infortúnio era não apenas conhecido, mas havia se tornado assunto generalizado para conversas.

---

17. No francês macarrônico peculiar à personagem: "Garçom, exija que esse senhor pare de dizer obscenidades à mesa".

Uma tarde, poucos dias depois, eu estava no amplo jardim da *pension*, escondido atrás de alguns arbustos de ílex, meditando sobre a minha má sorte, quando de repente vi Rita — pois o nome dela era Marguerite — caminhando numa aleia vizinha, juntamente com várias outras garotas.

Logo que a percebi, ela pediu que suas amigas fossem na frente, enquanto ela ia se demorando atrás.

Ela parou, deu as costas para as suas companheiras, levantou seu vestido bem acima do joelho, e exibiu uma perna muito bonita, embora um tanto fina, envolvida por uma meia justa de seda preta. A liga que prendia a meia à sua roupa de baixo havia se soltado, e ela começou a prendê-la.

Abaixando-me, eu poderia ter espiado tranquilamente entre as suas pernas, e visto o que a fenda de suas calcinhas cedia à visão; mas nunca me passou pela cabeça fazer isso. O fato é que eu nunca me interessei realmente por ela ou por qualquer outra mulher. Eu apenas pensei que aquele era meu momento de encontrá-la sozinha e cumprimentá-la, sem todas as outras garotas para rirem de mim. Por isso eu saí silenciosamente do meu esconderijo e avancei rumo à próxima aleia.

Quando dobrei a esquina, que visão eu tive! Ali estava o objeto da minha admiração sentimental, agachada no chão, com suas pernas bem afastadas, suas saias cuidadosamente dobradas.

— Então, finalmente você viu...

— Um tênue vislumbre de carne rosada, e uma corrente de líquido amarelo vertendo por baixo e fluindo pelo cascalho, borbulhando e produzindo muita espuma, acompanhada pelo som precipitoso de muita água, ao mesmo tempo que, como se fosse para saudar o meu aparecimento, um ruído ribombante como o de um canhoneio untuoso partiu de trás.

— E o que você fez?

— Você não sabe que nós sempre fazemos as coisas que não devem ser feitas, e deixamos sem fazer as que devem, como eu creio que diz o Livro de Orações? Por isso, em vez de sair furtivamente e despercebido e me esconder atrás de um arbusto para tentar vislumbrar a boca da qual escapava o riacho, eu tolamente continuei imóvel como uma tora — emudecido e embasbacado. Foi só quando ela ergueu os olhos que recuperei o uso da minha língua.

— *Oh, mademoiselle! Pardon!* — falei. — Mas eu realmente não sabia que você estava aqui... Quero dizer...

— *Sot... stupide... imbecile... bête... animal!*[18] — disse ela, com uma loquacidade bastante francesa, levantando-se e ficando vermelha como uma peônia. Depois ela deu as costas para mim, apenas para se defrontar com a velha senhora migratória, que apareceu na extremidade oposta da alameda e cumprimentou-a com um prolongado "Oh!", que soou como um apito de neblina.

— E então...

— E então o único amor que eu já senti por uma mulher chegou ao fim.

III

— Então, você nunca havia amado antes de conhecer Teleny?

— Nunca. Foi por essa razão que — por algum tempo — eu não entendi exatamente o que sentia. Refletindo a

---

18. "Idiota... estúpido... imbecil... besta... animal!"

respeito, porém, cheguei posteriormente à conclusão de que já havia experimentado o primeiro tênue estímulo amoroso muito tempo antes, mas como fora sempre pelo meu próprio sexo, não tive consciência de que era amor.

— Foi por algum rapaz da sua idade?

— Não, sempre por homens crescidos, por exemplares fortemente musculosos de masculinidade. Tive desde a infância uma queda por machos do tipo pugilista, com pernas enormes, músculos torneados, tendões poderosos; pela força bruta, na verdade.

Minha primeira paixão foi por um jovem Hércules açougueiro, que vinha cortejar nossa criada — uma garota bonita, pelo que me lembro. Ele era um sujeito corpulento e atlético, com braços vigorosos, que aparentava ser capaz de derrubar um touro com um golpe de seu punho.

Eu costumava com frequência sentar e observá-lo desprevenido, notando cada expressão de seu rosto enquanto ele fazia amor, quase sentindo a volúpia que ele próprio sentia.

Como eu queria que ele falasse comigo em vez de gracejar com minha criada estúpida. Sentia ciúmes dela, embora a apreciasse muito. Às vezes ele me tomava no colo e me afagava, mas isso acontecia muito raramente; um dia, porém, quando — aparentemente excitado — ele havia tentado intensamente beijá-la, mas não obtivera sucesso, ergueu-me e pressionou seus lábios sofregamente contra os meus, beijando-me como se estivesse morrendo de sede.

Embora não passasse de uma criança muito pequena, ainda assim acho que esse ato deve ter-me provocado uma ereção, pois lembro-me de que cada um dos meus batimentos cardíacos palpitava. Ainda recordo o prazer que sentia quando – como um gato – conseguia esfregar-me nas suas pernas, aninhar-me entre suas coxas, farejá-lo como um cão, ou dar-lhe palmadas e bofetões. Mas, que tristeza! Ele raramente prestava atenção em mim.

A maior delícia da minha infância era ver homens se banhando. Eu mal conseguia me conter para não correr até eles; provavelmente teria gostado de tocar e beijar seus corpos inteiros. Ficava quase fora de mim quando via um deles nu.

Um falo agia sobre mim como – eu suponho – sobre uma mulher muito voluptuosa; minha boca realmente se enchia d'água diante de tal visão, especialmente se fosse um de bom tamanho, vigoroso, com a cabeça arregaçada e a glande carnuda.

Com tudo isso, eu nunca entendi que amava homens e não mulheres. O que eu sentia era aquela convulsão do cérebro que incendeia os olhos com um fogo cheio de loucura, um ávido deleite bestial, um feroz desejo sensual. O amor eu achava que era um tranquilo flerte entre as conversas da sala de estar, algo suave, sentimental e estético, muito diferente daquela paixão cheia de irritação e ódio que me queimava por dentro. Em outras palavras, muito mais um sedativo que um afrodisíaco.

– Então, suponho que você nunca teve uma mulher?

– Oh, sim! Várias. Embora por acaso, mais do que por escolha. Ainda assim, para o francês na minha idade, comecei minha vida sexual bastante tarde. Minha mãe – embora considerada uma pessoa muito leviana, muito dada ao prazer – tomava mais cuidado com a minha criação do que muitas mulheres sérias, triviais e detalhistas teriam feito; pois ela sempre teve grande tato e poder de observação. Consequentemente, nunca fui posto como interno em qualquer escola, pois ela sabia que tais locais de ensino — como regra — não passavam de incubadoras do vício. E qual é o interno, de qualquer sexo, que não começou sua vida sexual com o tribadismo, o onanismo ou a sodomia?

Minha mãe, além disso, tinha medo que eu pudesse ter herdado a disposição sensual do meu pai, e, por consequência, fez o possível para poupar-me de quaisquer tentações precoces, e de fato teve realmente sucesso em manter-me afastado das travessuras.

Eu era, portanto, aos quinze ou dezesseis anos, muito mais inocente do que qualquer outro dos meus colegas de escola, ainda que conseguisse esconder minha completa ignorância fingindo ser mais depravado e *blasé*.

Sempre que eles falavam de mulheres — e faziam isso todos dias — eu sorria com ar de conhecedor, de modo que logo chegaram à conclusão de que "águas tranquilas correm nas profundezas".

— E você não sabia absolutamente nada?

— Sabia apenas que havia algo a ver com pôr e tirar.

Aos quinze anos, eu estava um dia no nosso jardim, passeando distraidamente perto de um pequeno prado ao lado da estrada que passava atrás da casa.

Eu caminhava sobre a grama úmida, suave como um tapete aveludado, de modo que meus passos não eram audíveis. Em dado momento, parei ao lado de um velho canil em desuso, que frequentemente me servia como assento.

Quando cheguei ali, ouvi uma voz saindo de dentro dele. Apurei meus ouvidos e escutei sem me mover. Em seguida, ouvi a voz de uma jovem garota dizer: — Ponha e depois tire; depois ponha de novo e volte a tirar; e continue por algum tempo.

— Mas eu não consigo pôr — foi a resposta.

— Agora — disse a primeira. — Eu vou abrir bem o meu buraco usando minhas duas mãos. Empurre para dentro; enfie... mais... muito mais... o máximo que puder.

— Está bem... mas tire os seus dedos.

— Aí está... foi tudo para fora novamente; tente empurrar para dentro.

— Mas eu não consigo. Seu buraco está fechado — murmurou a voz do menino.

— Faça força.

— Mas por que eu tenho que enfiar?

— Bem, você sabe que a minha irmã tem um soldado como seu melhor amigo; e eles sempre fazem isso quando ficam sozinhos. Você nunca viu os galos pularem em cima das galinhas e bicarem-nas? Bem, eles também gostam disso, só que minha irmã e o soldado se beijam e se beijam; de modo que leva um bom tempo para fazerem isso.

— E ele sempre põe e tira?

— É claro; só que no fim minha irmã sempre o avisa para lembrar-se de não terminar dentro, para que ele não faça uma criança nela. Então agora, se você quer ser meu melhor amigo — como você sempre diz que quer — empurre para dentro... use seus dedos, se não puder fazer de outro modo; mas preste atenção e não termine dentro de mim, porque você pode me fazer uma criança.

Em seguida eu espiei, e vi a filha mais nova do nosso jardineiro — uma menina de dez ou doze anos — deitada de costas, enquanto um pequeno vagabundo de cerca de sete anos estava esparramado em cima dela, tentando fazer o melhor que podia para pôr suas instruções em prática.

Essa foi a minha primeira lição, e com isso eu tive uma vaga sugestão do que homens e mulheres fazem quando são amantes.

— E você não ficou curioso para saber mais sobre o assunto?

— Oh, sim! Muitas vezes eu teria cedido à tentação de acompanhar meus amigos em suas visitas a algumas prostitutas — cujos atrativos eles sempre exaltavam numa voz peculiarmente baixa, anasalada e caprina, e com um inexplicável estremecimento pelo corpo todo —, não fosse impedido pelo medo de ser escarnecido por eles e pelas próprias garotas, pois eu ainda era tão inexperiente sobre o que fazer com uma mulher quanto o próprio Dáfnis, antes que Licênion deslizasse para baixo dele, iniciando-o assim nos mistérios do amor;[19] e no entanto, dificilmente se requer iniciação maior na matéria do que necessita o recém-nascido para tomar o seio.

— Mas quando sua primeira visita a um bordel aconteceu?

— Após deixar o colégio, quando as láureas e louros místicos coroaram nossas testas. De acordo com a tradição, fomos participar de uma ceia de despedida e divertimo-nos juntos, antes de nos separarmos rumo aos nossos caminhos divergentes pela vida.

— Sim, lembro-me dessas alegres ceias do Quartier Latin.

— Quando a ceia acabou...

— E todos estavam mais ou menos bêbados...

— Precisamente. Ficou acertado que deveríamos passar a noite em visitas a algumas casas de entretenimento

---

19. Referência a *Dáfnis e Cloé*, romance pastoral de Longo, datado do século III d.C., que conta a história do pastor Dáfnis, que embora apaixonado por Cloé, ainda não conhecia o sexo e ignorava o que fazer de seu desejo por ela até ser seduzido e instruído por sua vizinha Licênion.

noturno. Embora eu fosse bastante alegre, e geralmente disposto a qualquer tipo de piada, senti-me ainda assim um tanto intimidado, e de bom grado teria dado o cano em meus amigos em vez de me expor ao ridículo e a todos os horrores da sífilis, mas por mais que fizesse, foi impossível me livrar deles.

Chamaram-me de sorrateiro, imaginaram que eu queria passar a noite com alguma amante, uma bela *grisette*, ou uma elegante *cocotte*, pois o termo *horizontale*[20] ainda não havia entrado na moda. Outro sugeriu que eu estivesse preso à barra do avental de minha mamãe, que meu papai não me deixava sair com a chave de casa. Um terceiro falou que eu queria ir embora para "*menarmi la rilla*",[21] como Aretino tão cruelmente expressou.

Vendo que era impossível escapar, consenti de boa graça acompanhá-los.

Um certo Biou, jovem em anos, mas antigo no ofício, que — como um velho gato macho — já havia, aos dezesseis anos, perdido um olho numa batalha de amor (tendo então contraído algum vírus [*sic*] sifilítico), propôs mostrar-nos a vida nas regiões desconhecidas do verdadeiro Quartier Latin.

— Primeiro — disse ele —, eu os levarei até um lugar onde gastaremos pouco e teremos alguma alegria; será apenas para que nos aqueçamos, e de lá iremos para outra casa, a fim de disparar nossas pistolas, ou deveria dizer nossos revólveres, pois o meu tem um tambor de sete tiros.

---

20. O termo francês *horizontale*, à época em que o romance foi escrito, podia ser empregado como eufemismo para designar uma prostituta.

21. Pietro Aretino (1492–1556) emprega esta expressão nos *Juízos* (1534), e também em outras obras, referindo-se à masturbação.

Seu único olho cintilava de deleite, e suas calças cresciam de dentro para fora enquanto ele dizia isso. Todos concordamos com a proposta, eu sentindo-me especialmente feliz por poder permanecer inicialmente apenas como um espectador. Perguntei-me, porém, como seria o espetáculo.

Fizemos uma viagem interminável por ruas, alamedas e passagens estreitas e irregulares, onde mulheres pintadas apareciam em roupas vistosas nas janelas imundas de algumas casas miseráveis.

Como estava ficando tarde, todas as lojas já haviam fechado, exceto os fruteiros, que vendiam peixe frito, mexilhões e batatas. Estes vomitavam um cheiro repulsivo de sujeira, gordura e azeite quente, que se misturavam com o fedor das sarjetas e dos esgotos no meio das ruas.

Na escuridão das vias mal iluminadas, mais de um *café chantant* e cervejaria refulgia com lampiões vermelhos, e quando passávamos por eles sentíamos as baforadas de ar quente e abafado, recendendo a álcool, tabaco e cerveja choca.

Todas essas ruas eram apinhadas de uma multidão diversificada. Havia homens bêbados com faces feias e raivosas, megeras indolentes, e crianças pálidas, precocemente murchas, todas rotas e esfarrapadas, cantando canções obscenas.

Por fim, chegamos a uma espécie de cortiço, onde as carruagens paravam diante de uma casa baixa e carrancuda, que parecia ter sofrido de hidrocefalia na infância. Tinha um aspecto amalucado, e por ter sido, além disso, pintada de um vermelho-amarelado, suas muitas escoriações davam-lhe a aparência de ter alguma afecção de pele nojenta e repulsiva. Esse infame local de diversões parecia alertar o visitante da doença que empestava o espaço entre suas paredes. Entramos por uma pequena porta, subindo por uma escada sinuosa, engordurada e escorregadia, iluminada por um lampião a gás tremulante e asmático. Embora eu relutasse em pousar minhas mãos no corrimão, era quase impossível escalar aqueles degraus lamacentos sem fazer isso.

No primeiro lance, fomos cumprimentados por uma bruxa velha de cabelos cinzentos, com um rosto inchado ainda que lívido. Eu realmente não sei o que a tornava tão repulsiva para mim — talvez fossem seus olhos inflamados e desprovidos de cílios, sua expressão cruel, ou seu ramo de negócio —, mas o fato é que nunca em minha vida eu vi uma criatura tão semelhante a um demônio. Sua boca de gengivas desdentadas e seus lábios pendentes pareciam o aparelho sugador de algum pólipo; aquilo era tão viscoso e nauseabundo!

Ela nos deu as boas-vindas com muitas cortesias baixas e bajuladoras palavras de afeto, e nos conduziu até uma sala espalhafatosa e de teto baixo, onde uma reluzente lâmpada de petróleo derramava seu brilho rude por toda a volta.

Cortinas sujas nas janelas, algumas cadeiras de braços e um divã longo, surrado e muito manchado completavam a mobília dessa sala, que cheirava a uma mistura de almíscar e cebolas; mas, como era já então dotado de uma imaginação bastante forte, em alguns momentos detectava — ou pensava detectar — um cheiro de ácido carbólico e iodo,[22] embora o nauseabundo cheiro de almíscar superasse todos os outros odores.

---

22. O ácido carbólico, hoje mais conhecido pela denominação usual de fenol, e o iodo eram bastante empregados, à época, como antissépticos, e usados no tratamento das erupções sifilíticas de pele.

Nesse covil, várias... como devo chamá-las?... Sereias? Não, harpias!, estavam acocoradas ou recostadas em volta.

Embora eu tentasse assumir o mais indiferente e *blasé* dos ares, ainda assim meu rosto deve ter expressado todo o horror que eu sentia. Esta é, então, disse para mim mesmo, uma daquelas deliciosas casas de prazer, das quais ouvi tantas histórias ardentes?

Essas Jezebeis maquiadas, cadavéricas ou inchadas, são as virgens páfias, as esplêndidas sacerdotisas de Vênus, cujos encantos mágicos fazem os sentidos vibrarem de deleite, as huris em cujos seios você desmaia e é arrebatado para o paraíso.

Meus amigos, vendo meu completo aturdimento, começaram a rir de mim. Eu, então, sentei-me e tentei estupidamente sorrir.

Três daquelas criaturas foram imediatamente até mim, uma delas, passando seus braços em volta do meu pescoço, beijou-me e quis meter sua língua imunda em minha boca; as outras começaram a manipular-me do modo mais indecente. Quanto mais eu resistia, mais inclinadas elas pareciam a fazer de mim um Laocoonte.[23]

— Mas por que você foi escolhido como vítima delas?

— Eu realmente não sei, mas deve ter sido por meu aspecto tão inocentemente assustado, ou porque meus amigos estavam rindo da minha expressão crispada de horror.

Uma dessas pobres mulheres — uma garota alta e morena, italiana, creio — estava evidentemente no último

---

23. Personagem do ciclo da Guerra de Tróia, o adivinho Laocoonte, ao tentar denunciar o estratagema do cavalo de madeira aos troianos, foi, com seus dois filhos, enlaçado por serpentes e por elas arrastado ao mar a mando de Apolo.

estágio da tuberculose. Era, na verdade, um mero esqueleto, mas não obstante isso – não fosse pela máscara de giz e escarlate com que seu rosto estava coberto –, vestígios de uma antiga beleza ainda podiam ser discerníveis nela. Olhando-a, qualquer um que não estivesse fechado a tais visões conseguiria sentir nada além de um sentimento da mais profunda piedade.

A segunda era ruiva, descarnada, marcada de varíola, de olhos esbugalhados e repulsiva.

A terceira: velha, baixa, atarracada e obesa; parecia um balão de gordura. Ela atendia pelo nome de *cantinière*.[24]

A primeira estava vestida de verde-grama, ou prásino; a meretriz ruiva trajava um robe que um dia devia ter sido azul; a puta velha estava coberta de amarelo.

Todos esses trajes, porém, estavam engordurados e muito mais do que puídos. Além disso, algum fluido viscoso e pegajoso, que havia deixado grandes manchas por todo lugar, fazia parecer como se todas as lesmas da Burgúndia tivessem rastejado por cima delas.

Eu consegui me livrar das duas mais jovens, mas não fui tão bem-sucedido com a *cantinière*.

Vendo que seus encantos, e todas as suas pequenas carícias, não surtiam efeito em mim, ela tentou excitar meus sentidos indolentes pelos meios mais desesperados.

Como eu disse antes, eu estava sentado no divã baixo; ela, então, ficou de pé na minha frente e ergueu seu vestido até a cintura, exibindo assim todos os seus atrativos até então ocultos. Foi a primeira vez que vi uma mulher nua, e essa era positivamente repulsiva. E no entanto,

24. Em francês no original, "proprietária de uma cantina ou lanchonete".

agora que penso a respeito, sua beleza podia ser comparada à de Sulamita, pois seu pescoço era como a torre de Davi, seu umbigo assemelhava-se a uma taça redonda, seu ventre era um imenso monte de trigo seco. Seus pêlos, começando na cintura e descendo até os joelhos, não eram exatamente como um rebanho de cabras — como os cabelos da noiva de Salomão —, mas em quantidade eles certamente se igualavam a uma pele de carneiro preto de bom tamanho.

Suas pernas — assim como aquelas descritas no cântico bíblico — eram duas colunas sólidas, retas de cima a baixo, sem qualquer sinal de tornozelo ou panturrilha. Seu corpo inteiro, na verdade, era uma massa volumosa de gordura palpitante. Se o seu cheiro não era exatamente aquele do Líbano, era sem dúvida de almíscar, patchuli, peixe estragado e transpiração; mas quando meu nariz entrou em contato mais próximo com seu tosão, o cheiro de peixe rançoso predominou.

Ela ficou de pé por um minuto diante de mim; depois, aproximando-se um ou dois passos, pôs um dos pés no divã e, abrindo suas pernas ao fazê-lo, tomou minha cabeça entre suas mãos gorduchas e viscosas.

— *Viens, mon cheri, fais minette a ton petit chat.*[25]

Quando ela disse isso, vi a massa de pêlos pretos separar-se; dois enormes lábios pretos apareceram primeiro, depois se abriram, e dentro desses lábios inchados — que interiormente apresentavam a cor e o aspecto de carne de açougue estragada — vi algo como a ponta de um pênis de cão em estado de ereção, protraído em direção aos meus lábios.

25. Em francês no original, "Vem, querido, fazer minete na tua gatinha".

Todos os meus colegas de escola explodiram em gargalhadas – por quê, eu não entendi exatamente, pois não fazia a mais leve ideia do que era *minette*, ou do que a velha puta queria de mim, nem conseguia entender como qualquer coisa tão repugnante podia se tornar uma piada.

– Bem, e como essa noite de alegrias acabou?

– Pediram-se bebidas – cerveja, destilados e algumas garrafas de espumante, exceto champanhe, pois certamente não eram o produto das vinícolas ensolaradas da França, mas com ele as mulheres embeberam-se copiosamente.

Depois disso, não desejando que deixássemos a casa sem divertir-nos de alguma forma, e sem que obtivessem mais alguns francos dos nossos bolsos, propuseram mostrar-nos alguns truques que sabiam fazer entre elas.

Era aparentemente uma visão rara, aquela pela qual fôramos até a tal casa. Meus amigos concordaram com unanimidade. Então o velho balão de gordura despiu-se completamente e sacudiu seu traseiro à guisa de uma imitação barata da Dança da Vespa oriental.[26] A pobre meretriz tuberculosa seguiu o exemplo dela e despiu suas roupas com um simples agitar de seu corpo.

À visão daquela imensa massa flácida de banha de porco vibrando de ambos os lados do traseiro, a puta magérrima ergueu sua mão e deu um belo tapa na bunda da sua amiga, mas a mão pareceu afundar nela como numa massa de manteiga.

– Ah! – disse a *cantinière* – então esse é o joguinho de que você gosta, não é?

---

26. A Dança da Vespa ou da Abelha, descrita por Flaubert em seus relatos de viagem, é uma dança erótica de origem egípcia em que a dançarina simula ter um dos insetos em questão entre suas roupas, as quais remove progressivamente para se livrar do suposto ferrão.

E ela respondeu o tapa com outro mais forte no traseiro da sua companheira.

Em seguida, a garota tuberculosa começou a correr em torno da sala, e a *cantinière* cambaleou atrás dela na mais provocante atitude, cada uma tentando estapear a outra.

Quando a prostituta mais velha passou por Biou, ele lhe deu um ruidoso tapa com sua mão espalmada, e logo depois, a maioria dos outros estudantes o acompanharam, evidentemente muito excitados com essa brincadeirinha de flagelação, até que as nádegas das duas mulheres assumiram um vermelho escarlate.

A *cantinière*, tendo finalmente conseguido agarrar a outra, sentou-se e deitou-a sobre seus joelhos, dizendo:
— Agora, minha amiga, você vai ganhar o que está querendo.

E fazendo com que os atos seguissem suas palavras, espancou-a com gosto, isto é, golpeando-a com toda a força que suas mãozinhas gorduchas lhe permitiam.

Quando a mais jovem finalmente conseguiu se levantar, ambas então começaram a agir como namoradas e acariciar-se reciprocamente. Em seguida, com coxas contra coxas e seios contra seios, pararam um momento naquela posição, depois do que, afastando a cabeleira hirsuta que cobria a parte mais baixa dos chamados montes de Vênus, e abrindo seus grossos e intumescidos lábios castanhos, puseram um clitóris em contato com o outro, e estes, enquanto elas se tocavam, remexiam-se com gozo. Depois, envolvendo com seus braços as costas uma da outra, com suas bocas coladas, respirando mutuamente seus hálitos fétidos, sugando alternadamente suas línguas, começaram a se esfregar com força. Elas se enroscaram, retorceram-se e tiveram espasmos, praticando todos os tipos de contorções durante algum tempo, embora mal fossem capazes de ficar de pé por conta da intensidade do êxtase que sentiam.

Por fim, a garota tuberculosa, agarrando com suas mãos a traseira da outra, e assim abrindo as imensas nádegas polpudas, gritou: — *Une feuille de rose.*[27]

É claro que eu fiquei consideravelmente curioso sobre o que ela quereria dizer, e fiquei imaginando onde ela poderia encontrar uma pétala de rosa, pois não havia flor alguma à vista na casa, e então, perguntei a mim mesmo: se tivesse uma, o que faria com ela?

Não precisei usar a imaginação por muito tempo, pois a *cantinière* fez à sua amiga o que esta lhe havia feito. Depois, outras duas putas vieram e se ajoelharam diante dos traseiros que eram assim amparados para elas, puseram suas línguas nos buracos negros dos ânus, e começaram a lambê-los, para o prazer das prostitutas ativas e passivas, e de todos os seus espectadores.

Além disso, as mulheres ajoelhadas, enfiando seus indicadores entres as pernas das marafonas que estavam de pé e sobre a extremidade inferior dos lábios destas, começaram a esfregá-los vigorosamente.

A garota tuberculosa assim masturbada, beijada, esfregada e lambida, começou a se retorcer furiosamente, a ofegar, soluçar e gritar com alegria, deleite e quase dor, até quedar semi-desmaiada.

— *A-te, la, la, assez, a-te, c'est fait*[28] — disse ela, afirmação seguida por choros, gritos, monossílabos e palavras de puro deleite e insuportável prazer.

---

27. Em francês no original, "Uma pétala de rosa".
28. "Toma, toma isso, e mais isso, pronto."

— Agora é minha vez — disse a *cantinière*, e estendendo-se sobre o sofá baixo, abriu bem as suas pernas, de modo que os dois grossos lábios escuros se escancararam e revelaram um clitóris que, em sua ereção, tal era o tamanho da minha ignorância, levou-me a concluir que aquela mulher era um hermafrodita.

Sua amiga, a outra *gougnotte*[29] — essa foi a primeira vez que eu ouvi a expressão —, embora mal tivesse se recuperado, foi colocar sua cabeça entre as pernas da *cantinière*, lábios contra lábios, e sua língua sobre o rígido, rubro, úmido e pulsante clitóris, também ela adotando uma posição em que suas partes baixas ficaram ao alcance da boca da outra puta.

Elas balançavam e se remexiam, esfregavam-se e chocavam-se uma contra a outra, e seus cabelos desgrenhados espalhavam-se não apenas sobre o sofá, mas também pelo chão. Agarravam-se mutuamente, enfiavam seus dedos nos orifícios das bundas uma da outra, apertavam os mamilos de seus seios, e cravavam suas unhas nas partes carnudas de seus corpos, pois em sua fúria erótica eram como duas mênades selvagens, e só abafavam seus gritos com o furor dos seus beijos.

Embora a lascívia delas parecesse ficar ainda mais forte, ainda não triunfara sobre elas, e a gorda e agressiva meretriz, em sua ânsia de gozar, agora pressionava a cabeça da amante com ambas as mãos e com toda força, como se de fato tentasse introduzi-la inteira em seu útero.

O quadro era realmente abominável, e eu virei meu rosto de lado para não vê-lo, mas a visão que se oferecia em toda a volta era, no mínimo, mais repugnante.

As putas haviam desabotoado as calças de todos os

---

29. Em francês no original, "lésbica".

rapazes, algumas estavam manipulando seus órgãos, acariciando seus testículos ou lambendo seus traseiros; uma estava ajoelhada diante de um jovem estudante e sugava avidamente seu falo imenso e carnudo, outra garota estava sentada de pernas abertas no colo de um dos rapazes, lançando-se para cima e vindo novamente abaixo como se estivesse numa gangorra – evidentemente praticando uma cavalgada priápica – e (talvez não houvesse prostitutas suficientes, ou isso fosse feito apenas por diversão) uma mulher era possuída por dois homens ao mesmo tempo, um pela frente e o outro por trás. Havia também outros disparates, mas eu não tive tempo bastante para ver tudo.

Além do mais, muitos dos jovens que já estavam bêbados quando chegaram ali, tendo bebido champanhe, absinto e cerveja, começaram então a ficar enjoados, a sentir-se bastante mal, a soluçar e, por fim, a vomitar.

Em meio a esse cenário nauseabundo, a puta tuberculosa explodiu num surto de histeria, chorando e soluçando ao mesmo tempo, enquanto a gorda, que estava então plenamente excitada, não permitia que ela levantasse sua cabeça, e recebendo seu nariz onde a língua estivera até então, esfregava-se nele com toda a sua força, gritando.

– Lamba, lamba mais forte, não tire sua língua agora que estou quase gozando; isso, estou conseguindo, me lamba, me chupe, me morda.

Mas a pobre e cadavérica infeliz, no paroxismo do delírio da outra, conseguira fazer com que sua cabeça deslizasse para fora.

– *Regarde donc quel con*[30] – disse Biou, apontando

---

30. Em francês no original, "Veja só que boceta".

para aquela massa de carne vibrante no meio dos pêlos pretos cobertos de uma espuma viscosa. — Eu vou enfiar meu joelho nela e masturbá-la como se deve. Agora, vocês vão ver!

Ele tirou suas calças e estava prestes a converter em ação as palavras, quando uma leve tosse foi ouvida. Esta foi imediatamente seguida de um grito agudo; e antes que pudéssemos entender qual era o problema, o corpo da robusta prostituta velha estava banhado de sangue. A pobre cadavérica havia, num surto de lubricidade, rompido um vaso sanguíneo e estava morrendo... morrendo... morta!

— *Ah! la sale bougre!*[31] — disse a mulher de aparência demoníaca com sua face lívida. — A vagabunda se acabou, e ela me deve...

Não lembro qual foi a soma que ela mencionou. Nesse meio-tempo, porém, a *cantinière* continuou a se contorcer em seu furor irracional e ingovernável, serpenteando e contorcendo-se; mas por fim, sentindo o sangue morno escorrer em seu ventre e banhar as partes intumescidas, ela começou a ofegar, a gritar e a saltar de gozo, pois a ejaculação se manifestava, enfim.

Assim, aconteceu que o estertor de uma misturou-se ao ofegar e gorgolhar da outra.

Em meio a essa confusão eu saí de fininho, curado para sempre da tentação de tornar a visitar tais casas de entretenimento noturno.

IV

— Agora voltemos à nossa história.

---

31. Em francês, no original: "Ah, que vaca imunda!".

— Quando foi que você encontrou Teleny novamente?

— Só algum tempo depois daquilo. O fato é que, embora eu continuasse a me sentir irresistivelmente atraído por ele, arrastado como estava por uma poderosa compulsão cuja força eu às vezes mal podia resistir, ainda continuava a evitá-lo.

Todas as vezes em que ele tocava em público eu sempre ia ouvi-lo — ou antes, vê-lo; e eu vivia apenas durante esses curtos momentos em que ele estava no palco. Meus binóculos, então, ficavam cravados nele, meus olhos fixos em sua figura celestial, tão cheia de juventude, vida e masculinidade.

O desejo que eu sentia de ter sua bela boca com os lábios entreabertos pressionados sobre a minha era tão intenso que sempre fazia com que meu pênis lacrimejasse.

Às vezes o espaço entre nós parecia diminuir e definhar de tal modo que eu tinha a sensação de poder respirar seu hálito morno e perfumado — mais do que isso, na verdade parecia-me sentir o contato de seu corpo contra o meu.

O sentimento despertado pelo mero pensamento de que sua pele estivesse tocando a minha excitava meu sistema nervoso de tal forma que a intensidade desse prazer estéril produzia inicialmente um agradável entorpecimento em todo o meu corpo, que, caso se prolongasse, logo se transformava numa dor surda.

Ele próprio sempre parecia sentir a minha presença no teatro, pois seus olhos invariavelmente procuravam por mim até penetrarem a mais densa multidão para me encontrar. Eu sabia, porém, que ele não podia realmente me ver no canto onde me escondia, quer estivesse no fosso, na galeria ou no fundo de algum camarote. No entanto, para qualquer lugar que eu fosse, seus olhares sempre se voltavam na minha direção. Ah, aqueles olhos! Tão imperscrutáveis quanto a água turva de um poço. Mesmo agora, quando me recordo deles depois de todos esses anos, meu coração bate forte e sinto minha cabeça rodar ao pensar neles. Se você tivesse visto aqueles olhos, saberia realmente o que é aquele langor ardente sobre o qual os poetas estão sempre escrevendo.

De uma coisa eu sentia orgulho justificado. Desde aquela famosa noite do concerto beneficente, ele tocou — senão de um modo teoricamente mais correto — muito mais brilhante e sensacionalmente do que jamais fizera antes.

Todo o seu coração agora se derramava naquelas voluptuosas melodias húngaras, e todos aqueles cujo sangue não estava congelado pela inveja ou pela idade eram arrebatados por aquela música.

Seu nome, portanto, começou a atrair grandes audiências, e embora os críticos musicais se dividissem em suas opiniões, os jornais sempre tinham longos artigos sobre ele.

— E, estando tão apaixonado por ele, você teve força de espírito para, mesmo sofrendo, resistir à tentação de vê-lo?

— Eu era jovem e inexperiente, portanto moralista; pois o que é a moralidade senão preconceito?

— Preconceito?

— Bem, a natureza é moral? O cão que fareja e lambe com evidente gosto a primeira cadela que encontra perturba seu cérebro pouco sofisticado com moralidade? O poodle que se empenha em sodomizar aquele pequeno vira-lata que vem atravessando a rua importa-se com o que uma Sra. Grundy[32] canina diria a respeito dele?

Não, ao contrário dos poodles ou dos jovens árabes, eu havia sido inculcado com todo tipo de ideias erradas, de modo que quando compreendi o que eram meus sentimentos naturais por Teleny, fiquei chocado, horrorizado; e cheio de consternação, resolvi reprimi-los.

De fato, se conhecesse melhor a natureza humana, teria deixado a França, ido para os antípodas, estabelecido o Himalaia como uma barreira entre nós.

— Apenas para ceder aos seus gostos naturais com alguma outra pessoa, ou com ele, caso acontecesse de se encontrarem inesperadamente depois de muito anos.

— Você tem toda razão. Os fisiologistas dizem-nos que o corpo do homem muda depois de sete anos; as paixões de um homem, porém, permanecem sempre as mesmas; ainda que ardendo em estado latente, elas estão em seu seio todo o tempo. Sua natureza certamente não é melhor por não ter dado vazão a eles. Ele está apenas enganando a si mesmo e trapaceando contra todos ao fingir ser o que não é. Eu sei que nasci sodomita, a culpa é da minha constituição, não minha.

Li tudo o que pude encontrar sobre o amor de um homem por outro, aquele crime abominável contra a natureza que nos foi ensinado não apenas pelos próprio deuses, mas por todos os maiores homens dos tempos antigos, pois até mesmo Minos parece ter sodomizado Teseu.

Eu, é claro, olhava para isso como uma monstruosidade, um pecado — como diz Orígenes — muito pior que a idolatria. E ainda assim, tinha de admitir que o mundo

---

32. A Sra. Grundy surgiu como personagem de uma peça de Thomas Morton (1764–1838), *Speed the Plough*. No entanto, o nome é frequentemente usado para aludir-se a pessoas puritanas e extremamente moralistas.

— mesmo depois que as Cidades da Campina foram destruídas — prosperou muito bem a despeito dessa aberração, pois as garotas páfias dos grandes dias de Roma eram muito frequentemente desprezadas em troca de belos garotinhos.

Já não era sem tempo de chegar o Cristianismo para varrer todos os vícios monstruosos deste mundo com sua vassoura novinha em folha. O Catolicismo, mais tarde, queimou esses homens que semeavam num campo estéril — em efígie.

Os papas tinham seus catamitos, os reis tinham seus *mignons*,[33] e se todas as hostes de padres, monges, frades e cenobitas foram perdoadas, nem sempre — deve-se admitir — eles cometeram sodomia ou lançaram suas sementes em solo rochoso, embora a religião não pretendesse que seus instrumentos fossem ferramentas de gerar bebês.

Quanto aos templários, se foram queimados, certamente não poderia ter sido por conta de sua pederastia, pois ela era tolerada havia bastante tempo.

O que me surpreendia, porém, era ver que cada autor acusava apenas seus vizinhos de serem indulgentes com essa abominação; apenas seu próprio povo estava livre desse vício chocante.

Os judeus acusavam os gentios e os gentios, os judeus, e — como a sífilis — todas as ovelhas negras que tinham esse gosto pervertido eram sempre importadas do estrangeiro. Também li num livro de medicina moderno, como o pênis de um sodomita se torna fino e pontudo como o de um cão, e como a boca humana se distorce quando usada para propósitos vis, e estremeci de horror e repugnância.

---

33. Em francês no original, "preferidos; queridinhos".

Até mesmo a visão daquele livro empalidecia minhas faces!

É verdade que, desde então, a experiência me ensinou uma lição completamente oposta, pois devo confessar que conheci dezenas de putas e muitas outras mulheres além delas, que usaram suas bocas não apenas para rezar e beijar as mãos dos seus confessores, e nunca percebi que suas bocas fossem tortas, você percebeu?

Quanto ao meu pinto, ou o seu, tem a cabeça volumosa — mas você cora diante do elogio, por isso vamos deixar este assunto para lá.

Naquela época eu torturava o meu cérebro, temendo ter cometido esse atroz pecado, moral, senão materialmente.

A religião mosaica, tornada mais rígida pela lei talmúdica, inventou um capote para ser usado no ato da cópula. Ele envolve todo o membro do marido, deixando no meio da toga apenas um pequenino orifício — como aquele que há nas calças de um garotinho — através do qual o pênis passa, tornando assim possível que ele ejacule seu esperma nos ovários de sua esposa, fecundando-a, mas evitando o máximo possível qualquer prazer carnal. Ah, sim! Mas as pessoas há muito tempo encontraram uma licença poética para o capote, deturpando toda a coisa ao encapuzarem seus falcões com uma "camisa de Vênus".

Sim, mas nós não nascemos com um capote de couro — em outras palavras, esta nossa religião mosaica, melhorada pelos preceitos místicos de Cristo e tornada impossível, perfeita, pela hipocrisia protestante. Afinal, se um homem comete adultério com uma mulher toda vez que olha para ela, eu não cometi sodomia com Teleny todas as vezes que o vi ou mesmo pensei nele?

Havia momentos, porém, em que, sendo a natureza

mais forte que o preconceito, eu teria de muito boa vontade entregue minha alma à perdição — mais do que isso, submetido meu corpo ao sofrimento do eterno fogo do inferno — se naquele meio-tempo pudesse fugir para algum lugar nos confins desta terra, para alguma ilha deserta, onde, em perfeita nudez, pudesse ter vivido por alguns anos em pecado mortal com ele, banqueteando-me com sua beleza fascinante.

Ainda assim, resolvi manter-me a distância dele, para ser sua força motriz, seu espírito guia, para fazer dele um grande, um famoso artista. Quanto ao fogo da luxúria queimando dentro de mim... bem, se eu não podia extingui-lo, podia ao menos suavizá-lo.

Eu sofri. Meus pensamentos, noite e dia, estavam com ele. Meu cérebro estava sempre ardente; meu sangue, superaquecido; meu corpo, sempre estremecendo de excitação. Lia diariamente todos os jornais para ver o que diziam sobre ele, e sempre que seu nome encontrava meus olhos, o papel se agitava nas minhas mãos trêmulas. Se minha mãe ou qualquer outra pessoa mencionasse o nome dele, eu corava e depois empalidecia.

Lembro-me que choque de prazer, não destituído de ciúme, senti quando, pela primeira vez, vi sua imagem numa vitrine entre as de outras celebridades. Comprei-a imediatamente, não simplesmente para adorá-la e guardá-la como um tesouro, mas também para que outras pessoas não pudessem olhar para ela.

— O quê! Você era tão ciumento?

— Tolamente. Sem ser visto e a distância, eu costumava segui-lo depois de cada concerto em que tocava.

Geralmente ele estava sozinho. Uma vez, porém, vi-o entrar num carro de aluguel que esperava na porta dos fundos do teatro. Pareceu-me ver mais alguém dentro do veículo — uma mulher, se não estava enganado. Fretei outro carro e segui-os. A carruagem deles parou na casa de Teleny. Imediatamente, ordenei que meu cocheiro fizesse o mesmo.

Vi Teleny desembarcar. Quando ele o fez, ofereceu sua mão para uma dama, densamente velada, que desceu da carruagem e se lançou para a porta aberta. O carro, então, partiu.

Ordenei ao meu condutor que esperasse ali a noite inteira. Ao amanhecer a carruagem da noite anterior veio e parou. Meu cocheiro observou. Poucos minutos depois, a porta se abriu novamente. A dama saiu às pressas e foi ajudada a entrar na carruagem por seu amante. Eu a segui e parei onde ela desembarcou.

Poucos dias depois, soube quem era ela.

— E quem era?

— Uma dama de reputação impecável com quem Teleny havia tocado alguns duetos.

No carro, naquela noite, minha mente estava tão intensamente fixa em Teleny que meu íntimo parecia desintegrar-se de meu corpo e seguir, como se fosse sua própria sombra, o homem que eu amava. Inconscientemente, lancei-me numa espécie de transe e tive a mais vívida alucinação, que, por estranho que possa parecer, coincidiu com tudo o que meu amigo fez e sentiu.

Por exemplo, tão logo a porta se fechou às suas costas, a dama tomou Teleny em seus braços e deu-lhe um longo beijo. O abraço deles teria durado vários segundos mais, se Teleny não tivesse perdido o fôlego.

Você sorri. Sim, suponho que você próprio tem consciência da facilidade com que as pessoas perdem o fôlego durante o beijo, quando os lábios não sentem aquele desejo deliciosamente intoxicante em toda a sua intensidade. Ela ter-lhe-ia dado outro beijo, mas Teleny sussurrou-lhe: "Vamos subir para o meu quarto; lá estaremos muito mais seguros do que aqui".

Logo estavam no seu apartamento.

Ela olhou timidamente à sua volta, e vendo-se a sós com aquele jovem no quarto dele, corou e pareceu completamente envergonhada.

— Oh! René — disse ela —, o que você deve pensar de mim?

— Que você me ama muito — disse ele. — Não ama?

— Sim, de verdade. Não com sensatez, mas muito.

Depois, tirando suas roupas externas, ela correu e tomou o amante nos braços, derramando seus beijos cálidos sobre sua cabeça, seus olhos, suas faces e depois em sua boca. Aquela boca que eu desejava tanto beijar!

Com os lábios apertados contra os dele, ela continuou por algum tempo inalando o seu hálito, depois — quase assustada com a própria ousadia — tocou os lábios dele com a ponta da língua. Então, tomando coragem, fez, logo em seguida, com que deslizasse para dentro da boca do amante, e depois de um instante, passou a movê-la para dentro e para fora, como se com isso procurasse seduzi-lo a tentar o ato da natureza; ficou tão convulsa de luxúria por esse beijo que teve de agarrar-se a ele para não cair, pois o sangue lhe subia à cabeça, e seus joelhos quase cediam sob ela. Por fim, tomando a mão direita dele, depois de apertá-la de maneira hesitante por um momento, colocou-a sobre seu seio, oferecendo-lhe o mamilo para pinçar entre os dedos, e quando Teleny fez isso, o prazer que ela sentiu foi tão grande que quase desmaiou de satisfação.

— Oh, Teleny! — disse ela. — Eu não posso! Não posso mais!

E ela esfregou seu corpo com toda força que podia contra ele, projetando a porção média de seu corpo de encontro à dele.

— E Teleny?

— Bem, ciumento como eu estava, não pude deixar de sentir o quanto seus modos estavam agora diferentes da maneira arrebatada com que ele se unira a mim naquela noite, quando tirou o ramo de heliotrópios de sua lapela e o pôs na minha.

Ele aceitou mais do que correspondeu às carícias dela. De qualquer forma, ela parecia satisfeita, pois pensou que ele fosse tímido.

Ela agora estava pendurada nele. Um de seus braços envolvia-lhe a cintura, o outro estava em volta do pescoço dele. Seus delicados e afilados dedos cobertos de jóias brincavam com os cabelos encaracolados de Teleny, e acariciavam seu pescoço.

Ele apertava os seios dela e, como eu disse antes, dedilhava levemente os seus mamilos.

Ela olhou no fundo dos olhos dele e suspirou.

— Você não me ama — disse ela por fim. — Posso ver nos seus olhos. Você não está pensando em mim, mas em alguma outra pessoa.

E era verdade. Naquele momento ele estava pensando em mim — carinhosamente, com saudades; e então, enquanto o fazia, ficou mais excitado, e agarrou-a em seus braços, abraçou-a e beijou-a com muito mais ímpeto do que havia feito até ali — mais do que isso, começou a sugar sua língua como se fosse a minha, e depois introduzir a dele na boca da amante.

Depois de alguns momentos de êxtase, ela, dessa vez, parou para tomar fôlego.

— Sim, eu estou enganada. Você me ama. Agora eu vejo isso. Você não me despreza por estar aqui, não é?

— Ah, se você pudesse ler meu coração, e ver com que loucura eu a amo, querida!

E ela olhou-o com olhos anelosos e apaixonados.

— Ainda assim, você me acha leviana, não é? Eu sou uma adúltera!

E então ela estremeceu e escondeu seu rosto entre as mãos.

Ele olhou-a com piedade por um momento, depois tomou suas mãos gentilmente e beijou-a.

— Você não sabe como eu tentei resistir-lhe, mas não pude. Sinto-me incendiada. Meu sangue já não é sangue, mas um ardente filtro amoroso. Não posso evitar — disse ela, erguendo a cabeça em atitude desafiadora, como se enfrentasse o mundo inteiro. — Eu estou aqui, faça comigo o que quiser, mas diga apenas que me ama, e que não ama nenhuma outra mulher além de mim. Jure.

— Eu juro — disse ele, languidamente — que não amo nenhuma outra mulher.

Ela não entendeu o significado dessas palavras.

— Mas diga-me de novo, diga várias vezes, é tão doce ouvir isso repetido pelos lábios de alguém por quem temos loucura — falou ela, com ânsia apaixonada.

— Eu lhe asseguro que nunca tive tanto carinho por uma mulher quanto tenho por você.

— Carinho? — disse ela, desapontada.

— Amor, quero dizer.

— Você jura?

— Sobre a cruz, se você quiser — acrescentou ele, sorrindo.

— E você não pensa mal de mim por estar aqui? Bem, você foi o único por quem fui infiel ao meu marido; embora só Deus saiba se ele é fiel — meu marido — só Deus sabe se ele é fiel a mim. Ainda assim, meu amor não traz reparação para o meu pecado, não é?

Teleny não dirigiu qualquer resposta por um instante, ele a olhou com olhos sonhadores, depois estremeceu como se acordasse de um transe.

— Pecado — disse ele — é a única coisa pela qual vale a pena viver.

Ela olhou-o um tanto surpresa, mas depois beijou-o novamente e respondeu: — Bem, sim, talvez você tenha razão; é verdade; o fruto da árvore proibida era agradável à vista, ao paladar e ao olfato.

Eles sentaram-se num divã. Quando prenderam-se novamente nos braços um do outro, ele deslizou sua mão um tanto timidamente e quase contra a vontade sob a saia dela. A mulher segurou sua mão e a deteve.

— Não, René, eu lhe imploro! Não podemos nos amar com um amor platônico? Não é suficiente?

— É suficiente para você? — disse ele, de maneira quase pedante. Ela pressionou seus lábios novamente sobre os dele e quase soltou sua mão. A mão subiu furtivamente pela perna, parou um momento nos joelhos, acariciando-os; mas as pernas pressionaram-se fortemente uma à outra, evitando que os dedos de Teleny deslizassem entre elas, alcançando assim o andar superior. Eles rastejaram vagarosamente para cima, apesar disso, acariciando as coxas por sobre as finas roupas íntimas de linho, e assim, em avanços furtivos, atingiu o seu alvo. A mão, então, penetrou por entre a abertura das calcinhas e começou a sentir a pele macia. Ela tentou detê-lo.

— Não, não! — disse ela. — Por favor, não faça isso. Você está me fazendo cócegas.

Ele, então, tomou coragem e mergulhou os dedos com ousadia nos finos cachos encaracolados do velo que cobria inteiramente suas partes íntimas.

Ela continuou apertando suas coxas muito juntas, especialmente quando os dedos desobedientes começaram a roçar a beira dos lábios umedecidos. A esse toque, porém, a força dela cedeu; os nervos relaxaram e permitiram que a ponta de um dos dedos se insinuasse para dentro da fenda — na verdade, o pequenino fruto se intumesceu para recebê-los. Depois de alguns momentos ela respirou com mais força. Cingiu o peito dele com seus braços, beijou-o e depois afundou sua cabeça nos ombros dele.

— Oh, que êxtase eu estou sentindo! — ela gritou. — Que fluido magnético você possui para fazer com que eu me sinta assim!

Ele não lhe deu qualquer resposta, mas, desabotoando suas calças, apossou-se da sua mãozinha delicada. Esforçou-se para introduzi-la na abertura. Ela tentou resistir, porém com fraqueza, como se pedisse nada além da própria rendição. Logo ela se entregou, e ousadamente agarrou o seu falo, agora rígido e duro, movendo-se lubricamente com sua própria força interna.

Depois de alguns momentos de prazerosa manipulação, os lábios de ambos pressionados mutuamente, ele, com suavidade e quase sem que ela se desse conta, empurrou-a sobre o sofá, levantou suas pernas e ergueu sua saia sem por um momento tirar a língua da boca da mulher ou interromper a bolinação do clitóris pulsante, já umedecido com suas próprias lágrimas. Então — amparando o próprio peso sobre seus cotovelos — ele introduziu suas pernas entre as coxas dela. Que a excitação da mulher aumentou podia-se ver claramente pelo tremular dos lábios, os quais ele não teve necessidade de abrir quando comprimiu seu corpo sobre ela, pois abriram-se por sua própria conta para dar passagem ao pequeno e cego Deus do Amor.

Com uma estocada ele se introduziu no vestíbulo do templo do Amor; com mais uma, a verga penetrara até a metade; com a terceira, ele alcançou o fundo da gruta de prazer; pois, embora ela não estivesse mais nos primeiros dias da sua adolescência, ainda mal chegara ao seu apogeu, e sua carne era não apenas firme, mas tão apertada que ele foi generosamente cingido e sugado por aqueles lábios carnudos; por isso, depois de movimentar-se para cima e para baixo algumas vezes, introduzindo-se cada vez mais fundo, ele a comprimiu com todo o seu peso, pois ambas as suas mãos manipulavam-lhe os seios, ou então, tendo-se insinuado por baixo dela, afastavam as suas nádegas. E depois, erguendo-a firmemente para si, ele introduziu um dedo no seu orifício posterior, penetrando-a, assim, por ambos os lados e fazendo-a sentir um prazer mais intenso por sodomizá-la dessa forma.

Depois de alguns segundos nesse pequeno jogo ele começou a respirar com mais intensidade — a ofegar. O fluido leitoso que havia se acumulado por tantos dias agora irrompia em grossos jatos, seguindo seu curso para dentro do ventre dela. Ela, assim inundada, demonstrou seu prazer histérico por seus gritos, suas lágrimas, seus suspiros. Finalmente, toda força cedeu; braços e pernas se enrijeceram; ela caiu inerte sobre o sofá, enquanto ele continuou estendido por cima dela, correndo o risco de dar ao conde, seu marido, um herdeiro de sangue cigano.

Logo ele recuperou sua força e levantou-se. Ela, então, recobrou seus sentidos, mas apenas para se derreter numa torrente de lágrimas.

Uma taça cheia até a borda de champanhe, porém, conduziu ambos a um sentimento de vida menos sombrio. Alguns sanduíches de carne de perdiz, algumas empadas de lagosta, uma salada de caviar, com mais algumas taças de champanhe, juntamente com muitos *marrons glaces* e um ponche feito com marasquino, suco de abacaxi e uísque, bebido na mesma taça, logo terminaram de expulsar a melancolia.

— Por que não nos pomos à vontade, minha querida? — disse ele. — Eu lhe darei o exemplo, posso?

— Certamente.

Em seguida, Teleny tirou sua gravata branca, aquele inútil anexo rígido e desconfortável, inventado pela moda apenas para torturar o gênero humano, chamado pelo nome de colarinho, depois seu casaco e colete, e ficou apenas com sua camisa e suas calças.

— Agora, minha querida, permita-me agir como sua criada.

A bela mulher inicialmente recusou, mas cedeu depois de alguns beijos, e, pouco a pouco, nada restava de toda a sua roupa, além de uma camisa quase transparente de *crêpe de Chine*, meias de seda azul-escuro metálico e chinelos de cetim.

Teleny cobriu de beijos seu pescoço e braços nus, pressionando sua face contra os pêlos espessos e negros de suas axilas, e titilando-a enquanto o fazia. Essa pequena carícia foi sentida por todo o corpo dela, e a fenda entre suas pernas abriu-se novamente de tal modo que o pequeno e delicado clitóris, como um fruto vermelho de pitangueira, espiou para fora como se quisesse ver o que acontecia. Ele a manteve por um momento apertada de encontro ao seu peito, e quando seu melro – como os italianos o chamam – voou para fora da gaiola, enfiou-o na abertura pronta a recebê-lo.

Ela empurrou seu corpo contra o dele, mas Teleny teve de mantê-la de pé, pois suas pernas estavam quase cedendo, tamanho era o prazer que ela sentia. Ele, em seguida, estendeu-a sobre o tapete de pele de pantera que estava aos seus pés, sem soltá-la.

Todo o sentimento de timidez estava então superado. Ele tirou fora as suas roupas e apertou-se contra ela com toda sua força. Ela – para abrigar o instrumento bem fundo em sua bainha – envolveu-o com suas pernas de um modo que ele mal podia se mover. Ele era, portanto, capaz apenas de esfregar-se contra ela; mas isso foi mais do que suficiente, pois depois de alguns violentos safanões de suas nádegas, com as pernas pressionadas e os peitos esmagando-se mutuamente, o líquido ardente que ele injetou no corpo dela provocou-lhe um prazer espasmódico, e ela caiu sem sentidos na pele de pantera enquanto ele rolava, imóvel, ao seu lado.

Até então, senti que minha imagem estivera sempre presente diante dos olhos dele, embora estivesse gostando daquela bela mulher – tão linda, porque mal havia atingido o florescer da feminilidade madura; mas naquele momento o prazer que ela lhe dera fizera-o praticamente esquecer-se de mim. Portanto, eu o odiei. Por um momento senti que gostaria de ser uma besta selvagem... para cravar minhas garras em sua carne, torturá-lo como um gato faz com um rato, e rasgá-lo em pedaços.

Que direito ele tinha de amar alguém além de mim? Eu amava um só ser neste mundo como amava ele? Poderia sentir prazer com alguém mais?

Não, meu amor não era sentimentalismo piegas, era paixão enlouquecedora que subjugava o corpo e estilhaçava a mente!

Se ele podia amar uma mulher, então por que ele me amou, obrigando-me a apaixonar-me por ele, tornando-me um ser desprezível aos meus próprios olhos?

No paroxismo da minha excitação eu me retorci, mordi meus lábios até sangrarem. Enterrei as unhas na minha carne; chorei de ciúme e vergonha. Por pouco não saltei para fora do carro e fui bater à porta da casa dele.

Esse estado de coisas durou por alguns momentos, e então eu comecei a me perguntar o que ele estava fazendo, e o surto de alucinação tomou-me novamente. Vi-o acordar do sono em que caíra ao ser vencido pelo gozo. Quando despertou, olhou para ela. Agora eu podia vê-la claramente, pois creio que ela apenas era visível a mim por intermédio dele.

— Mas você pegou no sono, e sonhou tudo isso enquanto estava no carro, não foi?

— Oh, não! Tudo aconteceu como eu estou lhe contando. Eu relatei toda a minha visão a ele algum tempo depois, e ele reconheceu que tudo havia acontecido exatamente como eu vira.

— Mas como pode ser isso?

— Havia, como eu lhe disse antes, uma forte transmissão de pensamentos entre nós. Isso não é de modo algum uma notável coincidência. Você sorri e parece incrédulo; bem, siga os procedimentos da Sociedade Psíquica,[34] e essa visão certamente não o surpreenderá mais.

34. Trata-se da Sociedade para Estudos Psíquicos, fundada em 1882, no Reino Unido, e dedicada ao estudo de fenômenos psíquicos e paranormais.

— Bem, não importa, prossiga.

— Quando Teleny acordou, olhou para sua amante deitada sobre a pele de pantera ao seu lado.

Ela estava profundamente adormecida como acontece a qualquer pessoa depois de um banquete, intoxicada pela bebida forte; ou como um bebê, que tendo mamado até a fartura, estende-se satisfeito ao lado do seio de sua mãe. Era o sono pesado da vida plena, não a plácida imobilidade da morte fria. O sangue — como a seiva de uma árvore jovem na primavera — subiu até seus lábios entreabertos e intumescidos, através dos quais um cálido hálito perfumado escapava a intervalos cadenciados, emitindo aquele mais leve dos murmúrios, que as crianças ouvem quando escutam uma concha — o som da vida em torpor.

Os seios — como se estivessem túrgidos de leite — estavam bem erguidos, e os mamilos, eretos, pareciam pedir por aquelas carícias que ela tanto apreciava; sobre todo o seu corpo havia um estremecer de desejo insaciável.

Suas coxas estavam nuas, e os espessos pêlos encaracolados que cobriam suas partes baixas, pretos como azeviche, estavam totalmente borrifados com gotas peroladas de orvalho leitoso.

Tal visão teria despertado um desejo ávido e irreprimível no próprio José, o único israelita casto de que já ouvimos falar; e no entanto Teleny, apoiando-se sobre o cotovelo, olhava para ela com todo o asco que sentimos ao ver uma mesa de cozinha coberta com as sobras de carne, as migalhas desordenadas, a borra do vinho que supriram o banquete que acabou de nos satisfazer.

Olhou para ela com o desprezo que um homem tem pela mulher que acabou de lhe proporcionar prazer, e que degradou a si própria e a ele. Mais do que isso, quando sentiu-se injusto em relação a ela, odiou-a, e não a si próprio.

Senti novamente que ele não a amava, mas a mim, embora ela o tivesse feito esquecer-me por alguns momentos.

Ela pareceu sentir seu olhar gelado sobre si, pois estremeceu e, pensando que estivesse adormecida em sua cama, tentou cobrir-se, mas sua mão, tateando à procura do lençol, puxou para si a própria camisa, apenas descobrindo-se ainda mais com essa ação. Acordou ao fazer isso, e surpreendeu os olhares de reprovação de Teleny.

Ela olhou ao redor, assustada. Tentou cobrir-se da melhor maneira que pôde, e então, enlaçando um dos braços em torno do pescoço do jovem...

— Não olhe para mim desse jeito — disse ela. — Sou tão desprezível para você? Ah! Entendo. Você me despreza. — E seus olhos se encheram de lágrimas. — Você está certo. Por que eu cedi? Por que não resisti ao amor que me torturava? Pobre de mim! Não foi você, mas eu que o procurei, que fiz amor com você; e agora você não sente nada por mim além de nojo. Diga-me, é isso mesmo? Você ama outra mulher! Não!... diga-me que não!

— Não, eu não amo — disse Teleny, com sinceridade.

— Sim, mas jure.

— Eu já jurei antes, ou pelo menos ofereci-me para fazê-lo. Que motivo há para jurar, se você não acredita em mim?

Embora todo o desejo tivesse acabado, Teleny sentiu profunda piedade por aquela bela e jovem mulher que, enlouquecida de amor por ele, havia posto em risco toda a sua existência para se atirar nos seus braços.

Qual é o homem que não se sente lisonjeado pelo amor que inspira numa jovem bem nascida, rica e bela, que esquece o próprio casamento para desfrutar alguns momentos de felicidade em seus abraços? Mas, afinal, por que as mulheres geralmente amam homens que frequentemente se importam tão pouco com elas?

Teleny fez o melhor que pôde para confortá-la, para dizer-lhe repetidas vezes que não ligava para mulher alguma, para assegurá-la de que seria eternamente fiel a ela pelo sacrifício que fizera; mas piedade não é amor, nem é afeto a ânsia do desejo.

A natureza estava mais do que satisfeita. A beleza dela havia perdido todos os seus atrativos. Eles se beijaram de novo e de novo; ele passou suas mãos languidamente por todo o corpo dela, da nuca até a fenda profunda entre aquelas colinas arredondadas, que pareciam cobertas de neve, proporcionando-lhe com isso a mais deliciosa das sensações. Acariciou os seu seios, sugou e mordiscou os mamilos protraídos, enquanto seus dedos penetravam repetidamente a carne morna oculta sob aquela massa de pêlos pretos de azeviche. Ela incandesceu, ofegou, estremeceu de prazer; mas Teleny, embora desempenhasse seu trabalho com perícia de mestre, continuou frio ao seu lado.

— Não, eu vejo que você não me ama; pois não é possível que você... um homem jovem...

Ela não terminou. Teleny sentiu o espinho de sua censura, mas permaneceu indiferente, pois o falo não enrijece com insultos.

Ela apanhou o objeto sem vida com seus dedos delicados. Esfregou-o e manipulou-o. Fez até mesmo com que rolasse entre suas mãos. Ele continuou como um pedaço de massa. Ela suspirou, como a amante de Ovídio deve ter feito numa ocasião similar. Agiu como essa mulher havia feito algumas centenas de anos antes. Curvou-se, recebeu a ponta do pedaço de carne inerte entre seus lábios — aquela ponta carnuda, que parecia um pequeno damasco, tão redonda, suculenta e sedutora. Logo estava inteiro em sua boca. Ela sugou-o com um prazer tão evidente quanto o de um bebê esfomeado tomando o seio de sua ama. Enquanto o órgão entrava e saía, ela titilava o prepúcio com sua língua experiente, fazia com que os minúsculos lábios tocassem seu palato.

O falo, embora um tanto mais duro, continuava sempre flácido e inerte.

Você sabe que nossos ancestrais ignorantes acreditavam na prática chamada "*nouer les aiguillettes*" — ou seja, tornar o macho incapaz de desempenhar o trabalho prazeroso para o qual a natureza o destinou. Nós, a geração esclarecida, descartamos superstições tão grosseiras, e no entanto, nossos ancestrais às vezes estavam certos.

— O quê! Você não está querendo dizer que acredita em tamanha tolice?

— Pode ser tolice, como você diz, mas ainda assim é um fato. Hipnotize uma pessoa, e então você verá se pode assumir o controle sobre ela ou não.

— Entretanto, você não havia hipnotizado Teleny?

— Não, mas nossas naturezas pareciam ligadas uma à outra por uma afinidade oculta.

Naquele momento, eu senti uma vergonha secreta por Teleny. Não sendo capaz de entender o funcionamento do cérebro dele, ela parecia considerá-lo como um galo jovem que, tendo cacarejado lubricamente uma ou duas vezes no início da madrugada, tensionou sua garganta a um nível tão alto que, depois disso, conseguia emitir com ela apenas sons roucos, débeis e gargarejantes.

Além do mais, eu quase chegava a sentir pena daquela mulher; e pensei que, se estivesse no lugar dela, como deveria estar desapontado. E suspirei, repetindo de forma quase audível: "Se eu estivesse na posição dela".

A imagem que se formou dentro da minha mente de maneira tão vívida reverberou subitamente dentro do cérebro de René e ele pensou que, se em vez da boca da dama aqueles lábios fossem os meus... e seu falo imediatamente endureceu e despertou para a vida; a glande intumesceu-se com o fluxo de sangue; não apenas teve uma ereção, mas quase ejaculou. A condessa – pois ela era uma condessa – ficou ela própria surpresa com essa súbita mudança, e parou, pois agora havia obtido o que queria; e sabia disso... "*Depasser le but, c'est manquer la chose.*"[35]

Teleny, porém, começou a temer que, se tivesse o rosto de sua amante diante dos olhos, minha imagem poderia se desvanecer inteiramente; e assim – por mais que ela fosse bela – ele nunca seria capaz de cumprir seu trabalho até o fim. Por isso começou a cobri-la de beijos, depois virou-a habilmente de costas. Ela cedeu sem entender o que lhe era exigido. Teleny fez com que a mulher dobrasse seu corpo flexível sobre os joelhos, de modo que ela apresentou a mais bela das visões para o seu olhar.

Essa vista esplêndida impressionou-o a tal ponto que, ao olhar para ela, sua ferramenta anteriormente flácida adquiriu seu pleno tamanho e rigidez, e em seu vigor lúbrico, saltou de tal maneira que se chocou contra o seu umbigo.

Ele ficou até tentado por um momento a introduzi-lo

---

35. Em francês no original, "Ultrapassar o limite é pôr tudo a perder".

no pequenino ponto que fazia as vezes de orifício, pois se não era exatamente a gruta da vida, era certamente a do prazer; mas conteve-se. Resistiu até mesmo à tentação de beijá-lo, ou enfiar nele a sua língua, mas curvou-se sobre ela e, posicionando-se entre suas pernas, tentou introduzir a glande na abertura entre os dois lábios, agora espessos e intumescidos à força de muito manipulá-los.

Com as pernas dela bem abertas, ele primeiro teve de abrir os lábios com seus dedos, por conta da massa de pêlos fartos que cresciam por toda a volta deles; pois agora os pequenos cachos haviam se enroscado uns aos outros como gavinhas, como se tentassem barrar a entrada. Então, quando ele conseguiu pôr os pêlos de lado, pressionou sua ferramenta contra ela, mas a carne túrgida e seca o prendeu. O clitóris assim pressionado dançou de deleite, de modo que Teleny tomou-o em suas mãos e esfregou e agitou com suavidade e gentileza a parte superior dos lábios.

Ela começou a estremecer, a manipular a si própria com prazer; ela berrou, soluçou histericamente; e quando ele sentiu-se banhado por deliciosas lágrimas, enfiou seu instrumento no fundo do corpo de sua amante, agarrando-a fortemente em volta do pescoço. Assim, depois de algumas estocadas destemidas, conseguiu introduzir a verga toda, até a raiz da coluna, comprimindo seus pêlos contra os dela, tão fundo nos recessos extremos do ventre que causou-lhe uma dor prazerosa ao tocar o colo do útero.

Por cerca de dez minutos — que para ela pareceram uma eternidade —, a amante continuou a ofegar, palpitar, arfar, gemer, guinchar, rugir, gargalhar e chorar com a veemência do seu gozo.

— Oh! Oh! Eu estou sentindo novamente! Dentro

de mim... dentro de mim...rápido... mais rápido! Isso! Isso!... chega! Pare!

Mas ele não a ouviu e continuou enterrando e tornando a enterrar com vigor crescente. Tendo implorado em vão por uma trégua, ela começou a mover-se novamente com vivacidade renovada.

Pegando-a *a retro*, todos os pensamentos dele estavam assim concentrados em mim; e a estreiteza do orifício no qual o pênis estava embainhado, somada à titilação produzida pelos lábios da vagina, deram-lhe tal sensação de potência que redobrou sua força, e meteu seu instrumento musculoso em estocadas tão poderosas que a frágil mulher foi sacudida pelas pancadas repetidas. Seus joelhos estavam quase cedendo sob a força brutal que ele revelou, quando novamente, de um momento para o outro, as comportas dos dutos seminais se abriram, e ele esguichou um jato de líquido fundido rumo aos recessos mais internos de seu ventre.

Um momento de delírio se seguiu; a contração de todos os músculos dela prenderam-no e sugaram-no avidamente, sofregamente; e depois de uma curta convulsão espasmódica, ambos caíram sem sentidos lado a lado, ainda estreitamente acoplados um ao outro.

— E assim termina a novela!

— Não exatamente, pois nove meses depois a condessa deu à luz um belo menino...

— Que, é claro, parecia-se com seu pai? Todas as crianças não se parecem com seus pais?

— No entanto, aconteceu de este não se parecer nem com o conde e nem com Teleny.

— Com que diabo ele se parecia, então?

— Comigo.

— Ridículo!

— Pode achar ridículo, se quiser. Seja como for, o velho conde raquítico tem muito orgulho desse seu filho, tendo descoberto uma certa semelhança entre seu único herdeiro e o retrato de um dos seus ancestrais. Ele sempre sublinha esse atavismo a todos os seus visitantes; mas sempre que ele se pavoneia com isso, e começa a discorrer de forma doutoral sobre o assunto, disseram-me que a condessa dá de ombros e contrai seus lábios com desdém, como se não estivesse totalmente convencida do fato.

V

— Você não me contou quando se encontrou com Teleny novamente, ou como o encontro se deu.

— Tenha apenas um pouco de paciência, e saberá de tudo. Você deve entender que depois de ter visto a condessa deixar a casa dele ao amanhecer, levando em seu rosto a expressão das emoções que havia sentido, eu estava ansioso para me livrar da minha paixão cega e criminosa.

Às vezes eu chegava a me persuadir de que não me importava mais com René. Porém, quando pensava que todo o meu amor havia desaparecido, bastava ele me olhar para que eu sentisse tudo brotar novamente, mais forte do que nunca, tomando meu coração e despojando-me da minha racionalidade.

Eu não encontrava descanso nem à noite e nem de dia.

Por isso condicionei minha mente a não ver Teleny novamente, nem comparecer a nenhum de seus concertos; mas resoluções de apaixonados são como as chuvas de abril, e no último minuto, a mais superficial das desculpas era boa o bastante para me fazer hesitar e abandonar minha decisão.

Eu estava, além do mais, curioso e ansioso para saber se a condessa ou mais alguém iria se encontrar com ele novamente para passarem a noite juntos.

— Bem, e essas visitas se repetiram?

— Não, o conde retornou inesperadamente; e então ele e a condessa partiram para Nice.

Pouco tempo depois, porém, como eu estava sempre vigilante, vi Teleny deixar o teatro com Briancourt.

Não havia nada de estranho nisso. Eles caminharam de braços dados e seguiram até a morada de Teleny.

Eu me demorei atrás deles, seguindo-os passo a passo a alguma distância. Se tivera ciúmes da condessa, estava dez vezes mais ciumento de Briancourt.

Se ele vai passar cada noite com um companheiro de cama diferente, disse comigo mesmo, então por que me falou que seu coração ansiava pelo meu?

Ainda assim, no fundo de minha alma eu sentia a certeza de que ele me amava; de que todos aqueles outros amores eram caprichos; de que seus sentimentos por mim eram algo mais do que o prazer dos sentidos; de que era um amor verdadeiro, genuíno e brotado do coração.

Ao chegarem à porta da casa de Teleny, os dois pararam e começaram a conversar.

A rua estava solitária. Apenas alguns retardatários voltando para suas casas eram vistos aqui e ali, arrastando-se em frente a passos sonolentos. Eu havia parado na esquina, fingindo ler um anúncio, mas na realidade acompanhava os movimentos dos dois jovens.

Em dado momento, pensei que estavam para se separar, pois vi Briancourt estender ambas as mãos e segurar as de Teleny. Vibrei de satisfação. No final das contas, eu havia interpretado mal Briancourt, foi o pensamento que me veio à mente; deveriam cada homem e mulher estar apaixonados pelo pianista?

Minha alegria, porém, não teve duração longa, pois Briancourt puxou Teleny para si e seus lábios se encontraram num longo beijo, um beijo que era para mim tormento e amargura; então, depois de algumas palavras, a porta da casa de Teleny se abriu e os dois jovens entraram.

Quando os vi desaparecer, lágrimas de ódio, de angústia e desapontamento brotaram dos meus olhos, rangi meus dentes, mordi meus lábios até sangrarem, bati meus pés, corri como um louco, parei por um momento diante da porta fechada e extravasei minha raiva chutando a madeira insensível. Por fim, ouvindo passos que se aproximavam, segui em frente. Caminhei pelas ruas durante metade da noite, depois, esgotado mental e fisicamente, voltei para casa no início da madrugada.

— E sua mãe?

— Minha mãe não estava na cidade nessa época, ela encontrava-se em..., e devo contar-lhe as aventuras dela nesse lugar em alguma outra ocasião, pois posso assegurar-lhe de que elas merecem ser ouvidas.

Pela manhã, tomei a firme resolução de não comparecer mais aos concertos de Teleny, nem segui-lo, e esquecer-me inteiramente dele. Eu deveria ter deixado a cidade, mas pensei que encontraria outros meios de me livrar daquela horrível paixão.

Como nossa camareira havia-se casado recentemente, minha mãe contratou ao seu serviço — por razões que só ela conhece — uma garota do campo de cerca de dezesseis anos de idade, que, estranho dizer, parecia muito mais jovem do que realmente era, pois como regra geral essas aldeãs aparentam ser bem mais velhas que seus anos. Embora eu não a achasse bonita, todos pareciam atingidos pelos seus encantos. Não posso dizer que ela tivesse algo de rústico ou interiorano, pois isso despertaria na sua mente uma vaga ideia de algo desajeitado ou canhestro, quando na verdade ela era petulante como uma andorinha e graciosa como um gatinho. Apesar disso, tinha um forte frescor campestre — mais ainda, eu poderia quase dizer uma acrimônia — em si, como o de um morango ou framboesa que crescem em matagais cobertos de musgo.

Vendo-a em seus trajes urbanos, você sempre imaginava tê-la um dia encontrado em trapos pitorescos, com algum lenço vermelho sobre os ombros e a graça selvagem de um jovem cabrito parado sob galhos folhosos, cercado de madressilvas e espinheiros, pronto para sair em disparada ao mais leve som.

Ela possuía a flexibilidade elegante de um rapazinho, e poderia muito bem ser tomada por um, não fosse pelos seios florescentes, redondos e firmes, que se salientavam sob o seu vestido.

Embora ela aparentasse ter uma consciência maliciosa de que nenhum dos seus movimentos passava despercebido pelas pessoas presentes, ainda assim parecia não apenas alheia à admiração de qualquer um, mas até mesmo um tanto vexada caso esta fosse expressa em palavras ou gestos.

Ai do pobre sujeito que não conseguisse refrear seus sentimentos; a garota logo o faria sentir que, se tinha a beleza e o frescor da rosa silvestre, também tinha seus espinhos agudos.

De todos os homens que conheceu, eu era o único que jamais havia dado qualquer atenção a ela. De minha parte, ela simplesmente deixava-me — como todas as mulheres — em perfeita indiferença. Eu era, portanto, o homem de quem ela gostava. Sua graça felina, porém, seus modos de menina ligeiramente levada, que lhe conferiam a aparência de um Ganimedes,[36] agradavam-me, e embora eu soubesse muito bem que não sentia amor e nem mesmo a mais leve atração por ela, mesmo assim acreditava que poderia aprender a gostar e talvez sentir carinho por ela. Se ao menos pudesse experimentar alguma sensualidade dirigida a ela, achava que chegaria até mesmo ao ponto de desposá-la, em vez de me tornar um sodomita e ter um homem infiel, que não ligava para mim, como amante.

De qualquer forma, perguntei-me, não poderia sentir algum moderado prazer com ela, suficiente para acalmar meus sentidos, acalentar meu cérebro enlouquecido a fim de que este pudesse ter descanso?

E no entanto, qual era o mal maior, o de seduzir uma pobre garota e arruiná-la, tornando-a mãe de uma miserável criança infeliz, ou o de render-me à paixão que me abalava o corpo e a mente?

Nossa honorável sociedade fecha os olhos ao primeiro desses pecadilhos, e sente calafrios de horror diante do segundo, e como nossa sociedade é composta de homens honrados, suponho que os homens honrados que constituem nossa virtuosa sociedade estejam certos.

Que razões particulares eles têm para pensar desse modo, eu realmente não sei.

---

36. Segundo a mitologia grega, Ganimedes era o jovem de feições andróginas encarregado de levar a ambrosia a Zeus. Antes de ser elevado ao Olimpo, teria sido um adolescente mortal de grande beleza. Zeus apaixonou-se por ele e, transformado numa águia, raptou-o e levou-o em suas garras até a morada dos deuses.

No estado exasperado em que eu me encontrava, a vida era intolerável, eu não poderia suportá-la por muito mais tempo.

Fatigado e desgastado por uma noite insone, com meu sangue sedento pela excitação e o absinto, voltei para casa, tomei um banho frio, vesti-me e chamei a garota até o meu quarto.

Quando ela viu meu ar esgotado, meu rosto pálido, meus olhos fundos, olhou-me fixamente.

— Está doente, senhor? — perguntou-me ela, então.

— Sim, eu não estou bem.

— E onde o senhor esteve a noite passada?

— Onde? — perguntei, com desprezo.

— Sim, o senhor não veio para casa — disse ela, de maneira desafiadora.

Respondi-lhe com uma risada nervosa.

Eu entendi que uma natureza como a dela tem de ser dominada de súbito, em vez de domada gradativamente. Por isso eu a peguei em meus braços e pressionei meus lábios sobre os dela. Ela tentou libertar-se, porém mais como o passarinho indefeso que agita suas asas do que como o gato que projeta as garras de dentro de suas patas aveludadas.

Ela se contorceu entre os meus braços, esfregando seus seios contra o meu peito, suas coxas contra as minhas pernas. Apesar disso, eu a mantive apertada de encontro ao meu corpo, beijando sua boca, pressionando meus lábios ardentes contra os dela, aspirando seu hálito fresco e saudável.

Foi a primeira vez que alguém a beijou na boca, e, como me contou mais tarde, a sensação estremeceu-a toda como se fosse uma forte corrente elétrica.

Vi, de fato, que sua cabeça estava rodando e seus olhos se revirando com a emoção que meus beijos produziram na sua constituição nervosa.

Quando quis introduzir minha língua em sua boca, seu pudor virginal revoltou-se; ela resistiu e não a aceitou. Parecia, disse-me ela, como se um pedaço de ferro em brasa fosse enfiado em sua boca, e isso fez com que sentisse estar cometendo o mais hediondo dos crimes.

— Não, não — ela gritou. — Você está me sufocando. Você está abusando de mim, solte-me, eu não consigo respirar, largue-me ou gritarei por socorro.

Mas eu persisti e logo minha língua toda, até a raiz, estava em sua boca. Então eu a levantei no colo, pois ela era leve como uma pluma, e estendi-a sobre a cama. Ali o pássaro que agitava suas asas não era mais uma pombinha indefesa, mas um falcão com garras e bico afiado, lutando com unhas e dentes, arranhando e mordendo minhas mãos, ameaçando arrancar fora os meus olhos, chutando-me com toda a força.

Nada é maior incentivo ao prazer do que uma luta. Uma briguinha rápida, com tapas ardidos e algumas imobilizações do pulso acendem qualquer homem, enquanto uma boa flagelação aviva o sangue do mais acomodado dos velhos, melhor do que qualquer afrodisíaco.

A briga excitou-a tanto quanto a mim, e no entanto, nem bem eu a estendi na cama e ela conseguiu se lançar para a frente e rolar como um fardo sobre o chão. Mas eu estava preparado para os seus truques e já me encontrava em cima dela. Ela logrou, porém, deslizar como uma enguia por baixo de mim, e com um salto semelhante ao de um garotinho, ganhou a porta. Eu, entretanto, a havia trancado.

Uma nova imobilização se seguiu, e agora eu estava

inclinado a possuí-la. Se tivesse cedido de maneira submissa, eu ordenaria que ela deixasse o quarto, mas a resistência a tornara desejável.

Eu a agarrei entre meus braços, ela se contorceu e suspirou, e cada parte dos nossos corpos ficou em estreito contato. Então eu introduzi minha perna entre as dela, nossos braços se entrelaçaram e os seios dela palpitavam de encontro ao meu peito. Durante todo esse tempo ela me tratou a bofetadas, e cada uma que me atingia parecia incendiar o sangue dela e o meu.

Eu havia arrancado meu casaco. Os botões do meu colete e das minhas calças estavam todos abrindo caminho, o colarinho havia-se rasgado, minha camisa logo estaria em frangalhos, meus braços sangravam em vários lugares. Os olhos dela chispavam como os de um lince, seus lábios estavam intumescidos de lascívia, ela então parecia lutar não para defender sua virgindade, mas pelo prazer que o embate lhe proporcionava.

Quando pressionei minha boca sobre a dela, senti seu corpo inteiro estremecer de deleite, e por uma vez — e apenas uma vez — senti a ponta da sua língua se projetar ligeiramente para dentro da minha boca, e então ela pareceu enlouquecida de prazer. Era, na verdade, uma mênade em sua primeira iniciação.

Eu de fato comecei a desejá-la, e no entanto lamentei sacrificá-la no altar do amor de uma só vez, pois aquele joguinho merecia ser treinado em mais de uma ocasião.

Ergui-a novamente em meus braços e a pus na cama. Como estava bela quando eu a pousei. Seus cabelos encaracolados e ondulados, em desalinho pela luta, esparramaram-se em cachos sobre o travesseiro. Seus vívidos olhos escuros, com seus cílios curtos mas espessos, cintilavam com um fogo quase fosforescente, suas faces ardentes estavam salpicadas com meu sangue, seus lábios entreabertos e ofegantes teriam feito o falo flácido de algum velho *monsignore* desgastado saltar com vida renovada.

Eu conseguira imobilizá-la e por um momento me detive por cima dela, admirando-a. Meus olhares pareceram irritá-la, e ela lutou uma vez mais para se libertar.

Os colchetes do seu vestido haviam-se soltado, de um modo que revelava apenas um lampejo da bela carne, dourada pelo sol fulgurante de muitas colheitas, e de dois seios túrgidos; e você sabe o quanto uma visão dessas é muito mais excitante do que toda a carne exibida nos bailes, teatros e bordeis!

Eu arranquei todos os obstáculos. Lancei uma das mãos sobre seu seio e tentei deslizar a outra por sob o seu vestido; mas suas saias estavam enroladas de forma muito apertada entre suas pernas, e estas estavam tão firmemente entrelaçadas uma à outra, que não havia meio de afastá-las.

Depois de muitos gritos abafados, que mais pareciam o gorjeio de algum pássaro ferido, depois de muito puxar e rasgar de minha parte, arranhar e morder da parte dela, minha mão finalmente alcançou seus joelhos nus; depois deslizou para cima até as coxas. Ela não era robusta, mas firme e musculosa como uma acrobata. Minha mão alcançou o espaço entre as duas pernas; finalmente, senti a delicada penugem que cobre o monte de Vênus.

Era inútil tentar meter meu indicador entre os lábios. Acariciei-os um pouco. Ela gritou por piedade. Os lábios separaram-se ligeiramente. Tentei introduzir meu dedo.

— Você está me machucando; você está me arranhando — ela gritou.

Por fim, suas pernas relaxaram, seu vestido estava levantado e ela se rompeu em lágrimas – lágrimas de medo, vergonha e pudor!

Meu dedo então parou; e quando o retirei, senti que ele também estava umedecido por lágrimas – lágrimas que não eram nada salgadas.

– Vamos, não tenha medo! – falei, tomando sua cabeça entre minhas mãos e beijando-a repetidamente. – Eu estava apenas brincando. Não quero lhe fazer mal. Veja, você pode se levantar! Você pode ir, se quiser. Eu certamente não vou detê-la contra sua livre vontade.

Em seguida enfiei minha mão entre seus seios e comecei a acariciar o pequenino mamilo, não maior que o tamanho de um sedutor morango silvestre, do qual ela parecia possuir toda a fragrância. Ela se agitou de excitação e deleite quando fiz isso.

– Não – disse ela, sem tentar levantar-se. – Eu estou em seu poder. Você pode fazer comigo o que desejar. Eu não posso mais me defender. Apenas lembre-se de que se você me arruinar, eu me matarei.

Havia tanta sinceridade nos seus olhos quando disse isso que eu estremeci e a soltei. Poderia algum dia perdoar a mim mesmo, se fosse a causa do suicídio dela?

E no entanto a pobre garota olhou para mim com olhos tão apaixonados e anelosos, que ficou claro que ela era incapaz de suportar o fogo pungente que a consumia. Não era meu dever, então, fazer com que ela sentisse aquele reconfortante êxtase de felicidade do qual evidentemente desejava provar?

– Eu juro – falei – que não vou lhe fazer nenhum mal; por isso não tenha medo, apenas fique calma.

Eu puxei sua grossa camisola de linho para cima e percebi que a minúscula fenda podia ser vista, com dois lábios de um tom coralino, sombreados por uma suave e sedosa penugem preta. Eles tinham a cor, o lustro, o frescor daquelas conchas rosadas tão abundantes nas praias orientais.

Os encantos de Leda, que fizeram Júpiter se transformar num cisne, ou os de Danae, quando separou suas coxas para receber no fundo do seu ventre a ardente chuva de ouro, não podiam ser mais tentadores do que os lábios daquela jovem garota.

Eles se abriram com sua vida própria, exibindo, ao fazerem isso, um pequenino fruto, com o frescor saudável da vida — uma gota de orvalho encarnado no interior das pétalas escarlates de um botão de rosa.

Minha língua pressionou-o intimamente por um segundo, e a garota ficou insanamente convulsa com aquele prazer intenso com o qual nunca antes havia sonhado. Um momento depois, estávamos novamente abraçados um ao outro.

— Oh, Camille — disse ela —, você não sabe quanto eu o amo!

Ela esperou por uma resposta. Fechei sua boca com um beijo.

— Mas diga-me. Você me ama? Você consegue me amar só um pouquinho?

— Sim — falei, fracamente; pois mesmo em tal momento era difícil convencer-me a dizer uma mentira.

Ela me olhou por um segundo.

— Não, você não me ama.

— Por que não?

— Não sei. Sinto que você não liga nem um pouco para mim. Diga-me, não é assim?

— Bem, se você acha, como eu posso convencê-la do contrário?

— Eu não peço para você se casar comigo. Eu não seria concubina de homem algum, mas se você realmente me ama...

Ela não terminou sua frase.

— Bem!

— Você não consegue entender? — disse ela, escondendo seu rosto atrás do meu ouvido e aninhando-se mais junto de mim.

— Não.

— Bem, se você me ama, eu sou sua.

O que eu deveria fazer?

Senti-me relutante em ter uma garota que se oferecia de maneira tão incondicional, e no entanto não seria pura tolice deixá-la ir sem satisfazer seu anseio e o meu próprio desejo?

— E além disso você sabe que a história de cometer suicídio é pura bobagem.

— Nem tanto quanto você pensa.

— Bem, bem, e o que você fez?

— Eu? Ora, eu avancei até certo ponto.

Beijando-a, eu me deitei ao seu lado, abri os pequeninos lábios, e pressionei a ponta do meu falo entre eles. Separaram-se e, pouco a pouco, metade da glande, depois a cabeça inteira, entrou.

Forcei com delicadeza, mas ele parecia preso pelos lados e, especialmente na frente, encontrou um obstáculo quase intransponível. Exatamente como quando se introduz um prego numa parede e ele encontra uma pedra, ao continuar sendo martelado, sua ponta fica rombuda e então ele se dobra sobre si mesmo, assim que eu pressionei com mais força, a ponta da minha ferramenta foi comprimida e estrangulada. Eu meneei o corpo para encontrar um caminho para fora daquele beco sem saída.

Ela gemeu, porém mais de dor que de prazer. Tateei meu caminho no escuro e dei-lhe outra estocada, mas meu aríete apenas chocou sua cabeça uma vez mais contra a fortaleza. Estava em dúvida se deveria ou não colocá-la de costas e forçar minha entrada em verdadeira formação de batalha, mas quando empurrei de novo, senti que estava quase subjugado... não, não quase... mas de fato subjugado, pois lambuzei-a toda com meu cremoso fluido gerador da vida. Ela, pobre coisinha, não sentiu nada, ou muito pouco, enquanto eu, enervado como estivera até então, e exausto por minhas errâncias noturnas, caí quase sem sentidos ao seu lado. Ela olhou-me por um momento, depois saltou como um gato, apanhou a chave que havia caído do meu bolso, e com um pulo... saiu porta afora.

Esgotado demais para segui-la, eu estava, poucos momentos depois, profundamente adormecido, o primeiro descanso sadio que eu tinha havia um longo tempo.

Durante alguns dias, fiquei de certa forma acalmado, e até desisti de comparecer aos concertos e lugares onde poderia ver René. Quase comecei a pensar que, com o tempo, eu poderia me tornar indiferente e esquecê-lo.

Fui sôfrego demais, empenhei-me com tanto esforço em riscá-lo de uma vez por todas da minha cabeça, que a própria ansiedade impediu que eu tivesse sucesso em fazer isso. Tinha tanto medo de não ser capaz de esquecê-lo, que esse mesmo medo sempre me trazia sua imagem à mente.

— E a sua garota?

— Se não estou enganado, ela se apaixonou por mim como eu por Teleny. Ela se supunha atada ao dever de evitar-me, tentou até mesmo desprezar-me, odiar-me, mas não conseguiu fazer isso.

— Mas, por que odiá-lo?

— Ela parecia achar que, se ainda era uma virgem, isso se devia simplesmente ao fato de eu dar tão pouca importância a ela. Eu havia sentido algum prazer com ela, e isso era mais que suficiente para mim.

Se eu a tivesse amado e deflorado, ela apenas me amaria com mais ternura, pela ferida que eu lhe teria infligido.

Quando perguntei-lhe se não se sentia grata a mim por ter respeitado sua virgindade, ela simplesmente respondeu: "Não!", e foi de fato um "não" muito decidido.

— Além disso — ela acrescentou —, você não fez nada simplesmente porque não conseguiu.

— Não consegui?

— Não.

Uma briga novamente se seguiu. Ela estava mais uma vez presa entre os meus braços e nos altercávamos como dois lutadores, com a mesma avidez, embora certamente com menos habilidade. Ela era uma pequena raposa musculosa, nem um pouco fraca; além disso, havia começado a entender o sabor que a luta conferia à vitória.

Era um verdadeiro prazer sentir o corpo dela palpitando contra o meu; e embora ela desejasse ceder, foi apenas depois de muito barulho que eu consegui fazer com que minha boca tocasse a dela.

Com não pouca dificuldade eu a pus em minha cama, e consegui enfiar minha cabeça sob as suas saias.

Mulheres são criaturas bobas, cheias de preconceitos absurdos, e aquela camponesa sem sofisticação considerava a carícia que eu estava prestes a fazer no seu órgão sexual como algo comparável à sodomia.

Ela me chamou de besta imunda, porco e outros agradáveis epítetos como estes. Começou a se contorcer, a serpentear, e a tentar se esquivar de mim, mas desse modo apenas intensificou o prazer que eu estava lhe proporcionando.

Finalmente, prendeu minha cabeça entre suas coxas e pressionou minha nuca com ambas as mãos, de modo que mesmo que eu quisesse afastar minha língua dos seus lábios incendiados, só poderia fazê-lo com algum esforço.

Eu, porém continuei ali, enfiando minha língua, lambendo, afagando o pequenino clitóris, até que este chorou de gozo, e tais lágrimas a convenceram de que aquele não era um prazer para se desdenhar, e eu assim havia descoberto o único argumento com o qual se pode convencer uma mulher.

Quando todas as partes íntimas estavam completamente lubrificadas pela minha língua, e umedecidas pelo reconfortante transbordar do prazer irreprimível, quando ela provou aquela satisfação extática que uma virgem pode proporcionar à outra sem infligir qualquer dor ou romper o selo da sua inocência, então a visão do seu arrebatamento fez com que o meu galo cantasse com lubricidade. Por isso deixei-o sair da sua masmorra sombria para conduzi-lo à gruta escura.

Meu nabo penetrou alegremente, mas foi detido em sua carreira. Outra poderosa estocada causou-me mais dor que prazer, pois a resistência foi tão grande que minha vara pareceu entortar durante a ação. As estreitas e firmes paredes da vagina se contraíram, e meu pistão ficou preso, como acontece quando se usa uma luva apertada, mas ainda assim o tecido do hímen não se rompeu.

Eu me perguntei por que as naturezas simplórias têm o caminho do prazer barrado de tal forma? Seria para fazer o orgulhoso recém-casado acreditar-se o pioneiro das regiões inexploradas, mas ele não sabe que as parteiras estão sempre consertando engenhosamente as fechaduras abertas por chaves adúlteras? Seria para fazer disso uma cerimônia religiosa, e entregar o ato de esbulhar esse botão a algum padre confessor, sendo essa há tempos uma das muitas gratificações do sacerdócio?

A pobre garota sentiu como se uma faca fosse enfiada dentro dela, mas ainda assim não gritou, nem se lamentou, embora seus olhos se enchessem de lágrimas.

Mais uma estocada, só mais um esforço, e o véu do templo seria rasgado em dois. Parei a tempo, porém.

— Posso tê-la, ou não?

— Você já me arruinou — ela respondeu, calmamente.

— Ainda não, você ainda é uma virgem, simplesmente porque eu não sou um canalha. Apenas diga-me, posso tê-la ou não?

— Se você me ama, pode me possuir, mas se apenas fizer isso por um prazer momentâneo... mesmo assim, faça o que quiser, mas juro que me matarei depois, se você não cuidar de mim.

— Essas são coisas que se diz e não se faz.

— Você vai ver.

Puxei meu falo para fora da gruta, mas antes de permitir que ela se levantasse, acariciei-a gentilmente com a ponta, fazendo-a sentir satisfação mais do que suficiente pela dor que eu a havia infligido.

— Posso tê-la ou não? — perguntei.

— Imbecil — ela silvou como uma cobra, enquanto deslizava para fora dos meus braços e para além do meu alcance.

"Espere até a próxima vez e então você verá quem é o imbecil", disse eu, mas ela já estava fora do alcance da minha voz.

— Devo admitir que você foi um tanto imaturo; suponho, porém, que teve a sua vingança na próxima vez.

— Minha vingança, se pode ser chamada assim, foi apavorante.

Nosso cocheiro, um jovem sujeito robusto, de ombros largos e musculoso, cuja ternura fora até então desperdiçada com cavalos, apaixonou-se por essa garota, que parecia seca como um ramo de azevinho.

Ele a havia cortejado honradamente de todas as maneiras possíveis. Sua antiga continência e sua paixão recém-despertada haviam suavizado tudo o que nele havia de rude, e ele oferecera-lhe flores, fitas e bugigangas, mas ela recusava desdenhosamente seus presentes.

Ele propôs casar-se com ela imediatamente; chegou a extremos de presenteá-la de mão beijada com um chalé e um pedaço de terra que possuía no campo.

Ela o exasperava, tratando-o quase com desprezo, tomando seu amor como um insulto. Um desejo irresistível transparecia nos olhos dele, nos dela, um olhar vazio.

Aguilhoado até a loucura pela indiferença da garota, ele tentou pela força o que não conseguira obter com amor, e teve de entender que o sexo frágil nem sempre é o mais fraco.

Depois de sua tentativa e fracasso, ela o supliciou ainda mais. Sempre que o encontrava, ela colocava a unha de seu polegar sobre os dentes de cima e emitia um ligeiro som.

A cozinheira, que tinha uma paixão latente por aquele vigoroso jovem, e que devia ter suspeita de que algo havia acontecido entre essa garota e eu, evidentemente o informou do fato, despertando-lhe assim uma irreprimível crise de ciúme.

Ferroado até a carne viva, ele não sabia se odiava ou amava mais a menina, e pouco se importava com o que seria dele, desde que satisfizesse seu desejo por ela. Toda a ternura que o amor lhe havia despertado deu lugar à energia sexual do macho.

Sem ser notado, ou provavelmente admitido pela cozinheira, ele se escondeu sorrateiramente no quarto dela e instalou-se atrás de um velho biombo, que, juntamente com outros trastes, havia sido depositado ali.

Sua intenção era permanecer oculto até que ela adormecesse profundamente, e depois introduzir-se em sua cama e, *nolens volens*, passar a noite com a garota.

Depois de esperar algum tempo ali em mortal ansiedade – pois cada minuto parecia-lhe uma hora –, ele finalmente viu-a entrar.

Quando o fez, ela fechou e trancou a porta atrás de si. O corpo inteiro dele vibrou de alegria por esse simples ato. Em primeiro lugar, ela obviamente não esperava ninguém, e além disso, estava agora em seu poder.

Dois buracos que ele havia feito no papel do biombo permitiram-lhe ver tudo perfeitamente. Pouco a pouco, ela se preparou para a noite. Desfez seu penteado, depois prendeu os cabelos novamente com um nó frouxo. Após fazer isso, ela tirou seu vestido, seu espartilho, suas anáguas e toda a sua roupa de baixo. Por fim, vestiu sua camisola.

Então, com um profundo suspiro, ela pegou um rosário e começou a rezar. Ele próprio era um homem religioso, e teria de bom grado repetido as orações juntamente com ela, mas foi em vão que tentou murmurar algumas palavras. Todos os seus pensamentos estavam voltados para ela.

A lua estava então em sua plenitude, e inundou o

quarto com sua luz aveludada, caindo sobre os braços nus da garota, sobre seus ombros arredondados e seus pequenos seios protuberantes, derramando sobre eles todo tipo de tons opalinos, conferindo-lhes o delicado brilho do cetim e os reflexos do âmbar, enquanto a camisola de linho caía em pregas sobre suas partes baixas com a suavidade da flanela.

Ele ficou ali imóvel, quase tomado por um temor religioso, com seus olhos pregados nela, contendo sua respiração densa e febril, devorando-a com os olhos com aquela mesma fixidez ansiosa com que o gato observa o rato, ou o caçador sua presa. Todos os poderes de seu corpo pareciam concentrados no sentido da visão.

Por fim, a garota terminou suas preces, fez o sinal da cruz e se levantou. Ela ergueu o pé direito para subir na sua cama bastante alta, revelando ao cocheiro suas pernas esguias mas bem torneadas, sua bunda pequena mas arredondada, e, enquanto se curvava para diante, os dois lábios em suas partes baixas se abriram, enquanto um dos joelhos já tocava a cama.

O cocheiro, porém, não teve tempo de ver isso, pois, com um salto felino, já estava sobre ela.

Ela lançou o mais débil dos gritos, mas ele já havia agarrado seus braços.

— Solte-me! Solte-me! Ou gritarei por socorro.

— Grite o quanto quiser, querida; mas ninguém poderá entrar ou vir em sua ajuda antes que eu a possua, pois juro pela Virgem Maria que não deixarei este quarto antes de tê-la desfrutado. Se aquele *bougre*[37] pode usá-la para o seu prazer, eu também posso. Se ele não fez isso... bem, afinal de contas, é melhor ser a esposa de um pobre

37. Em francês no original, "sodomita; pederasta".

do que a puta de um rico; e você sabe se eu quero me casar com você ou não.

Dizendo tais palavras, segurando-a com uma das mãos apertada como um torno, as costas dela voltadas para si, tentou com a outra mão virar sua cabeça para alcançar-lhe os lábios, mas vendo que não podia, pressionou-a para baixo de encontro à cama. Segurando-a pela nuca, ele enfiou sua outra mão entre as pernas dela e agarrou as partes baixas em sua palma musculosa.

Estando previamente de prontidão, forçando-se entre as pernas separadas da garota, ele começou a pressionar seu instrumento contra os lábios entreabertos das suas partes inferiores.

Como estes continuassem contraídos e secos como haviam ficado depois da minha tentativa, seu falo túrgido e avantajado escapou, e a ponta se alojou na borda superior. Então, como o estame muito carregado de uma flor que, beijado pelo vento deflorador, dispersa seu pólen sobre os ovários abertos à sua volta, do mesmo modo, com tanta força o falo túrgido e transbordante tocou o pequenino clitóris que projetou sua semente suculenta não apenas sobre ele, mas esguichou-a sobre todas as partes adjacentes. Quando ela sentiu sua barriga e suas coxas banhadas pelo fluido quente, pareceu-lhe que era queimada por algum escaldante veneno corrosivo, e contorceu-se como se sentisse dor.

Mas quanto mais ela lutava, maior era o prazer que ele experimentava, e seus rugidos e os sussurros que pareciam brotar de suas partes íntimas e subir até a garganta eram testemunhas do êxtase que sentia. Ele descansou por um momento mas seu órgão não perdeu nem um pouco da sua força ou dureza, as contorções da garota apenas excitavam-no mais. Pondo suas mãos enormes entre as pernas dela, ergueu-a sobre a cama, numa posição mais elevada do que estava antes, e mantendo-a brutalmente imobilizada, pressionou a extremidade carnuda da glande contra ela, e os lábios banhados pelo fluido viscoso separaram-se com facilidade.

Para ele já não era mais uma questão de prazer proporcionado ou recebido, era a selvagem avidez avassaladora que o macho demonstra ao possuir a fêmea, pela qual se pode matá-la, mas não deixá-la escapar ao aprisionamento. Ele arrombou-a com toda a poderosa força de um touro; com mais um esforço, a glande estava alojada entre os lábios, ainda outro e metade da coluna já estava dentro, quando foi detida pela ainda não perfurada mas altamente dilatada membrana vaginal. Sentindo-se assim impedido no orifício externo da vagina, ele experimentou um momento de exultação.

Beijou a cabeça dela com arrebatamento.

— Você é minha — ele gritou de felicidade. — Minha por toda a vida e até a morte, minha para sempre e para sempre.

Ela evidentemente deve ter comparado o seu selvagem deleite com a minha fria indiferença, e ainda tentou gritar, mas a mão dele impediu sua boca de fazê-lo. Ela mordeu-o, mas ele não deu atenção a isso.

Então, alheio à dor que estava causando, sem levar em consideração a pressão sofrida pelo prisioneiro alojado naquela gaiola estreita, ele agarrou a garota com toda a sua força, e com uma última e poderosa estocada a vulva foi não apenas alcançada, mas penetrada; a membrana — tão forte na pobre moça — foi rompida, seu priapo se alojou profundamente na vagina, e deslizou até o colo do útero.

Ela deu um grito alto, agudo e cortante de dor e angústia, e o brado, reverberando pela quietude da noite, foi ouvido por toda a casa. Indiferente a qualquer consequência dos ruídos que já se ouviam em resposta ao grito, indiferente ao sangue que brotava, ele enterrou e voltou a enterrar com entusiasmo sua lança na ferida que havia aberto, e seus gemidos de prazer se misturaram ao lamento queixoso da garota.

Por fim, ele retirou sua arma vermelho-ocre; ela estava livre, mas inconsciente e enfraquecida.

Eu acabava de pisar nos degraus da escada quando ouvi o grito. Embora não estivesse pensando na pobre garota, pareceu-me imediatamente reconhecer sua voz. Voei degraus acima, entrei correndo na casa e encontrei a cozinheira pálida e trêmula no corredor.

— Onde está Catherine? — perguntei.

— No quarto dela... eu... eu acho.

— Então, quem gritou?

— Mas... mas eu não sei. Talvez tenha sido ela.

— E por que você não foi ajudá-la?

— A porta está trancada — ela respondeu, parecendo horrorizada.

Eu corri até a porta. Sacudi-a com toda a minha força.

— Catherine, abra! O que está acontecendo?

Ao som da minha voz, a pobre garota voltou à vida.

Com outro potente safanão, eu rompi a tranca. A porta se abriu.

Tive tempo apenas de avistá-la com sua camisola manchada de sangue.

Seus cabelos soltos estavam totalmente desalinhados. Seus olhos chispavam com um fogo selvagem. Seu rosto estava contorcido de sofrimento, vergonha e loucura. Ela parecia Cassandra depois de ter sido violada pelos soldados de Ajax.

Enquanto estava parada ali, não muito longe da janela, seu olhar abandonou o cocheiro e recaiu sobre mim com asco e desprezo.

Ela agora sabia como era o amor dos homens. Correu até o batente da janela. Saltei na sua direção mas, antecipando-se a mim, ela pulou para fora antes que eu ou o cocheiro pudéssemos detê-la, e embora eu conseguisse agarrar a ponta de sua roupa, seu peso rasgou-a, e fiquei com um trapo em minha mão.

Nós ouvimos um baque pesado, um grito, alguns gemidos e depois o silêncio.

A garota foi fiel à sua palavra.

VI

Esse chocante suicídio da nossa criada absorveu todos os meus pensamentos por alguns dias, e não me causou nenhuma sorte de problemas e preocupações por algum tempo depois.

Além disso, como eu não era um casuísta, perguntei-me se não teria alguma participação em movê-la a cometer um ato tão irrefletido; então, tentei proporcionar reparações ao cocheiro, pelo menos, ajudando-o o mais que podia a sair da sua crise. Acima de tudo, eu tivera carinho pela garota, e realmente tentara amá-la, por isso fiquei muito consternado com sua morte.

Meu gerente, que era muito mais meu mestre do que eu dele, vendo o estado dilacerado dos meus nervos, persuadiu-me a fazer uma curta viagem de negócios, a qual em outra situação ele próprio teria feito.

Todas essas circunstâncias obrigaram-me a manter

meus pensamentos afastados de Teleny, que tanto os havia monopolizado nos últimos tempos. Então, tentei chegar à conclusão de que o havia esquecido completamente; e já me congratulava por ter dominado a paixão que me tornara desprezível aos meus próprios olhos.

Ao retornar para casa, não apenas abstive-me de vê-lo, mas evitei até mesmo ler seu nome nos jornais — mais do que isso, sempre que o via em anúncios na rua, virava meu rosto para o outro lado, não obstante toda a atração que ele exercia sobre mim, tal era o medo que eu tinha de cair sob o seu sortilégio. E no entanto, era-me possível continuar a evitá-lo? O mais leve acidente não nos poria novamente juntos? E então...?

Tentei acreditar que o poder que ele tinha sobre mim havia desaparecido, e que não lhe era possível readquiri-lo. Então, para ter minha certeza duplamente assegurada, decidi ignorá-lo da próxima vez em que nos encontrássemos. Além disso, tinha esperança de que ele deixasse a cidade — por algum tempo, pelo menos, senão para sempre.

Não muito tempo depois do meu regresso, estava com minha mãe num camarote do teatro, quando inesperadamente a porta se abriu e Teleny apareceu no umbral.

Ao vê-lo, senti-me empalidecer e depois ruborizar, meus joelhos pareciam estar me abandonando, meu coração começou a bater com baques tão fortes que meu peito estava prestes a se romper. Por um momento, senti que todas as minhas boas resoluções desmoronavam; depois, desprezando a mim mesmo por ser tão fraco, apanhei meu chapéu e, mal fazendo um cumprimento de cabeça para o jovem, abandonei o camarote como um louco, deixando que minha mãe se desculpasse por meu comportamento estranho. Nem bem havia saído quando caí em mim, e quase retornei para implorar seu perdão. Unicamente a vergonha me impediu de fazer isso.

Quando voltei a entrar no camarote, minha mãe, vexada e perplexa, perguntou-me o que me fizera agir de maneira tão grosseira para com o músico, a quem todos valorizavam e recebiam bem.

— Dois meses atrás, se bem me recordo — disse ela —, dificilmente havia outro pianista como ele; e agora, como a imprensa voltou-se contra ele, não é digno nem mesmo de um aceno de cabeça.

— A imprensa está contra ele? — perguntei, com minhas sobrancelhas levantadas.

— O quê?! Você não tem lido a acidez com que ele vem sendo criticado ultimamente?

— Não. Tenho outros problemas em que pensar além de pianistas.

— Bem, recentemente ele parece ter estado indisposto. Seu nome aparecia nos anúncios várias vezes, mas ele acabava não tocando. Além disso, nos últimos concertos ele tocou todas as suas peças da maneira mais monótona e sem vida, tão diferente do brilhantismo de suas execuções anteriores.

Senti como se a mão de alguém estivesse apertando meu coração dentro do peito, ainda que tentasse manter minhas feições o mais indiferentes possível.

— Lamento por ele — falei, num tom apático —, mas afinal, ouso dizer que as damas o consolarão dos achaques da imprensa, embotando assim as pontas das flechas atiradas pelos jornais.

Minha mãe encolheu seus ombros e voltou os cantos de seus lábios desdenhosamente para baixo. Ela pouco adivinhava dos meus pensamentos, ou da amargura com que eu me arrependia por ter agido daquela maneira em relação ao jovem a quem — bem, era inútil minimizar por mais tempo as coisas, ou mentir para mim mesmo — eu ainda amava. Sim, amava mais do que nunca, amava até o desespero.

No dia seguinte, procurei todos os jornais em que seu nome havia sido mencionado, e descobri — podia ser, talvez, vaidade da minha parte pensar isso — que desde o dia exato em que deixei de comparecer aos seus concertos, ele passou a tocar de maneira sofrível, até que por fim seus críticos, outrora tão lenientes, juntaram-se todos contra ele, empenhados em trazê-lo de volta a um melhor senso de dever para com a sua arte, o seu público e a si mesmo.

Cerca de uma semana depois disso, fui novamente ouvi-lo tocar.

Quando ele entrou, fiquei surpreso ao ver a mudança operada nele naquele curto intervalo de tempo. Ele estava não apenas preocupado e abatido, mas pálido, magro e de aparência doentia. Pareceu, de fato, ter ficado dez anos mais velho naqueles poucos dias. Havia nele aquela alteração que minha mãe notara em mim em seu regresso da Itália; mas ela, é óbvio, atribuiu-a ao choque que os meus nervos haviam acabado de receber.

Quando ele entrou, algumas poucas pessoas tentaram animá-lo batendo palmas, mas um baixo murmúrio de desaprovação, seguido de um ligeiro som sibilante, interromperam imediatamente essas fracas tentativas. Ele pareceu desdenhosamente indiferente a ambos os sons. Sentou-se apaticamente, como uma pessoa abatida pela febre, mas quando um dos números do repertório musical se iniciou, o fogo da arte começou repentinamente a arder nos seus olhos. Ele lançou um olhar de lado para a plateia, um olhar de busca, cheio de amor e gratidão.

Então ele começou a tocar, não como se a sua tarefa fosse enfadonha, mas como se despejasse todo o peso de sua alma; e a música soou como o trinado de um pássaro que, em sua tentativa de cativar o parceiro, dá vazão aos seus fluxos de êxtase, resolvido a conquistá-lo ou morrer no esforço copioso de sua arte não premeditada.

É desnecessário dizer que fiquei completamente dominado, enquanto toda a multidão ficou comovida com a doce tristeza de sua melodia.

A peça terminou, eu saí apressado — francamente, na esperança de encontrá-lo. Enquanto ele tocava, um forte conflito transcorria em meu íntimo — entre meu coração e meu cérebro; e os sentidos inflamados exigiam a frieza da razão: qual era o propósito de lutar contra uma paixão ingovernável? Eu estava, de fato, pronto a perdoá-lo por tudo o que havia sofrido, pois afinal, tinha eu o direito de me zangar com ele?

Quando entrei no salão, ele foi a primeira... não, a única pessoa que vi. Um sentimento de indescritível deleite preencheu todo o meu ser, e meu coração pareceu saltar na direção dele. No mesmo instante, porém, todo o meu êxtase se dissipou, meu sangue congelou nas veias, e o amor deu lugar à raiva e ao ódio. Ele estava de braços dados com Briancourt, que, congratulando-o abertamente pelo seu sucesso, estava evidentemente agarrado a ele como a hera ao carvalho. Os olhos de Briancourt e os meus se encontraram; nos dele havia um olhar de exultação; nos meus, de um seco desprezo.

Assim que Teleny me viu, libertou-se imediatamente do aperto de Briancourt e veio até mim. O ciúme me enlouqueceu. Eu lhe fiz o mais rígido e distante dos cumprimentos e segui em frente, ignorando completamente suas mãos estendidas.

Ouvi um ligeiro murmúrio entre os espectadores, e enquanto me afastava, vi com o canto do meu olho a sua aparência ferida, seu rubor que veio e se foi, e sua expressão de orgulho ferido. Embora de temperamento esquentado, ele curvou a cabeça em resignação, como se dissesse: "Que seja como você quiser", e voltou para Briancourt, cujo rosto irradiava satisfação.

Briancourt disse: — Ele sempre foi um mal-educado, um mercador, um *parvenu*[38] orgulhoso! — alto o bastante para que as palavras alcançassem o meu ouvido. — Não ligue para ele.

— Não — respondeu Teleny, pensativo — a culpa é minha, não dele.

Ele pouco entendeu até que ponto meu coração sangrava quando saí do recinto, desejando a cada passo dar meia-volta e atirar meus braços em torno do seu pescoço diante de todos, e implorar o seu perdão.

Eu hesitei por um momento, se devia voltar e oferecer-lhe minha mão ou não. Ai de mim! É com frequência que cedemos ao cálido impulso do coração? Não somos, ao contrário, sempre guiados pelo conselho do cérebro calculista, turvado pela consciência e frio como o barro?

Era cedo, mas ainda assim eu esperei por algum tempo na rua, esperando que Teleny saísse. Eu havia premeditado que, se ele estivesse sozinho, imploraria que me perdoasse pela minha rudeza.

Depois de um curto tempo, vi-o aparecer à porta com Briancourt.

Meu ciúme imediatamente se reacendeu, girei nos calcanhares e me afastei. Não queria vê-lo novamente. Pela

---

38. Em francês no original, "novo rico".

manhã eu tomaria o primeiro trem e iria para... qualquer lugar, fora do mundo, se pudesse.

Esse estado sentimental não demorou muito, e uma vez que minha fúria de algum modo cedeu, o amor e a curiosidade incitaram-me novamente a parar. Foi o que fiz. Olhei em volta; eles não estavam em nenhum lugar visível. Mesmo assim, dirigi meus passos até a casa de Teleny.

Voltei e olhei pelas ruas vizinhas; eles haviam desaparecido totalmente.

Agora que ele sumira de vista, minha ansiedade para encontrá-lo havia crescido. Eles tinham ido, talvez, até a casa de Briancourt. Apressei-me rumo à residência dele.

Em dado momento, pensei ter visto duas figuras como eles a distância. Apressei-me como um louco. Ergui a gola do meu casaco, puxei meu macio chapéu de feltro sobre os ouvidos, para não ser reconhecido, e segui-os pela calçada oposta.

Eu não estava enganado. Eles, então, tomaram uma via secundária; eu atrás deles. Para onde estariam indo naquela região solitária?

Para não atrair a atenção deles, parei onde vi um anúncio. Diminuí, e depois acelerei meu passo. Várias vezes vi suas cabeças em contato próximo, e depois o braço de Briancourt envolveu a cintura de Teleny.

Tudo isso era muito pior do que tristeza e amargura para mim. No entanto, em meio à minha infelicidade, tive um consolo: era ver que, aparentemente, Teleny cedia às atenções de Briancourt em vez de procurá-las.

Finalmente, eles chegaram ao Quai de ..., tão movimentado durante o dia, tão solitário à noite. Ali eles pareciam estar procurando por alguém, pois voltavam-se para examinar as pessoas que encontravam, ou encaravam os homens sentados nos bancos que havia ao longo do cais. Continuei seguindo-os.

Como eu estava totalmente absorto em meus pensamentos, levei algum tempo até notar que um homem, que havia surgido de algum lugar, caminhava ao meu lado. Fiquei nervoso, pois imaginei que ele não apenas tentava caminhar no mesmo passo que eu, mas também chamar minha atenção, pois cantarolava e assobiava trechos de canções, tossia, pigarreava e arrastava os pés.

Todos esses sons caíram sobre meus ouvidos sonhadores, mas não conseguiram atrair a minha atenção. Todos os meus sentidos estavam fixos nas duas figuras diante de mim. Ele, então, seguiu adiante e depois girou nos calcanhares e me encarou. Meus olhos viram tudo isso sem prestar a menor atenção nele.

O homem se demorou mais um pouco, deixou-me passar, avançou num passo mais ligeiro, e novamente alinhou-se ao meu lado. Por fim, olhei para ele. Embora fizesse frio, ele estava vestido apenas com roupas leves. Usava uma curta jaqueta de veludo preto e um par de calças cinzas leves e justas, marcando o contorno das coxas e nádegas como colantes.

Quando olhei para ele, encarou-me novamente, depois sorriu com aquela contração facial vazia, insípida e idiota de uma *raccrocheuse*.[39] Então, sempre olhando para mim com uma maliciosa expressão convidativa, ele dirigiu seus passos para um *vespasienne*[40] que havia nas proximidades.

---

39. Em francês no original, "uma prostituta, especialmente aquela que aborda seus clientes".

40. Em francês no original, "urinol".

"O que há de tão peculiar em mim", pensei, "para esse sujeito comer-me com os olhos desse modo?"

Sem me desviar, porém, ou destinar mais alguma atenção a ele, continuei caminhando, com meus olhos fixos em Teleny.

Quando passei por outro banco, alguém novamente arrastou os pés e pigarreou, obviamente disposto a fazer com que eu virasse meu rosto. Fiz isso. Vendo que eu o olhava, ele desabotoou ou abotoou suas calças.

Depois de algum tempo eu novamente ouvi passos aproximando-se por trás; a pessoa estava próxima de mim. Senti um forte perfume — se o odor insalubre de almíscar ou patchuli pode ser chamado de perfume.

A pessoa roçou-me de leve ao passar. Ele pediu desculpas; era o homem da jaqueta de veludo, ou seu Dromio.[41] Olhei para ele, que novamente me encarou e sorriu. Seus olhos estavam pintados com cajal, suas faces retocadas com *rouge*. Ele era quase imberbe. Por um momento, fiquei em dúvida se seria um homem ou uma mulher; mas quando ele parou novamente diante da coluna, fiquei totalmente persuadido do seu sexo.

Mais alguém saiu com passos amaneirados, e balançando seu traseiro, de trás de um daqueles *pissoirs*.[42] Era um homem velho, magro e de sorriso afetado, murcho como uma maçã ferida pelo frio. Suas faces eram muito encovadas, e seus malares salientes muito vermelhos; seu rosto era barbeado e tosado, e ele usava uma peruca com longos e belos cachos cor de linho.

---

41. Referência à *Comédia dos erros*, de Shakespeare, em que dois gêmeos são separados ao nascer, Dromio de Éfeso e Dromio de Siracusa.

42. Em francês no original, "banheiro público, mictório".

Caminhava com a postura da Vênus de Médici, isto é, com uma das mãos nas suas partes baixas, e a outra no seu peito. Seu aspecto era não apenas muito recatado, mas havia um pudor quase virginal no velho, que lhe dava a aparência de uma cafetina donzela.

Ele não encarou, mas lançou-me um demorado olhar oblíquo enquanto passava. Foi abordado por um trabalhador — um sujeito forte e robusto, açougueiro ou ferreiro por profissão. O velho teria evidentemente passado despercebido, mas o trabalhador deteve-o. Não pude ouvir o que eles diziam, pois embora estivessem a apenas alguns passos de distância, falavam naquele tom abafado peculiar aos amantes; mas eu parecia ser o objeto da conversa deles, pois o trabalhador voltou-se e olhou fixo para mim quando passei. Eles se separaram.

O trabalhador seguiu em frente por vinte passos, depois girou nos calcanhares e caminhou de volta exatamente alinhado comigo, parecendo disposto a encontrar-me face a face.

Olhei para ele. Era um homem musculoso, com feições imponentes; claramente, um belo espécime de macho. Quando passou por mim, ele fechou seu punho poderoso, dobrou seu braço musculoso à altura do cotovelo, e depois moveu-o verticalmente para cima e para baixo algumas vezes, como um pistão em atividade, ao deslizar para dentro e para fora do cilindro.

Alguns sinais são tão evidentemente claros e cheios de significado que nenhuma iniciação é necessária para compreendê-los. O sinal desse trabalhador era um deles.

Então eu soube quem eram aqueles andarilhos noturnos. Por que eles insistiam em olhar fixo para mim, e o significado de todos aqueles pequenos truques para atrair minha atenção. Eu estaria sonhando? Olhei em volta.

O trabalhador havia parado e repetiu seu pedido de maneira diferente. Ele fechou seu punho esquerdo, depois enfiou o indicador de sua mão direita no orifício formado entre a palma e os dedos, e movimentou-o para dentro e para fora. Era grosseiramente explícito. Eu não estava enganado. Apressei o passo, perguntando-me se as Cidades da Campina haviam de fato sido destruídas por fogo e enxofre.

Como aprendi no decorrer da minha vida, toda grande cidade tem seus redutos privativos — suas praças, seus jardins — para tal tipo de recreação. E a polícia? Bem, ela fecha os olhos para isso, até que alguma transgressão gritante seja cometida, pois não é seguro obstruir a cratera de um vulcão. Como bordeis de prostitutos masculinos não são permitidos, tais locais de encontros devem ser tolerados, ou a cidade toda é uma moderna Sodoma ou Gomorra.

— O quê?! Há tais cidades hoje em dia?

— Sim! Pois Jeová adquiriu experiência com a velhice; de modo que Ele passou a entender Seus filhos um pouco melhor que no passado, pois ou adquiriu uma noção mais leve de tolerância ou, como Pilatos, lavou Suas mãos e abandonou-os por completo.

No início, senti uma profunda repugnância ao ver o velho catamito passar por mim novamente e erguer, com extremo recato, o braço que estava em seu peito, enfiar seu dedo ossudo entre os lábios, e movê-lo da mesma forma que o trabalhador havia feito com seu braço, mas tentando conferir a todos os seus movimentos um pudor virginal. Ele era, como aprendi mais tarde, um *pompeur de dard*, ou, como poderia chamá-lo, um "chupador de rolas"; essa era a sua especialidade. Ele fazia o trabalho por amor à coisa, e uma experiência de muitos anos havia-o tornado um mestre no seu ofício. Ele, ao que parece, vivia em todos os outros aspectos como um ermitão, e apenas se permitia uma coisa: finos lenços de cambraia, bordados ou com laços de fita, para limpar o instrumento dos amadores depois de acabar.

O velho foi até a margem do rio, aparentemente convidando-me para uma caminhada à meia-noite em meio à neblina, sob as arcadas da ponte, ou num recanto escondido ou alguma outra esquina.

Outro homem veio de lá; este ajustando suas roupas e coçando sua retaguarda como um macaco. Apesar do sentimento repulsivo que esse homem me causou, a cena era tão inteiramente nova que devo dizer que ela me interessou.

— E Teleny?

— Eu ficara tão absorvido com todos esses andarilhos noturnos que perdi de vista tanto ele quanto Briancourt, mas subitamente vi-os reaparecer.

Com eles estavam um jovem subtenente zuavo, um sujeito elegante e vistoso, e um jovem esbelto e moreno, aparentemente um árabe.

O encontro não parecia ter sido de natureza carnal. De qualquer forma, o soldado entretinha seus amigos com sua conversa animada, e pelas poucas palavras que meus ouvidos conseguiram apreender, concluí que o assunto era interessante. Além do mais, quando passavam diante de cada banco, os casais sentados cutucavam uns aos outros como se os conhecessem.

Quando passei por eles, encolhi meus ombros e enterrei minha cabeça na gola. Cheguei a cobrir meu rosto com o lenço. Ainda assim, apesar de todas as minhas precauções, Teleny pareceu ter-me reconhecido, embora eu tivesse caminhado sem chamar a mais leve atenção dele.

Ouvi sua risada alegre quando passei; um eco de palavras repulsivas ainda soava nos meus ouvidos; faces repugnantes de homens degenerados e efeminados atravessavam a rua, tentando entreter-me com tudo o que há de nauseante.

Apressei-me, enojado até a alma, desapontado, odiando a mim e aos meus semelhantes, perguntando-me até que ponto seria eu melhor do que todos aqueles adoradores de Príapo que já eram calejados pelo vício. Eu estava me consumindo pelo amor de um homem que não tinha mais consideração por mim do que por qualquer um daqueles sodomitas.

Era tarde da noite e eu caminhei sem saber exatamente para onde meus passos estavam me levando. Não havia atravessado a água em meu caminho de casa, o que então me levou a fazê-lo? De qualquer forma, vi-me subitamente parado exatamente no meio da ponte, contemplando com um ar vazio o espaço aberto à minha frente.

O rio, como uma avenida prateada, dividia a cidade em duas. De cada lado, imensas casas sombrias destacavam-se na neblina; domos indistintos, torres opacas, espirais vaporosas e gigantescas esvoaçavam, agitando-se, até as nuvens, e se dissipavam no nevoeiro.

Sob a ponte, eu podia perceber os reflexos do rio gélido, ermo e murmurante, fluindo cada vez mais rápido, como se contrariado por não ser capaz de superar-se em sua própria corrida, friccionando-se contra as arcadas que o detinham, encaracolando-se em minúsculas vagas, e rodopiando em turbilhões raivosos, enquanto as pilastras escuras espalhavam retalhos de sombra escura como tinta sobre a corrente cintilante e convulsa.

Quando olhei para a dança incansável dessas sombras, vi uma miríade de elfos fogosos e serpenteantes, deslizando de um lado a outro através delas, acenando e chamando-me enquanto volteavam e giravam, atraindo-me para descansar naquelas águas de Letes.

Eles estavam certos. O repouso tinha de estar sob aquelas arcadas escuras, nas areias macias e lamacentas daquele rio torvelinhante.

Que profundas e insondáveis pareciam aquelas águas! Veladas como estavam pela neblina, exerciam toda a atração do abismo. Por que não deveria procurar ali aquele bálsamo de esquecimento, o único que poderia aliviar a dor de minha mente, acalmar meu peito incendiado?

Por quê?

Seria porque o Todo-Poderoso estabelecera seu cânone contra a auto-imolação?

Como, quando, por quê?

Com Seu dedo ardente, quando fez aquele *coup de théâtre*[43] no Monte Sinai?

Se era assim, por que Ele me tentava além das minhas forças?

Algum pai induziria o filho amado a desobedecê-lo, simplesmente para ter o prazer de castigá-lo depois? Algum homem defloraria sua própria filha, não por lascívia, mas apenas para insultá-la por sua incontinência? Certamente, se tal homem um dia existiu, era a própria imagem de Jeová.

Não, a vida só vale a pena enquanto prazerosa. Para mim, naquele momento, ela era um fardo. A paixão que

43. Em francês no original, "exibição teatral".

eu tentara sufocar, e que apenas ardia a fogo brando, havia se incendiado com força renovada, dominando-me inteiramente. Esse crime, portanto, só podia ser dominado por outro. No meu caso, o suicídio era não apenas admissível, mas também louvável... mais do que isso, heróico.

O que dizem os Evangelhos? "Se teu olho...", e assim por diante.

Todos esses pensamentos rodopiavam pela minha mente como víboras ferozes. Diante de mim, na neblina, Teleny — como um vaporoso anjo de luz — parecia estar me olhando vividamente com seus olhos profundos, tristes e pensativos; abaixo, as águas velozes tinham para mim uma voz de sereia, doce e sedutora.

Senti meu cérebro rodar. Estava perdendo os meus sentidos. Maldisse este nosso belo mundo — este paraíso, que o homem transformou num inferno. Amaldiçoei esta nossa sociedade tão pobre de espírito, que só prospera sobre a hipocrisia. Amaldiçoei nossa religião deteriorada, que deposita seu veto sobre todos os prazeres dos sentidos.

Já estava subindo no parapeito, decidido a procurar o esquecimento daquelas águas estigiais, quando dois braços fortes agarraram-me com firmeza e rapidamente me contiveram.

— Era Teleny?

— Era.

— Camille, meu amor, minha alma, você enlouqueceu? — disse ele, numa voz sufocada e ofegante.

Eu estava sonhando... era ele? Teleny? Ele era meu anjo da guarda ou um demônio tentador? Teria eu ficado louco?

Todos esses pensamentos perseguiam-se mutuamente, e deixavam-me confuso. No entanto, depois de um momento, entendi que não estava louco nem sonhando. Era Teleny em carne e osso, pois senti-o de encontro a mim quando nos estreitamos nos braços um do outro. Eu despertara para a vida de um horrível pesadelo.

A tensão pela qual meus nervos haviam passado, e o completo desfalecimento que se seguiu, juntamente com o seu poderoso abraço, fizeram-me sentir como se nossos dois corpos se tivessem amalgamado ou fundido-se num só.

Uma sensação muito peculiar dominou-me naquele momento. Enquanto as minhas mãos percorriam sua cabeça, seu pescoço, seus ombros, seus braços, eu definitivamente não conseguia senti-lo. Na verdade, parecia-me que estivesse tocando meu próprio corpo. Nossas testas inflamadas estavam pressionadas uma contra a outra, e suas veias dilatadas e palpitantes pareciam conter minha própria pulsação em alvoroço.

Instintivamente, e sem que nos procurássemos, nossas bocas se uniram por um consentimento comum. Não nos beijamos, mas nossos hálitos deram vida aos nossos dois seres.

Eu continuei vagamente inconsciente por algum tempo, sentindo minha força decair lentamente, deixando-me vitalidade suficiente apenas para que eu soubesse que ainda estava vivo.

De uma hora para a outra, senti um poderoso choque da cabeça aos pés; houve um refluxo do coração para o cérebro. Cada nervo do meu corpo estava formigando; toda a minha pele parecia picada por pontas de agulhas afiadas. Nossas bocas, que haviam se separado, colaram-se novamente uma à outra com desejo recém-despertado. Nossos lábios — claramente procurando se incorporarem um ao outro — eram pressionados e friccionados com uma força tão apaixonada que o sangue começou a transudar deles — mais do que isso, parecia que esse fluido, impelido por nossos corações, estava disposto a misturar-se para celebrar, naquele momento auspicioso, os velhos ritos nupciais das nações — o casamento de dois corpos, não pela comunhão emblemática do vinho, mas do próprio sangue.

Nós, assim, continuamos por algum tempo num estado de delírio avassalador, sentindo, a todo instante, um prazer cada vez mais extasiado, enlouquecedor, nos beijos um do outro, o que continuou a nos incitar até a demência ao avivar aquele fogo que não se pode acalmar e ao estimular aquela fome que não se pode saciar.

A própria quintessência do amor estava naqueles beijos. Tudo o que havia de excelente em nós — a porção essencial dos nossos seres — continuava emanando e evaporando-se de nossos lábios, como a fumaça de um fluido etéreo, intoxicante e ambrosíaco.

A natureza, calada e silenciosa, parecia conter sua respiração ao olhar para nós, pois tamanho êxtase de felicidade era raramente, se é que algum dia o foi, sentido aqui embaixo. Fiquei subjugado, prostrado, abalado. A terra girava à minha volta, afundando sob os meus pés. Eu não tinha mais forças suficientes para continuar de pé. Senti-me mal e desmaiei. Eu estava morrendo? Se estava, a morte deve ser o momento mais feliz de nossa vida, pois uma alegria tão arrebatadora jamais poderia ser experimentada novamente.

Quanto tempo eu continuei sem sentidos? Não sei dizer. Tudo o que sei é que acordei em meio a um redemoinho, ouvindo o murmúrio das águas à minha volta. Pouco a pouco retornei à consciência. Tentei libertar-me do seu abraço.

— Deixe-me! Deixe-me só! Por que não me deixou morrer? Este mundo é odioso para mim, por que eu deveria continuar arrastando uma vida que desprezo?

— Por quê? Por mim.

Então ele sussurrou com suavidade, naquela sua língua desconhecida, algumas palavras mágicas que pareceram mergulhar na minha alma. Depois, acrescentou: — A natureza nos fez um para o outro; por que resistir a ela? Eu só posso encontrar a felicidade no seu amor, e unicamente no seu; não é apenas meu coração, mas a minha alma que anseia pela sua.

Como um esforço de todo o meu ser, afastei-o de mim e recuei, abalado.

— Não, não! — gritei. — Não me tente além das minhas forças; deixe-me morrer.

— Será feito como você quer, mas nós devemos morrer juntos, para que pelo menos na morte possamos não nos separar. Há uma vida após a vida; nós podemos então, finalmente, aderir um ao outro como a Francesca de Dante e seu amante Paolo.[44] Tome — disse ele, desenrolando uma faixa de seda que vestia em torno de sua cintura — vamos nos amarrar bem juntos e saltar para a correnteza.

Olhei para ele e estremeci. Tão jovem, tão belo, e eu estava para assassiná-lo daquela forma! A imagem de Antínoo tal como eu a havia visto da primeira vez que ele tocou apareceu diante de mim.

---

44. Paolo e Francesca são retratados no Canto V do Inferno, na *Divina Comédia*. Surpreendidos pelo marido de Francesca (que era também irmão de Paolo), ambos foram mortos, e juntos, segundo o poema de Dante, permaneceram após a morte.

Ele amarrou a faixa fortemente em torno de sua cintura e estava prestes a passá-la à minha volta.

— Venha.

A sorte estava lançada. Eu não tinha o direito de aceitar tal sacrifício dele.

— Não — falei. — Vamos viver.

— Viver — acrescentou ele —, e depois?

Ele não falou nada por alguns momentos, como se esperasse uma resposta àquela pergunta que não havia sido formulada em palavras. Em resposta ao seu apelo mudo, estendi minhas mãos para ele. Teleny — como se temesse que eu pudesse escapar dele — abraçou-me com toda a força do desejo irreprimível.

— Eu amo você! — sussurrou ele. — Amo-o loucamente! Não posso mais viver sem você.

— Nem eu sem você — falei, francamente. — Lutei inutilmente contra a minha paixão e agora, rendo-me a ela, não de maneira submissa, mas avidamente, com alegria. Sou seu, Teleny! Feliz por ser seu, seu para sempre e unicamente seu!

Como única resposta, houve um choro rouco e abafado, saído do mais profundo do seu peito. Seus olhos se iluminaram com um lampejo de fogo. Seu desejo chegava até o furor; era similar ao do animal selvagem no momento em que apanha a sua presa, ao do macho solitário que finalmente encontra sua parceira. No entanto, sua ânsia intensa era mais do que isso, era também a de uma alma que se lança para encontrar outra alma. Era um anelo dos sentidos, uma louca intoxicação da mente.

Poderia esse fogo ardente e inextinguível que consumia nossos corpos ser chamado de luxúria? Nós nos unimos de maneira faminta um ao outro, como o animal famélico se aferra à comida que devora; e enquanto nos beijávamos com sofreguidão sempre crescente, meus dedos sentiam seus cabelos encaracolados, ou acariciavam a pele macia do seu pescoço. Com nossas pernas entrelaçadas, seu falo, em forte ereção, esfregava-se contra o meu, não menos retesado e duro. Ficávamos, porém, mudando constantemente de posição, de modo a ter cada parte de nossos corpos no contato mais íntimo possível. E assim, sentindo, agarrando, abraçando, beijando e mordendo um ao outro, devíamos parecer, sobre aquela ponte no meio do nevoeiro espesso, como duas almas condenadas sofrendo um eterno tormento.

A mão do Tempo havia parado; e acho que teríamos continuado a incitar um ao outro em nosso desejo louco até termos quase perdido nossos sentidos — pois ambos estávamos no limiar da loucura —, se não fôssemos interrompidos por um incidente frívolo.

Uma carruagem retardatária — desgastada pela labuta do dia — arrastava-se lentamente em seu caminho para casa. O condutor estava dormindo em sua cabine; a pobre e estropiada cavalgadura, com sua cabeça pendendo quase entre os joelhos, estava igualmente adormecida — sonhando, talvez, com descanso ininterrupto, com feno recém-ceifado, com os pastos frescos e florescentes da sua juventude; até mesmo o lento ressoar das rodas tinha um som sonolento, ronronante e roncante, em sua penosa monotonia.

— Venha para casa comigo — disse Teleny, numa voz baixa, nervosa e trêmula. — Venha dormir comigo — acrescentou, no tom suave, sussurrado e suplicante do apaixonado que ficaria satisfeito por ser entendido sem necessidade de palavras.

Apertei suas mãos como única resposta.

— Você virá?

— Sim — sussurrei, de forma quase inaudível.

Esse som baixo, articulado com dificuldade, era o quente hálito do desejo intenso. Esse monossílabo ciciante foi o consentimento espontâneo ao mais ávido dos desejos dele. Então, ele parou o carro que passava, mas levou alguns momentos para que o condutor acordasse e entendesse o que queríamos dele.

Quando entrei no veículo, meu primeiro pensamento foi que em poucos minutos Teleny pertenceria a mim. Esse pensamento agiu sobre os meus nervos como uma corrente elétrica, fazendo-me estremecer da cabeça aos pés.

Meus lábios tiveram de articular as palavras "Teleny será meu", para que eu acreditasse nelas. Ele pareceu ouvir os movimentos sem som dos meus lábios, pois agarrou minha cabeça entre suas mãos, e beijou-me de novo e de novo.

Então, como se sentisse uma pontada de remorso: — Você não se arrepende, não é? — ele perguntou.

— Como poderia?

— E você será meu... só meu?

— Eu nunca fui de qualquer outro homem e nunca serei.

— Você me amará para sempre?

— Para todo o sempre.

— Este será nosso juramento e nosso ato de posse — ele acrescentou.

Então, ele passou seu braço em torno de mim e apertou-me de encontro ao seu peito. Eu enlacei-o com os meus braços. Sob a luz trêmula e fraca das lanternas do carro, vi seus olhos incendiados com o fogo da loucura. Seus lábios — ressecados pela sede de um desejo muito tempo suprimido, pelo anseio reprimido da posse

– projetaram-se para mim com uma dolorosa expressão de sofrimento surdo. Novamente aspirávamos mutuamente nossos seres num beijo – um beijo mais intenso, se isso era possível, do que o anterior. Que beijo foi aquele!

A carne, o sangue, o cérebro, e aquela indefinível parte mais sutil dos nossos seres pareceram todos fundir-se num inefável abraço.

Um beijo é algo mais do que o primeiro contato sensual entre dois corpos; é a emanação de duas almas enamoradas.

Mas um beijo criminoso, ao qual se resiste e combate durante muito tempo, e é por esse motivo há muito ansiado, está além disso; é tão luxuriante quanto o fruto proibido; é uma brasa incandescente sobre os lábios; uma marca a ferro quente que queima a fundo, e transforma o sangue em chumbo derretido ou mercúrio escaldante.

O beijo de Teleny era realmente galvânico, pois eu podia sentir seu sabor até em meu palato. Era necessário um juramento, quando já havíamos nos dado tal beijo? Um juramento é uma promessa da boca para fora, que com frequência pode ser, e é, esquecida. Um beijo como aquele acompanha-nos até a sepultura.

Enquanto nossos lábios estavam unidos, sua mão lentamente, imperceptivelmente, desabotoou minhas calças, e sorrateiramente deslizou para dentro da abertura, pondo cada obstáculo em seu caminho instintivamente de lado até tomar posse do meu falo duro, teso e dolorido, que ardia como o carvão em combustão.

Seu aperto foi suave como o de uma criança, experiente como o de uma puta, forte como o de um esgrimista. Ele mal havia me tocado quando recordei as palavras da condessa.

Algumas pessoas, como todos sabemos, são mais magnéticas que outras. Além do mais, enquanto algumas nos atraem, outras nos repelem. Teleny tinha — pelo menos, para mim — um fluido brando, mesmérico, prazeroso, nos seus dedos. Mais do que isso, o simples contato com sua pele fazia-me tremer de deleite.

Minha mão hesitantemente seguiu o exemplo que a dele havia dado, e devo confessar que o prazer que senti ao acariciá-lo foi realmente delicioso.

Nossos dedos mal moviam a pele do pênis, mas nossos nervos estavam tão retesados, nossa excitação havia alcançado um nível tão extremo, e os dutos seminais estavam tão cheios, que nós os sentimos transbordar. Houve, por um momento, uma dor intensa, em algum lugar nas proximidades da raiz do pênis — ou antes, no próprio âmago e no centro dos quadris — depois do que a seiva vital começou a se deslocar lentamente, vagarosamente, de dentro das glândulas seminais; ela subiu até o bulbo da uretra, e depois pela coluna estreita, semelhante ao mercúrio no interior do tubo de um termômetro — ou antes, como a lava escaldante e fulminante na cratera de um vulcão.

Finalmente chegou ao ápice; então a fenda se abriu, os pequeninos lábios se separaram, e o fluido perolado e viscoso verteu — não todo de uma vez, num jato, mas em intervalos, e em grandes lágrimas ardentes.

A cada gota que escapava para fora do corpo, um arrepio quase insuportável partia das pontas dos dedos, das pontas dos artelhos, especialmente das células mais profundas do cérebro; a medula na coluna vertebral e no interior de todos os ossos pareceu fundir-se; e quando as correntes distintas — as que seguiam o curso do sangue ou as que corriam rapidamente pelas fibras nervosas —

encontraram-se no interior do falo (aquele pequeno instrumento feito de músculos e vasos sanguíneos) um tremendo choque teve lugar; uma convulsão que aniquilou a mente e a matéria, um estremecimento delicioso que todos sentiram, em maior ou menor grau — um calafrio por vezes quase intenso demais para ser prazeroso.

Pressionados um ao outro, a única coisa que podíamos fazer era tentar sufocar nossos gemidos enquanto as gotas ardentes seguiam-se lentamente umas às outras.

A prostração que se seguiu à excessiva tensão dos nervos já se havia instalado no momento em que a carruagem parou diante da porta da casa de Teleny — aquela porta que eu havia transtornadamente golpeado com meus punhos pouco tempo antes.

Nós nos arrastamos a passos cansados para fora da carruagem, porém, mal o pórtico se fechou atrás de nós, estávamos novamente nos beijando e acariciando com energia renovada.

Depois de alguns momentos, sentindo que nosso desejo era poderoso demais para que resistíssemos a ele por mais tempo: — Venha — disse ele. — Por que nos demorarmos mais e desperdiçar um tempo precioso aqui na escuridão e no frio?

— Está escuro e frio? — foi a minha resposta.

Ele me beijou carinhosamente.

— Na obscuridade, você é a minha luz; no frio, você é meu fogo; as vastidões geladas dos pólos seriam um Jardim do Éden para mim, se você estivesse lá — eu continuei.

Em seguida, tateamos degraus acima no escuro, pois não permiti que ele acendesse um fósforo. Eu, então, fui em frente, esbarrando nele; não porque não pudesse vê-lo, mas por estar intoxicado de desejo masculino como um bêbado de vinho.

Logo estávamos no seu apartamento. Quando nos vimos na pequena antecâmara mal iluminada, ele abriu seus braços e estendeu-os para mim.

— Seja bem-vindo! — disse ele. — Que este lar seja sempre teu. — Então, ele acrescentou, num tom baixo, naquela sua língua desconhecida e musical: — Meu corpo está faminto de ti, alma da minha alma, vida da minha vida!

Mal ele havia terminado essas palavras e já estávamos nos acariciando amorosamente.

Depois de assim afagarmos um ao outro por alguns momentos, ele disse: — Você sabe que eu estive à sua espera no dia de hoje?

— À minha espera?

— Sim, eu sabia que cedo ou tarde você seria meu. Além do mais, senti que você viria hoje.

— Como?

— Tive um pressentimento.

— E se eu não viesse?

— Eu teria feito o que você estava para fazer quando o encontrei, pois a vida sem você teria sido insuportável.

— O quê?! Iria afogar-se?

— Não, não exatamente: o rio é frio e lúgubre demais, e eu sou muito sibarita para isso. Não, eu teria simplesmente me posto a dormir — o eterno sono da morte, sonhando com você, neste quarto preparado para recebê-lo e onde nenhum homem jamais pôs seus pés.

Dizendo essas palavras, ele abriu a porta de uma pequena câmara e acenou para que eu entrasse nela. Um forte, arrebatador perfume de heliotrópios brancos cumprimentou em primeiro lugar minhas narinas.

Era um quarto muito peculiar, cujas paredes eram cobertas por algum material quente, branco, macio e estofado, todo guarnecido de botões de prata fosca; o chão era coberto por tosões brancos e encaracolados de carneiros jovens; no meio do recinto encontrava-se um espaçoso sofá, sobre o qual havia sido atirada a pele de um enorme urso polar. Sobre essa única peça de mobília, uma antiga lâmpada de prata — evidentemente de alguma igreja bizantina ou de alguma sinagoga oriental — lançava uma tênue luz bruxuleante, suficiente, porém, para iluminar a deslumbrante brancura daquele templo de Príapo, cujos devotos éramos nós.

— Eu sei — disse ele, enquanto arrastava-me para dentro. — Eu sei que o branco é a sua cor favorita, que ela combina com a sua compleição escura, por isso ele foi adaptado para você e apenas para você. Nenhum outro mortal jamais porá seus pés nele.

Dizendo essas palavras, ele, num átimo, despiu-me habilmente de todas as minhas roupas — pois eu estava em suas mãos como uma criança adormecida, ou um homem em transe.

Num instante, eu estava não apenas completamente nu, mas estendido na pele de urso, enquanto ele, de pé na minha frente, devorava-me com olhos famintos.

Senti seus olhares caírem vorazmente por todo lugar; eles penetraram em minha mente, e minha cabeça começou a balançar; eles se cravaram no meu coração, açoitando o meu sangue, fazendo com que ele fluísse mais rápido e mais quente através de todas as artérias; eles se lançaram no interior de minhas veias, e Príapo despiu seu capuz e levantou sua cabeça com violência, de modo que toda a teia de veias enredadas em seu corpo parecia pronta a explodir.

Então ele me sentiu inteiro com suas mãos, depois do quê, pressionou seus lábios em cada parte do meu corpo, derramando beijos sobre o meu peito, meus braços, minhas pernas, minhas coxas, e então, quando alcançou minhas partes baixas, comprimiu seu rosto arrebatadamente sobre o pêlo denso e encaracolado, que cresce ali de maneira tão abundante.

Ele estremeceu de deleite ao sentir os tufos crespos em seu queixo e pescoço; depois, tomando posse do meu falo, pressionou-o com seus lábios. Isso pareceu eletrizá-lo; e então, a ponta e depois toda a glande desapareceram dentro de sua boca.

Quando isso aconteceu, eu mal pude me conter, agarrei sua cabeça cacheada e fragrante entre minhas mãos; um tremor percorreu meu corpo inteiro; todos os meus nervos encontravam-se no limite da tensão; a sensação era tão penetrante que quase me enlouqueceu.

Depois, a coluna inteira estava dentro da sua boca, a ponta tocando seu palato; sua língua, achatada ou engrossada, provocava-me arrepios por toda parte. Num momento eu era sugado com avidez, depois mordiscado ou abocanhado. Gritei, implorei para que ele parasse. Não podia suportar tamanha intensidade por mais tempo; aquilo estava me matando. Se tivesse continuado por apenas mais um instante, eu teria perdido os sentidos. Ele era surdo e insensível às minhas súplicas. Relâmpagos pareciam passar diante dos meus olhos; uma torrente de fogo percorria todo o meu corpo.

— Basta... pare, já chega! — gemi.

Meus nervos estavam tensionados ao máximo; um calafrio se derramou sobre mim; as solas dos meus pés pareciam ter sido transfixadas. Eu me retorci; eu estava convulso.

Uma das suas mãos, que estivera acariciando meus testículos, deslizou sob minha bunda — um dedo enfiou-se no orifício. Eu parecia ser um homem pela frente e uma mulher por detrás, pelo prazer que sentia por qualquer dos lados.

Minha trepidação havia atingido o seu clímax. Minha cabeça ficou atordoada; meu corpo todo se derreteu; o ardente leite vital subia novamente, como uma seiva de fogo; meu sangue em ebulição afluiu até o cérebro, endoidecendo-me. Eu estava exausto; desfaleci de prazer: caí sobre ele... uma massa sem vida!

Em poucos minutos, voltei a ser eu mesmo... ansioso para tomar o lugar dele, e para retribuir-lhe as carícias que acabara de receber.

Arranquei as roupas do seu corpo, de modo que rapidamente ele estava tão nu quanto eu. Que prazer sentir a pele dele junto à minha da cabeça aos pés! Além do mais, o deleite que eu havia acabado de sentir apenas aumentara minha sofreguidão, de tal modo que, depois de nos abraçarmos e lutarmos juntos por alguns momentos, rolamos no chão, enroscando-nos e esfregando-nos e arrastando-nos e retorcendo-nos, como dois gatos no cio, excitando um ao outro até um paroxismo de furor.

Mas meus lábios estavam ansiosos para provar seu falo — um órgão que poderia ter servido de modelo para o imenso ídolo no interior do templo de Príapo ou sobre as portas dos bordeis de Pompeia, exceto que à visão daquela divindade sem asas, a maioria dos homens teria — como muitos fizeram — desprezado as mulheres pelo amor dos seus iguais. Era grande sem ter as proporções do órgão de um asno; era grosso e arredondado, embora ligeiramente afunilado; a glande — um fruto de carne e sangue, como um pequeno damasco — tinha uma aparência polpuda, redonda e apetitosa.

Regalei meus olhos famintos com ele; manipulei-o; beijei-o; senti sua pele macia e lustrosa sobre os meus lábios; ele espontaneamente moveu-se para dentro quando o fiz. Minha língua, então, titilou habilmente a ponta, tentando cravar-se entre aqueles minúsculos lábios róseos que, protraídos de amor, abriram-se e verteram uma pequenina gota de orvalho cintilante. Lambi o prepúcio, depois chupei-o inteiro, sugando-o gulosamente. Ele fez com que o órgão avançasse verticalmente no momento em que tentei prendê-lo com meus lábios; enfiava-o cada vez mais para dentro, e tocou o meu palato; quase atingiu minha garganta e senti-o vibrar com vida própria; movimentei-me mais rápido, mais rápido, mais rápido. Ele agarrou minha cabeça com fúria; todos os seus nervos palpitavam.

— Sua boca incendeia... você está sugando o meu juízo! Pare, pare! Meu corpo inteiro arde! Eu não aguento... mais! Eu não posso... é demais para mim!

Ele segurou minha cabeça com firmeza para fazer-me parar, mas eu pressionei o seu falo fortemente com meus lábios, minhas bochechas, minha língua; meus movimentos eram cada vez mais rápidos, de modo que depois de alguns golpes, senti-o estremecer da cabeça aos pés, como se estivesse dominado por um acesso de vertigem. Ele suspirou, ele gemeu, ele gritou. Um jato de líquido quente, melífluo, acre, preencheu minha boca. A cabeça dele girou; o prazer que sentia era tão agudo que beirava a dor.

— Pare, pare! — queixou-se tenuemente, fechando seus olhos e ofegando. Eu, porém, estava endoidecido pela ideia de que agora ele era realmente meu; de que eu bebia a ardente seiva espumante do corpo dele, o verdadeiro elixir da vida.

Seus braços, por um momento, agarraram-me de maneira convulsa. Depois uma rigidez apossou-se dele; estava estilhaçado por tamanho excesso de licenciosidade.

Senti-me quase do mesmo modo, pois em meu furor suguei-o com aflição, vorazmente, e assim provoquei uma ejaculação abundante; e ao mesmo tempo, pequenas gotas do mesmo fluido que recebia em mim escorreram lentamente, dolorosamente, para fora do meu corpo. Enquanto isso acontecia, nossos nervos relaxaram e caímos exaustos por cima um do outro.

Um curto intervalo de descanso — não sei dizer quanto durou, a intensidade não se mede pelo passo sedado do Tempo — e então eu senti seu pênis inerte novamente despertar de seu sono, e pressionar-se contra o meu rosto; estava evidentemente procurando encontrar minha boca, assim como um bebê guloso mas saciado mesmo no sono segura firmemente o bico do seio de sua mãe, simplesmente pelo prazer de abocanhá-lo.

Pressionei minha boca sobre ele e, como um jovem galo que desperta no início da madrugada estica seu pescoço e canta vigorosamente, lançou sua cabeça para os meus lábios quentes e intumescidos.

Tão logo tive-o em minha boca, Teleny virou-se e pôs-se na mesma posição que eu estava em relação a ele; ou seja, sua boca estava à altura das minhas partes baixas, com a única diferença de que eu estava deitado de costas e ele estava por cima de mim.

Ele começou a beijar minha verga; brincou com o tufo de pêlos que crescia em volta dela; afagou minha bunda e, especialmente, acariciou meus testículos com uma destreza só dele que encheu-me de indizível prazer.

Suas mãos aumentaram tanto o prazer que sua boca e seu falo me proporcionavam que logo fiquei fora de mim pela excitação.

Nossos dois corpos compunham uma massa de sensualidade pulsante; e embora ambos intensificássemos a rapidez de nossos movimentos, ainda estávamos tão enlouquecidos de desejo, que naquela tensão dos nervos as glândulas seminais recusavam-se a fazer o seu trabalho.

Nós persistimos em vão. Minha razão deixou-me inteiramente; o sangue ressecado dentro de mim tentava inutilmente extravasar, parecia rodopiar pelos meus olhos injetados; ele zunia em meus ouvidos. Eu estava num paroxismo de furor erótico... num paroxismo de louco delírio.

Meu cérebro parecia ter sido trepanado, minha espinha serrada em duas. Ainda assim, suguei seu falo cada vez mais rápido; ordenhei-o como se fosse um úbere; tentei drená-lo; e senti-o palpitar, vibrar, tremer. Subitamente, os portões dos dutos espermáticos se abriram, e das chamas infernais nós fomos elevados, em meio a uma chuva de fagulhas incandescentes, para um deliciosamente calmo e ambrosíaco Olimpo.

Depois de alguns momentos de descanso, ergui-me sobre meu cotovelo e deleitei meus olhos com a fascinante beleza do meu amante. Ele era o próprio modelo de graça carnal; seu peito era largo e forte, seus braços, arredondados. De fato, nunca tinha visto uma constituição física tão vigorosa e ao mesmo tempo ágil; pois não apenas não havia ali o mais leve sinal de gordura, como tampouco havia a menor quantidade de carne supérflua nele. Era todo nervos, músculos e tendões. Eram suas juntas bem constituídas e flexíveis que lhe davam os movimentos livres, fáceis e graciosos tão característicos dos felídeos, dos quais tinha também a elasticidade, pois quando se abraçava a você, parecia enlaçar-se à sua volta como uma serpente. Além de tudo, sua pele era de uma brancura perolada e quase iridescente, enquanto os pêlos das diferentes partes do seu corpo, exceto a cabeça, eram totalmente brancos.

Teleny abriu seus olhos, estendeu seus braços para mim, tomou minhas mãos, beijou-me e depois mordeu minha nuca; em seguida despejou uma infinidade de beijos por minhas costas inteiras, os quais, seguindo um ao outro em rápida sucessão, pareciam uma chuva de pétalas de rosa caídas de alguma flor plenamente desabrochada.

Então ele pegou as duas protuberâncias carnosas, que abriu com suas mãos, e meteu sua língua naquele orifício onde pouco antes havia enfiado o dedo. Essa, do mesmo modo, foi uma sensação nova e excitante.

Feito isso, ele ficou de pé e estendeu sua mão para me levantar.

— Agora — disse ele —, vamos para o quarto ao lado, ver se encontramos algo para comer; pois acho que realmente precisamos de um pouco de comida, embora, talvez, um banho não seria inadequado antes de nos sentarmos para a ceia. Você gostaria de tomar um?

— Isso poderia lhe causar alguma inconveniência.

Como única resposta, ele gesticulou para que eu entrasse numa espécie de cela, completamente cheia de fetos e palmeiras plumosas, que — como ele me mostrou — recebiam durante o dia os raios do sol por uma clarabóia no teto.

— Isto é uma espécie de substituto para uma estufa e uma casa de banho, que toda residência habitável deve ter. Eu sou pobre demais para ter qualquer uma das duas, no entanto este covil é grande o bastante para as minhas abluções, e minhas plantas parecem prosperar bastante bem nesta atmosfera quente e úmida.

— Mas é um banheiro de príncipe!

— Não, não! — disse ele, sorrindo. — É um banheiro de artista.

Nós imediatamente mergulhamos na água quente, perfumada com essência de heliotrópio, e foi tão agradável descansar ali, presos nos braços um do outro depois dos nossos últimos excessos.

— Eu poderia ficar aqui a noite inteira — ele ponderou —; é tão delicioso tocá-lo nesta água cálida. Mas você deve estar faminto, por isso é melhor nós irmos arranjar alguma coisa para satisfazer nossa ânsia interior.

Nós saímos e nos envolvemos por um momento com *peignoirs* quentes de tecido atoalhado turco.

— Venha — disse ele. — Deixe-me conduzi-lo até a sala de jantar.

Eu parei, hesitante, olhando primeiro para a minha nudez e depois para a dele. Ele sorriu e beijou-me.

— Você não está com frio, está?

— Não, mas...

— Bem, então, não tenha medo; não há ninguém na casa. Todos estão dormindo nos outros apartamentos, e, além disso, todas as janelas estão bem fechadas, e todas as cortinas cerradas.

Ele me arrastou consigo até uma sala vizinha, toda coberta por tapetes espessos, macios e sedosos, cuja tonalidade predominante era o vermelho da Turquia fosco.

No centro desse recinto pendia uma lâmpada curiosamente lavrada, em forma de estrela, que os fieis — mesmo nos dias de hoje — acendem na véspera da Sexta-Feira Santa.

Sentamo-nos num macio divã almofadado, diante de uma daquelas mesas árabes de ébano, toda marchetada com marfim colorido e madrepérola iridescente.

— Eu não posso lhe oferecer um banquete, ainda que estivesse esperando você; no entanto, há o suficiente para satisfazer a sua fome, espero.

Havia algumas saborosas ostras Cancale — poucas, mas de um tamanho imenso; uma garrafa empoeirada de Sauterne, depois um patê de *foie gras* fortemente aromatizado com trufas Perigord; uma perdiz, temperada com páprica ou *curry* húngaro, e uma salada com uma imensa trufa piemontesa, fatiada finamente em lascas, e também uma garrafa de refinado *dry sherry*.

Todas essas iguarias foram servidas em porcelana azul de Delft e Savona, antiga e delicada, pois ele já ouvira sobre minha mania por antiguidades em majólica.

Depois seguiu-se um prato de laranjas de Sevilha, bananas e abacaxis, aromatizados com marrasquino e cobertos por açúcar peneirado. Era uma mistura fragrante, saborosa, ácida e doce, combinando o sabor e o perfume de todas essas deliciosas frutas.

Depois de ter regado essa refeição com uma garrafa de champanhe borbulhante, bebemos algumas pequeninas xícaras de um quente e aromático café moca; em seguida, ele acendeu um narguilé, ou cachimbo turco, e tragamos a intervalos o odorífero Latakiah,[45] inalando-o com nossos beijos sempre famintos pelas bocas um do outro.

Os vapores do fumo e também os do vinho subiram-nos à cabeça, e com nossa sensualidade reacendida, logo

---

45. Um tipo de tabaco natural da Síria, de sabor forte e picante.

tínhamos entre nossos lábios um bocal muito mais carnudo que aquele de âmbar do cachimbo turco.

Nossas cabeças logo estavam novamente perdidas entre as coxas um do outro. Mais uma vez, formávamos apenas um corpo, fazendo malabarismos um com o outro, procurando sempre novas carícias, novas sensações, um tipo mais agudo e inebriante de lascívia, em nossa ânsia não apenas de sentirmos nosso próprio prazer, mas de fazermos com que o outro também sentisse. Éramos, portanto, muito em breve, presas de uma luxúria explosiva, e apenas alguns sons inarticulados expressavam o clímax do nosso estado de volúpia, até que, mais mortos que vivos, caímos um sobre o outro — uma massa mista de carne trêmula.

Depois de um descanso de meia hora e de uma taça de ponche preparado com *arak*, curaçau e uísque, temperados com várias especiarias picantes e revigorantes, nossas bocas estavam novamente pressionadas.

Seus lábios úmidos pascentavam os meus com tanta leveza que eu mal sentia o seu toque; eles, desse modo, apenas despertaram em mim o ávido desejo de sentir seu contato mais intimamente, enquanto a ponta da sua língua continuava eletrizando a minha, enfiando-se em minha boca por um segundo e tornando rapidamente a deslizar para fora. Suas mãos, nesse ínterim, passavam sobre as partes mais delicadas do meu corpo de maneira tão leve quanto uma suave brisa de verão percorre a superfície plana das águas, e senti minha pele arrepiar-se de prazer.

Aconteceu de eu estar deitado sobre algumas almofadas em cima do sofá, as quais me elevavam até a altura de Teleny. Ele pôs agilmente minhas pernas sobre seus ombros e depois, abaixando sua cabeça, começou primeiro a beijar, e em seguida a meter sua língua em ponta no orifício da minha bunda, estimulando-me com um prazer inefável. Levantando-se, então, quando já havia preparado o buraco, lubrificando-o bem em toda a sua volta, tentou pressionar a ponta de seu falo para dentro dele, mas ainda que empurrasse com força, não teve sucesso em introduzi-lo.

— Deixe-me umedecê-lo um pouco, e então ele deslizará para dentro com mais facilidade.

Tomei-o novamente em minha boca. Minha língua rolava com destreza em toda a sua volta. Suguei-o até quase a própria raiz, sentindo-o erguer-se a cada pequeno truque, pois estava ereto, duro e fogoso.

— Agora — falei —, vamos desfrutar juntos do prazer que os próprios deuses não desdenharam de nos ensinar.

Em seguida, as pontas dos meus dedos esticaram as bordas do meu pequeno poço inexplorado até o seu limite extremo. Ele se abriu para receber o imenso instrumento que se apresentava ao orifício.

Mais uma vez Teleny pressionou a glande sobre ele; os pequeninos lábios protraíram-se no círculo da abertura; a ponta tentava abrir caminho para dentro, mas a carne polpuda formava um bojo em toda a sua volta, e a verga ficava assim retida em seu trajeto.

— Não estou machucando você? — ele perguntou. — Não seria melhor deixarmos para alguma outra vez?

— Oh, não! É uma felicidade tão grande sentir seu corpo entrando no meu.

Ele empurrou gentilmente mas com firmeza; a forte musculatura do ânus relaxou; a glande estava belamente alojada. A pele estendeu-se a tal ponto que minúsculas contas de rubi sanguíneo gotejaram em toda a volta do orifício fendido. No entanto, apesar de ser rasgado daquele modo, o prazer que eu senti foi muito maior do que a dor.

Ele próprio estava tão fortemente preso que não conseguia nem tirar o seu instrumento, nem introduzi-lo mais, pois quando tentou enfiá-lo mais fundo, teve a sensação de ser circuncidado. Ele parou por um momento, e então, depois de ter-me perguntado se não estaria me ferindo demais, e tendo recebido uma resposta negativa, meteu-o com toda a sua força.

O Rubicão havia sido atravessado. A coluna começou a deslizar suavemente para dentro; ele podia iniciar seu trabalho prazeroso. Logo todo o pênis escorregou para dentro; a dor que me torturava amorteceu-se; o deleite aumentou tanto. Senti a pequena divindade movendo-se dentro de mim; ele parecia estimular o próprio âmago do meu ser. Teleny enfiara-o inteiro dentro de mim, até a raiz; senti seus pêlos se chocarem contra os meus, seus testículos roçarem delicadamente de encontro a mim.

Então eu vi seus belos olhos contemplando profundamente os meus. Que olhos indescritíveis eles eram! Como o céu ou a lua, eles pareciam refletir o infinito. Nunca mais veria olhos tão cheios de amor incandescente, de tão ardente langor. Seus olhares exerciam um encantamento mesmérico sobre mim; eles me privavam da razão; faziam até mais... eles transformavam a dor aguda em delícia.

Eu me encontrava num estado de alegre êxtase, todos os meus nervos contraídos e espasmódicos. Quando sentiu-se tão apertado e preso, ele apertou seus dentes; era incapaz de aguentar um choque tão forte; seus braços estendidos apertaram meus ombros; ele cravou suas unhas na minha carne; tentou mover-se, mas estava tão fortemente entalado e aprisionado que era impossível meter-se mais para dentro. Além do mais, sua força estava começando a abandoná-lo, e ele mal conseguia se sustentar sobre os pés.

Quando tentou dar outra estocada, eu próprio, naquele exato momento, apertei a verga inteira com toda a força dos meus músculos, e um jato muito violento, como o de um gêiser fervente, escapou do corpo dele, e correu dentro de mim como algum veneno abrasador e corrosivo; pareceu incendiar o meu sangue, e transmutá-lo numa espécie de álcool intoxicante. Sua respiração era pesada e convulsa; seus soluços sufocavam-no; ele estava completamente esgotado.

— Estou morrendo! — ele arfou, com seu peito ondeando de emoção. — É demais para mim. — E caiu sem sentidos nos meus braços.

Depois de um descanso de meia hora ele despertou, e começou imediatamente a beijar-me com arrebatamento, enquanto seus olhos apaixonados luziam de gratidão.

— Você me fez sentir o que eu nunca havia sentido antes.

— Nem eu havia jamais sentido isso — falei, sorrindo.

— Eu realmente não sabia se estava no céu ou no inferno. Perdi completamente os meus sentidos.

Ele parou por um momento para olhar-me, e então:

— Como eu o amo, meu Camille! — prosseguiu ele, cobrindo-me de beijos. — Eu o amei até o desespero no exato momento em que o vi.

Então, comecei a contar-lhe como havia sofrido ao tentar dominar meu amor por ele; como eu era assombrado pela sua presença dia e noite; e como eu finalmente era feliz.

— E agora você deve tomar o meu lugar. Deve fazer-me sentir o que você sentiu. Agora você será ativo e eu, passivo; mas devemos tentar outra posição, pois é realmente cansativo ficar de pé depois de toda a fadiga por que passamos.

— E o que eu tenho de fazer, pois você sabe que sou um completo noviço?

— Sente-se ali — ele respondeu, apontando para um banco que fora construído para aquele propósito. — Eu o cavalgarei enquanto você me empala como se eu fosse uma mulher. É um modo de locomoção do qual as damas gostam tanto que põem em prática sempre que têm a menor chance. Minha mãe chegou a montar um cavalheiro diante dos meus próprios olhos. Eu estava na sala de estar quando aconteceu de chegar um amigo dela. Se eles me mandassem sair, isso poderia ter levantado suspeitas, por isso fizeram-me acreditar que eu era um garotinho muito travesso e puseram-me num canto com o rosto voltado para a parede. Além disso, minha mãe me disse que se eu chorasse ou me virasse, ela me poria na cama; mas se eu fosse bonzinho ela me daria um bolo. Obedeci por um ou dois minutos, mas depois disso, ouvindo um sussurro incomum, uma respiração alta e um ofegar, vi o que não pude entender na época, mas ficou claro para mim muitos anos depois.

Ele suspirou, encolheu seus ombros e depois sorriu e acrescentou: — Bem, sente-se ali.

Fiz como ele mandou. Primeiro ele se ajoelhou para dizer sua prece a Príapo — que era, afinal, uma parte mais saborosa de beijar que o dedão inchado pela gota do papa — e depois de ter banhado e titilado a pequena divindade com sua língua, ele montou de pernas abertas por cima de mim. Como já havia perdido a sua virgindade muito tempo atrás, minha verga entrou com muito mais facilidade do que a dele havia entrado em mim, e tampouco eu lhe causei a dor que havia sentido, embora o tamanho da minha ferramenta não seja desprezível.

Ele alargou o seu buraco, a ponta entrou, ele se mexeu um pouco, metade do falo se introduziu; ele fez força para baixo, subiu e em seguida desceu novamente; depois de uma ou duas estocadas, toda a coluna túrgida estava alojada dentro do seu corpo. Quando já estava bem empalado, ele pôs seus braços em volta do meu pescoço, abraçou-me e beijou-me.

— Você se arrepende por ter-se entregado a mim? — ele perguntou, pressionando-me convulsivamente, como se tivesse medo de perder-me.

Meu pênis, que parecia querer lhe dar uma resposta por conta própria, serpenteou dentro do seu corpo. Olhei no fundo dos olhos dele.

— Você acha que seria mais prazeroso estar agora deitado no lodo do rio?

Ele estremeceu e me beijou, depois falou apaixonadamente: — Como você pode pensar em coisas tão horríveis exatamente agora? É uma verdadeira blasfêmia contra o deus mísio.[46]

Em seguida, ele começou a cavalgar-me numa corrida priápica, demonstrando habilidade de mestre; da marcha, ele partiu para um trote, e depois para um galope, levantando-se nas pontas dos pés, e vindo abaixo cada vez mais rápido. A todo momento ele se retorcia e coleava, de forma que me senti puxado, apertado, ordenhado

---

46. Ou seja, Príapo, que segundo a mitologia greco-romana era originário da cidade de Lampsakos, na Mísia, região localizada na Ásia Menor.

e sugado ao mesmo tempo.

Uma rígida tensão dos nervos teve lugar. Meu coração batia de tal forma que eu mal conseguia respirar. Todas as artérias pareciam prontas a explodir. Minha pele estava ressequida pelo calor ardente; um fogo sutil atravessava minhas veias no lugar do sangue.

No entanto, ele prosseguia, cada vez mais rápido. Eu me contorci numa deliciosa tortura. Estava me derretendo, mas ele não parou até ter drenado a última gota de fluido gerador da vida que havia em mim. Meus olhos flutuavam nas órbitas. Senti minhas pálpebras pesadas quase se fecharem. Uma insuportável volúpia de dor e prazer combinados abalou meu corpo e despedaçou minha alma; depois, tudo declinou em mim. Teleny segurou-me pelos braços, e eu desfaleci enquanto ele beijava meus lábios frios e lânguidos.

VII

No dia seguinte, os eventos da noite anterior pareciam um sonho encantador.

— Entretanto, você deve ter se sentido um tanto debilitado, depois de tantas...

— Debilitado? Não, de modo algum. Ao contrário, senti a "límpida alegria jovial" da cotovia que ama, porém "jamais conheceu a triste saciedade do amor". Até então, o prazer que as mulheres me proporcionaram havia sempre irritado meus nervos. Era, na verdade, "uma coisa na qual sentimos que há um querer oculto".[47] Agora o desejo era um transbordamento do coração e da mente — a harmonia prazerosa de todos os sentidos.

---

47. Versos do poema *To a Skylark*, de Percy Bysshe Shelley (1792–1822).

O mundo, que até então me parecera tão lúgubre, tão frio, tão desolado, passou a ser um paraíso perfeito; o ar, ainda que o barômetro caísse consideravelmente, era fresco, leve e aprazível; o sol — um redondo disco polido de cobre, e mais parecido com o traseiro de um pele-vermelha do que com a bela face resplendente de Apolo — brilhava gloriosamente para mim; o próprio nevoeiro tenebroso, que trazia a escuridão da noite às três horas da tarde, era apenas uma névoa indistinta, que cobria com um véu tudo o que havia de deselegante, e tornava a natureza fantástica e o lar tão confortável e aconchegante. Tal é o poder da imaginação.

Você ri! Pobre de mim! Dom Quixote não foi o único homem a tomar moinhos de vento por gigantes, ou estalajadeiras por princesas. Se o seu feirante de cérebro indolente e cabeça dura nunca cede a tamanho transe que o faz confundir maçãs e batatas; se o seu merceeiro nunca faz do inferno o paraíso, ou do paraíso o inferno — bem, eles são pessoas sensatas que medem tudo com a escala bem pesada da razão. Tranque-os em cascas de noz, e você verá se eles não se imaginam monarcas do mundo. Eles, ao contrário de Hamlet, sempre vêem as coisas como realmente são. Eu, nunca. Mas afinal, você sabe, meu pai morreu louco. Seja como for, aquele cansaço opressivo, aquela repugnância da vida, havia então sumido de todo. Eu era jovial, alegre, feliz. Teleny era meu amante, eu era o dele.

Longe de envergonhar-me pelo meu crime, senti que gostaria de proclamá-lo para o mundo. Pois pela primeira vez em minha vida eu compreendi por que amantes podem ser tão tolos a ponto de entrelaçar as suas iniciais. Senti vontade de entalhar o nome dele nas cascas das árvores, para que os pássaros, vendo-o, pudessem cantá-

-lo da aurora até o anoitecer; para que a brisa pudesse sussurrá-lo para as folhas farfalhantes da floresta. Desejei escrevê-lo com os seixos da praia, para que o próprio oceano soubesse do meu amor por ele, e murmurasse-o eternamente.

— Entretanto, achei que pela manhã — quando a intoxicação passasse — você estremeceria ao pensamento de ter um homem por amante?

— Por quê? Havia eu cometido um crime contra a natureza, quando minha própria natureza encontrou paz e felicidade com isso? Se eu era assim, certamente era por culpa do meu sangue, não de mim mesmo. Quem havia plantado urtigas no meu jardim? Não eu. Elas cresceram ali espontaneamente, desde minha infância. Eu comecei a sentir sua urticação carnal muito antes que pudesse compreender que fim ela reservava. Quando tentei domar meu desejo, foi minha culpa se a escala da razão era leve demais para contrabalançar a da sensualidade? Eu deveria ser condenado por não ter conseguido contra-argumentar com minhas emoções violentas? O destino, como Iago, havia me mostrado com clareza que, se eu devia me condenar ao inferno, poderia fazê-lo de um modo mais delicado do que me afogando.[48] , CENA 3). Rendi-me ao meu destino, e incluí nele minha felicidade.

Além disso, eu nunca repeti com Iago: "Virtude? Uma figa!". Não, a virtude é o doce aroma do pêssego; o vício, a minúscula gotícula de ácido prússico — seu delicioso sabor. A vida, sem nenhum dos dois, seria insípida.

— No entanto, não tendo, como a maioria de nós, se

---

48. O autor refere-se à passagem do *Otelo*, de Shakespeare, em que Iago dissuade Rodrigo da intenção de afogar-se por ter sido preterido por Desdêmona (Ato I

acostumado com a sodomia desde seus tempos de escola, eu teria pensado que você ficaria contrariado por ter cedido seu corpo ao prazer de outro homem.

— Contrariado? Pergunte à donzela se ela se arrepende por ter desistido da sua virgindade para o amor por quem se apaixonou cegamente, e que corresponde inteiramente ao seu sentimento? Ela perdeu um tesouro que nem toda a riqueza de Golconda[49] . poderia comprar novamente; ela não é mais o que o mundo considera um lírio puro, perfeito, imaculado, e não tendo nela a malícia da serpente, a sociedade — os lírios — irá rotulá-la com nomes infames. Os libertinos olharão para ela com lascívia, os puros virarão o rosto em desprezo. Ainda assim, a garota se arrepende por haver cedido seu corpo por amor — a única coisa pela qual vale a pena viver? Não. Bem, tampouco eu. Deixemos que "cabeças infecundas e corações insensíveis"[50] fustiguem-me com sua ira, se quiserem.

No dia seguinte, quando voltamos a nos encontrar, todos os vestígios de fadiga haviam passado. Nós corremos para os braços um do outro e nos sufocamos em beijos, pois nada é incentivo maior para o amor do que uma curta separação. O que é que torna os laços matrimoniais insuportáveis? A intimidade excessiva, a atenção mesquinha, a trivialidade da vida diária. A jovem esposa deve de fato amar muito se não sente qualquer desapontamento ao ver seu companheiro acabar de despertar de uma noite

49. Antiga cidade fortificada indiana, conhecida, no passado, por seus tesouros. Atualmente em ruínas, Golconda chegou a constituir um estado independente até o final do século XVII

50. Trata-se de uma citação de *A Sentimental Journey Through France and Italy* (*Viagem sentimental pela França e Itália*), de Laurence Sterne (1713–1768).

de fortes roncos, surrado, com a barba por fazer, de ceroulas e chinelo, e ouvi-lo claramente pigarrear e cuspir — pois homens realmente cospem, mesmo quando não se permitem outros ruídos ribombantes.

O marido, igualmente, tem de amar de verdade para não se sentir afundar quando, poucos dias depois do casamento, descobre as partes baixas de sua esposa fortemente atadas com trapos imundos e sanguinolentos. Por que a natureza não nos criou como os pássaros — ou antes, como os mosquitos — para viver não mais que um dia de verão... um longo dia de amor?

Na noite do dia que se seguiu, Teleny superou-se ao piano, e quando as damas acabaram de acenar com seus pequeninos lenços e de atirar-lhe flores, ele se furtou aos cumprimentos de uma hoste de admiradores e foi encontrar-me em minha carruagem, à sua espera na porta do teatro, depois partimos para a casa dele. Passei aquela noite com ele, não uma noite de sono ininterrupto, mas de alegria inebriante.

Como verdadeiros devotos do deus grego, oferecemos sete copiosas libações a Príapo — pois sete é um número místico, cabalístico, propiciatório —, e pela manhã arrancamo-nos dos braços um do outro, jurando amor e fidelidade eternos. Porém, pobre de mim! O que é imutável no mundo sempre cambiante, exceto, talvez, o eterno sono na noite perpétua.

— E sua mãe?

— Ela percebeu que uma grande mudança havia se operado em mim. Agora, longe de ser carrancudo e irritadiço, como uma velha solteirona que não encontra sossego em lugar algum, era tranquilo e bem-humorado. Ela, porém, atribuía a mudança aos tônicos que eu vinha tomando, pouco imaginando a verdadeira natureza desses tônicos. Mais tarde, pensou que eu devia ter algum caso, mas ela não interferia em meus assuntos particulares; sabia que a época de exibir minhas garras havia chegado, e deu-me completa liberdade de ação.

— Ora, você foi um sujeito de sorte.

— Sim, mas a felicidade perfeita não pode durar muito. A porta do inferno se escancara no limiar do paraíso, e só um passo separa a luz etérea da escuridão de Cérbero. Sempre foi assim comigo, nesta minha vida de altos e baixos. Uma quinzena depois daquela memorável noite de aflição insuportável e prazer arrebatador, acordei no meio da felicidade para me encontrar em completa desgraça.

Uma manhã, quando desci para o desjejum, encontrei sobre a mesa um bilhete que o carteiro havia entregado na noite anterior. Eu nunca recebia cartas em casa, dificilmente mantendo qualquer correspondência, salvo as de negócios, que eram sempre despachadas no escritório. A caligrafia era-me desconhecida. Deve ser algum comerciante, pensei, passando preguiçosamente a manteiga no meu pão. Por fim, rasguei o envelope. Era um cartão com duas linhas, sem qualquer endereço ou assinatura.

— E...?

— Alguma vez você já pôs suas mãos por acidente sobre uma forte bateria galvânica, e recebeu em seus dedos um choque capaz de privá-lo momentaneamente da própria razão? Se pôs, pode ter uma vaga ideia do que aquele pedaço de papel produziu nos meus nervos. Ele me deixou aturdido. Depois de ter lido aquelas poucas palavras, não vi mais nada, pois a sala começou a girar à minha volta.

— Bem, mas o que havia nele para aterrorizá-lo de tal forma?

— Apenas estas poucas palavras ásperas e crueis, que continuaram gravadas de maneira indelével na minha mente:

"Se não abandonar o seu amante, T..., será estigmatizado como um *enculé*."[51]

Essa ameaça horrível, infame e anônima, em toda a sua crua rudeza, chegou de maneira tão inesperada que foi, como os italianos dizem, como um trovão num dia ensolarado.

Sem imaginar qual era o seu conteúdo, havia-o aberto descuidadamente na presença da minha mãe; porém, mal eu a havia lido e um estado de completa prostração me dominou, de modo que não tive forças nem mesmo para segurar aquele pequenino pedaço de papel.

Minhas mãos tremiam como folhas de faia — mais do que isso, meu corpo todo tremia, tão completamente que fiquei intimidado pelo medo e horrorizado pela vergonha.

Todo o sangue fugiu da minha face, meus lábios estavam frios e pegajosos; uma transpiração gelada surgiu em minha testa; senti-me empalidecer, e soube que meu rosto devia ter assumido um matiz cinzento e lívido.

Não obstante, eu tentei dominar minha emoção. Levei uma colher de café até a minha boca, mas antes que ela alcançasse os meus lábios, senti náuseas, e estava a ponto de vomitar. O balanço e a agitação de um barco no mar mais bravio não poderia causar tamanho estado de desmoronamento doentio quanto aquele com o qual meu corpo ficou então convulso. Nem mesmo Macbeth, ao ver o espírito assassinado de Banquo, ficou mais aterrorizado do que eu.

---

51. Em francês no original, "pederasta passivo".

O que deveria fazer? Proclamar-me sodomita perante o mundo, ou desistir do homem que me era mais querido que minha própria vida? Não, a morte era preferível a qualquer das duas coisas.

— E no entanto, você acabou de dizer que queria que o mundo inteiro soubesse do seu amor pelo pianista.

— Admito que o disse, e não renego; mas alguma vez você entendeu as contradições do coração humano?

— Além do mais, você não considerava a sodomia um crime?

— Não. Eu pratiquei alguma ameaça à sociedade com ele?

— Então, por que estava tão aterrorizado?

— Uma vez uma dama, no seu dia de receber os amigos, perguntou ao seu garotinho — uma criança balbuciante de três anos — onde estava o seu papai. "Em seu quarto", disse ele. "O que ele está fazendo?", indagou a mãe imprudente. "Ele está soltando pum", respondeu o moleque, inocentemente, num tom muito agudo, alto o bastante para ser ouvido por todos os presentes.

— Você pode imaginar os sentimentos da mãe, ou os da esposa, quando, poucos momentos depois, seu marido entrou na sala? Bem, o pobre homem disse-me que quase se considerou uma pessoa estigmatizada, quando sua esposa ruborizada contou a ele sobre a indiscrição de seu filho. No entanto, ele cometeu algum crime?

Qual é o homem que, pelo menos uma vez na vida, não sentiu uma satisfação perfeita ao peidar ou, como as crianças onomatopoeticamente expressam, soltar um "pum"? O que havia ali, então, para se envergonhar, pois certamente não era um crime contra a natureza?

O fato é que, hoje em dia, somos tão eufemistas, tão

afetados, que Madame Eglantine,[52] que "tal decoro observa com sua comida", seria vista, apesar de suas maneiras pomposas, como algo pior que uma ajudante de cozinha. Nós nos tornamos tão seriamente afetados, que logo cada membro do Parlamento terá de providenciar para si um certificado de moralidade expedido pelo clérigo, ou pelo professor da escola dominical, antes de ser autorizado a tomar posse de sua cadeira. A qualquer custo, as aparências têm de ser preservadas; pois editores falastrões são deuses ciumentos, e sua ira é implacável, uma vez que ela paga bem, pois as pessoas direitas gostam de saber o que os pervertidos fazem.

— E quem foi a pessoa que escreveu essas linhas para você?

— Quem? Eu espremi a minha memória, e evoquei uma boa quantidade de espectros, todos os quais eram tão intangíveis e espantosos quanto Milton está morto, e todos ameaçando atirar-me um dardo mortal. Eu até fantasiei, por um instante, que fosse Teleny, apenas para ver a extensão do meu amor por ele.

— Foi a condessa, não foi?

— Também pensei nisso. Teleny não era um homem para ser amado pela metade, e uma mulher loucamente apaixonada é capaz de tudo. Ainda assim, parecia muito pouco provável que uma dama usasse tal arma; e, além do mais, ela estava ausente. Não, não era, não poderia ser a condessa. Mas quem era? Todo mundo e ninguém.

---

52. Madame Eglantine, a Prioresa, é personagem dos *Canterbury Tales* (*Contos de Canterbury*), de Geoffrey Chaucer (c. 1343–1400). A personagem é descrita por Chaucer como tão cerimoniosa, que "nem uma migalha deixa cair de seus lábios".

Por alguns dias, fui torturado de maneira tão incessante que às vezes sentia estar ficando louco. Meu nervosismo aumentou a tal ponto que temia até mesmo sair de casa por medo de encontrar o escritor daquele bilhete abominável.

Como Caim, parecia-me que carregava meu crime escrito na testa. Via um riso de desprezo no rosto de cada homem que olhava para mim. Um dedo sempre me apontava; uma voz, alta o bastante para que todos ouvissem, sussurrava: "O sodomita!".

Indo para o meu escritório, ouvi um homem caminhando atrás de mim. Segui em frente com rapidez; ele apressou o passo. Eu quase comecei a correr. Subitamente, a mão de alguém pousou sobre meu ombro. Eu estava prestes a desmaiar de terror. Naquele momento, quase esperava ouvir as horríveis palavras: "Em nome da lei, você está preso, sodomita!".

O ranger de uma porta me fazia tremer; a visão de uma carta apavorava-me.

Se eu estava com a consciência pesada? Não, era simplesmente medo – medo abjeto, não remorso. Além do mais, um sodomita não está sujeito a ser condenado à prisão perpétua?

Você deve me julgar um covarde, mas afinal de contas, até o mais bravo dos homens só pode enfrentar um inimigo declarado. O pensamento de que a mão oculta de um inimigo desconhecido está sempre erguida contra você, e pronta a desferir-lhe um golpe mortal, é insuportável. Hoje você é um homem de reputação impecável; amanhã, uma só palavra pronunciada contra você na rua, por um rufião contratado, um parágrafo num jornal sensacionalista, escrito por um dos modernos *bravi* da imprensa, e seu belo nome está arruinado para sempre.

— E sua mãe?

— A atenção dela fora atraída por outra coisa quando abri minha carta. Ela só notou minha palidez alguns momentos depois. Eu, então, disse-lhe que não me sentia bem, e vendo-me com ânsias ela acreditou em mim. De fato, ela temia que eu tivesse apanhado alguma doença.

— E Teleny... o que ele disse?

— Eu não o procurei naquele dia, apenas mandei-lhe a mensagem de que o veria no dia seguinte.

Que noite eu passei! Primeiro, fiquei acordado o mais que pude, pois temia ir para a cama. Por fim, cansado e desgastado, despi-me e me deitei. Mas minha cama parecia eletrificada, pois todos os meus nervos começaram a se contorcer, e um sentimento de horripilação caiu sobre mim.

Senti-me perturbado. Revirei-me por algum tempo; depois, temendo que fosse ficar louco, levantei-me, fui sorrateiramente até a sala de jantar, apanhei uma garrafa de conhaque e retornei ao meu quarto de dormir. Bebi cerca de meio copo e depois fui novamente para a cama.

Não acostumado com bebidas tão fortes, caí no sono. Mas era aquilo sono?

Acordei no meio da noite, sonhando que Catherine, nossa camareira, acusava-me de tê-la assassinado, e que eu estava prestes a ir a julgamento.

Levantei-me, servi-me de outro copo de bebida, e novamente encontrei esquecimento, senão repouso.

No dia seguinte, novamente mandei a Teleny um recado dizendo que não poderia vê-lo, embora ansiasse por fazer isso; mas no dia que se seguiu, vendo que não ia até ele como de costume, Teleny me visitou.

Surpreso com a mudança física e moral que havia me

acometido, ele começou a pensar que algum amigo comum o estivesse caluniando, por isso, para tranquilizá-lo, tomei — depois de muita pressão e muitas perguntas — aquela carta horrível que eu temia até tocar, como se fosse uma víbora, e dei-a a ele.

Embora mais acostumado que eu a tais questões, seu cenho tornou-se nebuloso e pensativo, e ele até empalideceu. Porém, depois de ponderar sobre ela por um momento, começou a examinar o papel no qual aquelas palavras medonhas haviam sido escritas; depois levou o cartão e o envelope até seu nariz e cheirou ambos. Uma expressão alegre tomou imediatamente o seu rosto.

— Já sei... já sei... você não precisa ter medo! Cheiram a essência de rosas — ele gritou. — Eu sei quem mandou.

— Quem?

— Ora! Você não consegue adivinhar?

— A condessa?

Teleny enrugou as sobrancelhas.

— Como você sabe sobre ela?

Contei tudo a ele. Quando terminei, tomou-me nos braços e beijou-me repetidamente.

— Eu tentei esquecê-lo de todas as maneiras, Camille, mas veja se tive sucesso. A condessa está agora a milhas de distância e nós não nos veremos mais.

Quando ele disse essas palavras, meus olhos caíram sobre um finíssimo anel de diamante amarelo — uma selenita — que ele usava em seu dedo mínimo.

— Esse é o anel de uma mulher — falei. — Ela deu-o a você?

Ele não respondeu.

— Você usaria este no lugar?

O anel que dei a ele era um antigo camafeu de feitura primorosa, rodeado de brilhantes, mas seu principal mérito era representar a cabeça de Antínoo.

— Mas — disse ele —, esta é uma jóia inestimável.

Ele olhou mais atentamente. Depois tomou minha cabeça entre suas mãos, e cobriu minha face de beijos. — Inestimável verdadeiramente para mim, pois ela se parece com você.

Eu desandei a rir.

— Por que você ri? — disse ele, espantado.

— Porque — foi minha resposta — as feições são na verdade as suas.

— Talvez, então — disse ele —, sejamos semelhantes na aparência como somos em nossos gostos. Quem sabe... você seja, talvez, meu *doppelgänger*?[53] Então, infortúnio para um de nós!

— Por quê?

— Em nossa terra, dizem que um homem nunca deve encontrar seu *alter ego*, isso traz infortúnio para um ou para ambos — e ele estremeceu ao dizer isso. Depois, com um sorriso, acrescentou: — Eu sou supersticioso, você sabe.

— Seja como for — acrescentei —, caso algum infortúnio nos separe, deixe que este anel, como aquele da rainha virgem,[54] seja o seu mensageiro. Mande-o até mim e eu juro que nada me afastará de você.

O anel estava em seu dedo e ele, nos meus braços. Nosso pacto foi selado com um beijo.

---

53. Em alemão no original, "duplo".

54. A rainha Elizabeth I. Após sua morte, o anel com sua insígnia foi tirado de seu dedo e enviado a James VI, da Escócia, para informá-lo do falecimento da rainha. Tal evidência era a indicação de que ele deveria fazer os preparativos para assumir o trono da Inglaterra.

Ele, então, começou a sussurrar palavras de amor num tom baixo, doce, sussurrante e cadenciado, que parecia um eco distante de sons ouvidos no êxtase de um sonho parcialmente recordado. Elas subiram-me à cabeça como as bolhas de algum filtro amoroso efervescente e intoxicante. Ainda agora, posso ouvi-las soar em meu ouvido. Na verdade, quando as recordo novamente, sinto um arrepio de sensualidade percorrer todo o meu corpo, e aquele desejo insaciável que ele sempre provocava em mim, atiça o meu sangue.

Ele estava sentado ao meu lado, tão próximo de mim quanto agora estou de você; seu ombro estava apoiado no meu, exatamente como o seu está.

Primeiro, ele passou sua mão sobre a minha, mas tão gentilmente que eu mal consegui senti-la; depois, lentamente, seus dedos começaram a entrelaçar-se aos meus, exatamente assim; pois ele parecia deliciar-se em tomar posse de mim centímetro por centímetro.

Depois disso, um dos seus braços envolveu minha cintura, e então ele pôs o outro em torno do meu pescoço, e as pontas de seus dedos brincavam e acariciavam minha garganta, causando-me arrepios de prazer.

Enquanto fazia isso, nossas bochechas arranhavam levemente uma à outra e esse toque — talvez por ser tão imperceptível — vibrava por todo o meu corpo, proporcionando a todos os nervos da minha pelve uma nada desagradável pontada.

Nossas bocas estavam agora em contato próximo, e no entanto ele não me beijou; seus lábios apenas atormentavam os meus, como se fosse para me tornar mais intensamente consciente da afinidade das nossas naturezas.

O estado nervoso em que eu estivera naqueles últimos dias tornou-me ainda mais excitável. Eu, então, desejei sentir aquele prazer que refresca o sangue e acalma a mente, mas ele parecia disposto a prolongar minha avidez e fazer-me chegar àquele pico de sensualidade inebriante que beira a loucura.

Por fim, quando nenhum de nós podia suportar nossa excitação por mais tempo, arrancamos nossas roupas e, nus, rolamos, um por cima do outro, como duas serpentes, cada um tentando sentir o máximo do outro que pudesse. Para mim parecia que todos os poros de minha pele fossem minúsculas bocas que se projetassem para beijá-lo.

— Pegue-me... aperte-me... abrace-me!... mais forte... mais forte ainda! Para que eu possa gozar do seu corpo!

Minha verga, como se fosse uma barra de ferro, deslizou entre as pernas dele e, sentindo-se provocada, começou a lacrimejar, e algumas pequeninas gotas viscosas começaram a exsudar dela.

Vendo como me torturava, ele finalmente teve piedade de mim. Inclinou sua cabeça até o meu falo e começou a beijá-lo.

Eu, porém, não desejava provar esse delicioso prazer por partes ou desfrutar aquele êxtase excitante sozinho. Por isso nós mudamos de posição e, num piscar de olhos, eu tinha em minha boca a mesma coisa que ele estava provocando de maneira tão deliciosa.

Logo aquele leite picante, como a seiva da figueira ou da longana, que parece fluir do cérebro e da medula, jorrou, e em seu lugar um jato de fogo cáustico correu através de cada veia e artéria, e todos os meus nervos vibravam como se movidos por uma forte corrente elétrica.

Por fim, quando a última gota de fluido espermático

fora sorvida, o paroxismo do prazer, que é o delírio da sensualidade, começou a se abater, e fiquei subjugado e aniquilado; então, um prazeroso estado de torpor se seguiu, e meus olhos fecharam-se por alguns segundos em feliz alheamento.

Tendo recuperado os sentidos, meus olhos caíram novamente sobre aquele repulsivo bilhete anônimo e eu estremeci e aninhei-me novamente junto a Teleny como se procurasse proteção, tão horrível era a verdade, mesmo então, para mim.

— Mas você não me contou ainda quem escreveu aquelas palavras horrendas — falei.

— Quem? Ora, o filho do general, é claro.

— O quê! Briancourt?

— Quem mais poderia ser. Ninguém exceto ele poderia ter qualquer suspeita do nosso amor; Briancourt, tenho certeza, tem nos vigiado. Além disso, olhe aqui — acrescentou ele, apanhando o pedaço de papel. — Não desejando escrever num papel com sua insígnia ou iniciais, e provavelmente não tendo nenhum outro, ele escreveu num cartão habilmente cortado de um pedaço de papel para desenho. Quem mais além de um pintor poderia ter feito tal coisa? Por tomar precauções excessivas, às vezes comprometemos a nós mesmos. Além do mais, cheire-o. Ele é tão saturado de essência de rosas que tudo o que toca fica impregnado com ela.

— Sim, você está certo — falei, pensativamente.

— Acima de tudo isso, é exatamente o tipo de coisa que ele faria; não que tenha um mau coração...

— Você o ama! — falei, com uma pontada de ciúme, apertando seu braço.

— Não, eu não o amo, estou apenas sendo justo com ele. Além disso, você o conhece desde a infância, e deve admitir que ele não é tão mau, é?

— Não, ele é simplesmente louco.

— Louco? Bem, talvez um pouco mais do que os outros homens — disse meu amigo, sorrindo.

— O quê?! Você acha que todos os homens são doidos?

— Eu só conheço um homem são... meu sapateiro. Ele só é louco uma vez por semana — na segunda-feira, quando fica alegremente bêbado.

— Bem, não vamos mais falar de loucura. Meu pai morreu louco, e eu suponho que, cedo ou tarde...

— Você deve saber — disse Teleny, interrompendo-me — que Briancourt foi apaixonado por você durante um longo tempo.

— Por mim?

— Sim, mas ele acha que você não gosta dele.

— Eu nunca fui notavelmente afeiçoado a ele.

— Agora que penso a respeito, creio que ele gostaria de ter-nos a ambos, de modo que pudéssemos formar uma espécie de trindade do amor e da alegria.

— E você acha que ele tentou conseguir isso dessa forma.

— No amor e na guerra, todos os estratagemas são válidos; e talvez para ele, assim como para os jesuítas, "o fim justifica os meios". Seja como for, esqueça de vez este bilhete, deixe que ele seja como um sonho de uma noite de inverno.

Então, tomando o odioso pedaço de papel, colocou-o nas brasas incandescentes. Primeiro, ele se retorceu e crepitou, depois uma súbita chama se acendeu e o consumiu. No instante seguinte, não passava de uma coisinha preta e enrugada, em que minúsculas serpentes ígneas apressadamente se perseguiam e depois engoliam-se mutuamente ao se encontrarem.

Depois saiu uma baforada das toras crepitantes e ele subiu e desapareceu pela chaminé como um pequeno diabo preto.

Nus como estávamos no baixo sofá diante da lareira, agarramo-nos e nos abraçamos carinhosamente.

— Ele pareceu nos ameaçar antes de desaparecer, não foi? Espero que Briancourt nunca se ponha entre nós.

— Nós o desafiaremos — disse meu amigo, sorrindo, e tomando o meu falo e o seu, ele os brandiu. — Este — disse ele — é o mais eficiente exorcismo usado na Itália contra o mau-olhado. Além do mais, ele sem dúvida já nos esqueceu a esta altura — mais ainda, esqueceu-se até mesmo da ideia de ter escrito esse bilhete.

— Por quê?

— Porque ele encontrou um novo amante.

— Quem, o oficial sipaio?

— Não, um jovem árabe. De qualquer forma, nós saberemos quem é pelo tema do quadro que ele irá pintar. Algum tempo atrás, ele só sonhava com um camafeu com as três Graças, que para ele representam a trindade mística do tribadismo.

Poucos dias depois, encontramos Briancourt no salão verde da ópera. Quando ele nos viu, desviou o olhar e tentou ignorar-nos. Eu teria feito o mesmo.

— Não — disse Teleny — vamos falar com ele e esclarecer o assunto. Em tais coisas, nunca demonstre o mais leve medo. Se encarar o inimigo com firmeza, já o terá parcialmente vencido.

Então, indo até ele e arrastando-me consigo, estendeu sua mão e disse: — Ora, o que é feito de você? Já faz alguns dias desde que nos vimos.

— É claro — respondeu ele —, novos amigos nos fazem esquecer dos antigos.

— Como novas pinturas, das velhas. A propósito, que esboço você começou?

— Oh, algo glorioso!... uma pintura que deixará sua marca, se é que alguma deixará.

— Mas, o que é?

— Jesus Cristo.

— Jesus Cristo?

— Sim, desde que conheci Achmet, passei a entender o Salvador. Você O adoraria, também — acrescentou ele —, se pudesse ver aqueles olhos escuros mesméricos, com sua franja longa e retinta.

— Adoraria quem — perguntou Teleny — Achmet ou Cristo?

— Cristo, é claro! — disse Briancourt, encolhendo seus ombros. — Você seria capaz de entender a fundo a influência que Ele deve ter tido sobre a massa. Meu sírio não precisa falar com você, ele lhe dirige os olhos e você apreende o significado dos seus pensamentos. Cristo, da mesma forma, nunca desperdiçou Seu fôlego declamando beatices para a multidão. Ele escrevia na areia, e podia com isso "legislar o mundo com um olhar".[55] Como eu estava dizendo, pintarei Achmet como o Salvador e você — acrescentou, dirigindo-se a Teleny — como João, o discípulo que Ele amava; pois a bíblia diz com clareza e repete continuamente que Ele amava seu discípulo favorito.

— E como você o pintará?

---

55. Verso de um poema de Dryden: "A spirit fit to start into an empire,/ And look the world to law" (Um espírito talhado para iniciar um império/E legislar o mundo com um olhar).

— Cristo com porte ereto, segurando João, que O abraça, e inclina sua cabeça sobre o peito do seu amigo. É claro que deve haver algo de adoravelmente suave e feminino no olhar e na atitude do discípulo; ele deve ter os seus visionários olhos violeta e sua boca voluptuosa. Agachada aos pés deles haverá uma das muitas Marias adúlteras, mas Cristo e o outro — como João modestamente nomeia-se a si próprio, como se fosse a concubina de seu Mestre — olham para ela com uma expressão sonhadora, meio desdenhosa e meio piedosa.

— E as pessoas entenderão o seu significado?

— Qualquer um que tenha algum bom senso entenderá. Além disso, para tornar minha ideia mais clara, eu pintarei um complemento para o quadro: "Sócrates — o Cristo grego — com Alcebíades, seu discípulo favorito.". A mulher será Xantipa.

Então, voltando-se para mim, ele acrescentou: — Mas você tem de prometer que virá posar como Alcebíades.

— Sim — disse Teleny —, mas com uma condição.

— Diga-a.

— Por que você escreveu aquele bilhete para Camille?

— Que bilhete?

— Vamos... sem blefes!

— Como você soube que eu o escrevi?

— Como Zadig,[56] vi as marcas das orelhas da cadela.

— Bem, já que você sabe que fui eu, vou falar-lhe francamente, fiz isso porque estava com ciúmes.

— De quem?

---

56. Zadig, personagem do romance homônimo de Voltaire, descreve com exatidão uma cadela que pertencia à rainha sem jamais tê-la visto, apenas pelos indícios deixados na areia, à sua passagem.

— De ambos vocês. Sim, você pode sorrir, mas é verdade.

Então, voltando-se para mim: — Eu o conheço desde que ambos éramos pouco mais do que bebês, e nunca tive nada de você — e ele estalou a unha do seu polegar nos dentes superiores —, enquanto ele — apontando para Teleny —, vem, vê e vence. De qualquer forma, isso ficará para algum momento futuro. Enquanto isso, não guardo nenhum rancor por você; nem você guardará, em virtude daquela minha estúpida ameaça, tenho certeza.

— Você não sabe quantos dias miseráveis e noites insones me fez passar.

— Eu fiz? Lamento; perdoe-me. Você sabe que eu sou louco... todo mundo sabe — ele exclamou, segurando nossas mãos. — E agora que somos amigos, vocês têm de vir ao meu próximo simpósio.

— Quando ele acontecerá? — perguntou Teleny.

— Na próxima terça-feira.

Então, ele voltou-se para mim. — Eu o apresentarei a uma porção de sujeitos agradáveis, que ficarão maravilhados em fazer amizade com você, e muitos dos quais estão há muito espantados de que você não seja um de nós.

A semana passou rápido. A alegria logo me fez esquecer da apavorante ansiedade causada pelo cartão de Briancourt.

Alguns dias antes da noite estabelecida para a festa, Teleny me perguntou: — Como nos vestiremos para o simpósio?

— Como? É para ser um baile de máscaras?

— Todos temos nossas pequenas manias. Alguns homens gostam de soldados, outros de marinheiros; alguns apreciam acrobatas, outros, *dandies*. Há homens que, embora apaixonados pelos do seu próprio sexo, só se interessam por eles em roupas de mulher. *L'habit ne fait pas le moine*[57] nem sempre é um provérbio verdadeiro, pois você pode ver que mesmo entre os pássaros os machos exibem suas plumagens mais vivazes para cativar seus parceiros.

— E que roupas gostaria que eu vestisse, pois você é o único ser que eu me preocupo em agradar? — falei.

— Nenhuma.

— Oh! Mas...

— Você ficaria constrangido por ser visto nu?

— É claro.

— Bem, então, um traje justo de ciclista. Revela melhor a silhueta.

— Muito bem. E você?

— Eu sempre me vestirei exatamente como você.

Na noite em questão, dirigimo-nos até o estúdio do pintor, cujo lado de fora estava, se não completamente escuro, pelo menos muito fracamente iluminado. Teleny bateu três vezes, e depois de um instante Briancourt foi abrir pessoalmente.

Quaisquer falhas que o filho do general tivesse, suas maneiras eram aquelas da nobreza francesa, portanto perfeitas. Seu andar altivo poderia até mesmo ter honrado a corte do *grand Monarque*;[58] , DA FRANÇA. sua polidez era inigualável — de fato, ele possuía todas aquelas "pequenas e doces cortesias da vida", das quais Sterne diz que "engendram inclinações para o amor à primeira vista".[59]

---

57. Em francês no original, "o hábito não faz o monge".
58. O rei Luís XIV
59. Citações retiradas de *A Sentimental Journey Through France*

Ele estava prestes a nos conduzir para dentro quando Teleny o deteve.

— Espere um momento — disse ele. — Camille não poderia antes espiar o seu harém? Você sabe que ele é apenas um neófito no credo priápico. Eu sou seu primeiro amante.

— Sim, eu sei — interrompeu Briancourt, suspirando. — E não posso desejar com sinceridade que você seja por muito tempo o último.

— E não sendo acostumado à visão de tal orgia ele será induzido a fugir como José da esposa de Potifar.[60]

— Muito bem, e vocês se importariam em dar-se o incômodo de seguir por este caminho?

E com essas palavras ele nos conduziu até uma passagem mal iluminada, e desta por uma escada em caracol até uma espécie de balcão, feito de um velho muxarabi árabe, que lhe fora trazido por seu pai de Túnis ou Argel.

— Daqui vocês podem ver tudo sem serem vistos, então tchauzinho por enquanto, mas não por muito tempo, pois a ceia logo será servida.

Quando entrei nessa espécie de galeria e olhei para o salão, fiquei, por um momento, senão deslumbrado, ao menos completamente perplexo. Era como se este nosso mundo cotidiano tivesse sido transportado para o reino mágico das fadas. Mil lâmpadas de variadas formas enchiam o salão de uma luz forte mas indistinta. Havia

---

and Italy.

60. De acordo com o livro bíblico do Gênesis, José foi comprado como escravo por Potifar, general do exército do faraó. Quando o general se ausentou, porém, sua esposa tentou seduzir José, que fugiu a toda pressa para não trair seu senhor. Na fuga, deixou sua capa em poder da adúltera, e acabou incriminado pelo ato que se recusara a cometer.

círios de cera sustentados por garças japonesas, ou ardendo em imponentes castiçais de bronze ou prata, pilhagem dos altares espanhóis; lâmpadas em forma de estrela ou octogonais de mesquitas mouriscas ou de sinagogas orientais; piras de ferro curiosamente moldado, com desenhos torturados e fantásticos; lustres de cristal policromado, iridescente, refletidos em candeeiros em ouro holandês ou porcelana de Castel-Durante.

Embora o salão fosse muito grande, as paredes eram todas cobertas com pinturas da mais lasciva natureza, pois o filho do general, que era muito rico, pintava principalmente para o seu próprio deleite. Muitas eram apenas esboços inacabados, pois sua imaginação ardente mas inconstante não conseguia se demorar muito tempo no mesmo tema, nem o seu talento para a invenção podia ficar longamente satisfeito com o mesmo estilo de pintura.

Em algumas de suas imitações dos encáusticos libidinosos de Pompeia ele tentara compreender os segredos de uma arte do passado. Alguns quadros eram executados com o cuidado minucioso e as tintas corrosivas de Leonardo da Vinci, enquanto outros assemelhavam-se mais aos pasteis de Greuze, ou eram moldados com os matizes delicados de Watteau. Alguns tons de pele tinham a névoa dourada da escola veneziana, enquanto...

— Por favor, acabe com essa digressão sobre as pinturas de Briancourt e conte-me algo sobre o cenário mais realista.

— Bem, sobre velhos sofás de Damasco desbotados, sobre grandes almofadas feitas com estolas episcopais, trabalhadas por dedos devotos em prata e ouro, sobre macios divãs persas e sírios, sobre tapetes de pele de leão e pantera, sobre colchões cobertos com uma variedade de peles de felinos, homens, jovens e de boa aparência, quase todos nus, repousavam aos pares e trios, agrupados em atitudes da mais consumada lascívia que a imaginação jamais poderia representar por si mesma, e como só são vistas nos bordeis masculinos da libidinosa Espanha, ou do devasso Oriente.

— Deve ter sido de fato uma visão rara, observada da gaiola em que vocês estavam confinados, e garanto que os seus pássaros cantavam com tanta volúpia que os sujeitos nus lá embaixo deviam estar em grande risco de receber uma chuva da sua água benta, pois vocês deviam estar brandindo com entusiasmo os aspersórios um do outro, lá no alto.

— A moldura fazia jus ao quadro, pois, como eu disse antes, o estúdio era um museu de arte libertina digno de Sodoma ou Babilônia. Pinturas, estátuas, bronzes, afrescos, obras-primas de arte páfia ou de representações priápicas, emergiam do meio de sedas de cores profundas e de suavidade aveludada, de cristais cintilantes, vernizes semelhantes a pedras preciosas, porcelanas douradas ou majólica opalina, alternados por iatagãs e sabres turcos, com cabos e bainhas em filigranas de ouro e prata, todos engastados com coral e turquesa, ou outras pedras preciosas mais brilhantes.

De imensos vasos chineses cresciam fetos esplêndidos, delicadas palmeiras indianas, trepadeiras e parasitas, com flores de aparência malévola das florestas americanas e gramas plumosas do Nilo em vasos de Sèvres, enquanto, de cima, de tempos em tempos, derramava-se uma chuva de rosas plenamente desabrochadas, vermelhas e rosadas, misturando seu aroma inebriante com o das essências aromáticas que ascendiam em nuvens esbranquiçadas que partiam de incensários e braseiros de prata.

O perfume daquela atmosfera superaquecida, o som de suspiros abafados, os gemidos de prazer, o estalar de beijos ávidos expressando a luxúria insaciável da juventude, fizeram meu cérebro vacilar, enquanto meu sangue abrasava-se pela visão daquelas sempre cambiantes atitudes lascivas, expressando o mais enlouquecido paroxismo do deboche, que ora tentava apaziguar-se, ou inventar uma sensualidade mais excitante e intensa, ora nauseava-se e desmaiava pelos excessos dos sentidos, enquanto esperma leitoso e gotas de sangue cor de rubi salpicavam suas coxas nuas.

— Deve ter sido uma visão arrebatadora.

— Sim, mas naquele momento pareceu-me como se eu estivesse em alguma selva luxuriante, onde tudo o que é belo traz a morte instantânea; onde lindas cobras venenosas se aglutinam e assemelham-se a cachos de flores variegadas, onde doces botões gotejam continuamente suas fontes de veneno corrosivo.

Aqui, do mesmo modo, tudo agradava aos olhos e provocava o sangue; aqui, as listras prateadas sobre o cetim verde-escuro, e lá o traçado argênteo sobre as folhas lisas e intensamente verdes dos nenúfares eram ambos apenas rastros viscosos — aqui, do poder criativo do homem; lá, de algum réptil repulsivo.

— Mas olhe ali — falei para Teleny —, também há mulheres.

— Não — ele respondeu —, mulheres nunca são admitidas em nossas orgias.

— Mas olhe para aquele casal ali. Veja aquele homem nu com sua mão sob a saia da garota abraçada a ele.

— Ambos são homens.

— O quê?! Também aquela com o cabelo castanho-avermelhado e a tez brilhante? Ora, não é a amante do visconde de Pontgrimaud?

— Sim, a Vênus d'Ille, como é geralmente chamada; e o visconde está ali, num canto, mas a Vênus d'Ille é um homem!

Mirei-a atônito. O que eu havia tomado por uma mulher parecia, de fato, uma linda figura de bronze, lisa e polida como uma estatueta japonesa *a cire perdue*,[61] com uma cabeça envernizada de *cocotte* parisiense.

Qualquer que fosse o sexo daquele estranho ser, ele ou ela trajava um vestido justo furta-cor — dourado à luz, verde na sombra —, luvas de seda e meias da mesma tonalidade do cetim do vestido, de tal modo justas nos braços roliços e nas mais bem torneadas das pernas, que esses membros pareciam tão lisos e duros quando os da estátua de bronze.

— E aquela outra ali, com cachos pretos nos cabelos, *accroche-coeurs*,[62] num *tea-gown*[63] de veludo azul-escuro, com braços e ombros nus? Aquela mulher adorável é também um homem?

— Sim, ele é italiano e é um marquês, como você pode ver pela insígnia no seu leque. Ele pertence, além do mais, a uma das mais antigas famílias de Roma. Mas olhe ali. Briancourt vem fazendo gestos repetidos para que nós desçamos. Vamos.

— Não, não! — disse eu, agarrando-me a Teleny. —

---

61. Técnica de moldagem que consiste no preparo de um molde de gesso a partir de uma réplica de cera. Após solidificado, o gesso é levado a um forno em alta temperatura, o que faz com que a cera derreta e vaze por um orifício no molde, deixando sua forma impressa no material sólido. Esta, então, é preenchida por metal fundido.

62. Em francês no original, "pega-rapaz".

63. Espécie de vestido leve, com babados, usado em recepções informais.

Vamos embora.

No entanto, aquela visão havia inflamado tanto o meu sangue que, como a esposa de Lot, continuei parado ali, olhando fixamente para tudo aquilo.

— Eu farei tudo o que você quiser, mas acho que se formos embora agora você se arrependerá mais tarde. Além disso, de que você tem medo? Eu não estou com você? Ninguém pode nos separar. Nós permaneceremos juntos por toda a noite, pois aqui não é como nos bailes comuns, aonde os homens levam suas esposas para que sejam agarradas e abraçadas pelo primeiro recém-chegado que queira valsar com elas. Além do mais, a visão de todos aqueles excessos apenas adicionará sabor ao nosso próprio prazer.

— Bem, então vamos — disse eu, levantando-me. — Mas, pare. Aquele homem num robe oriental cinza-pérola tem de ser o sírio; ele tem belos olhos amendoados.

— Sim, aquele é Achmet *effendi*.[64]

— Com quem ele está conversando? Não é o pai de Briancourt?

— Sim, o general às vezes é um convidado passivo às festinhas do seu filho. Venha, podemos ir?

— Só mais um momento. Diga-me quem é aquele homem com os olhos em chamas? Ele parece, aliás, a luxúria encarnada, e evidentemente é mais do que mestre em lascívia. Seu rosto é familiar, porém não consigo me lembrar de onde o vi.

— Ele é um jovem que, tendo gastado sua fortuna na mais irrefreável libertinagem sem qualquer dano à sua

64. "Efêndi", na Turquia, título honorífico posposto ao nome próprio.

constituição física, alistou-se no regimento dos sipaios para ver que novos prazeres a Argélia pode lhe oferecer. Aquele homem é de fato um vulcão. Mas, aqui está Briancourt.

— Ora — disse ele —, vocês vão ficar parados aqui em cima no escuro à noite inteira?

— Camille está constrangido — disse Teleny, sorrindo.

— Então venha mascarado — falou o pintor, arrastando-nos para baixo e dando a cada um de nós uma máscara de veludo preto, antes de nos conduzir para dentro.

O anúncio de que a ceia estava a nossa espera na sala ao lado quase havia levado a orgia a um intervalo.

Quando entramos no estúdio, a visão de nossos trajes e máscaras escuros pareceu lançar uma névoa sobre todos. Logo estávamos, porém, cercados por uma quantidade de jovens que vieram nos dar as boas-vindas e nos demonstrar afeto, alguns dos quais eram velhos conhecidos.

Depois de algumas perguntas, Teleny foi reconhecido, e sua máscara imediatamente arrancada; mas ninguém, por um bom tempo, conseguiu adivinhar quem eu era. Eu, nesse meio-tempo, continuei devorando com os olhos as partes baixas dos homens nus à minha volta, os pêlos espessos e crespos que às vezes cobriam a barriga e as coxas. Mais do que isso, aquela visão incomum excitou-me de tal forma que a custo consegui evitar de apalpar aqueles órgãos tentadores; e se não fosse pelo amor que tinha por Teleny, teria feito algo mais do que tocá-los com o dedo.

Um dos falos, especialmente — o do visconde —, causou-me intensa admiração. Tinha tal tamanho que se uma dama de Roma o possuísse, jamais procuraria um jumento. Na verdade, toda puta se assustava com ele; e alguém contou-me uma vez que, no exterior, uma mulher foi rasgada por aquilo, pois ele meteu seu tremendo instrumento direto em suas entranhas, e rompeu a divisão entre o orifício da frente e o de trás, de modo que a pobre infeliz morreu em consequência do ferimento recebido.

Seu amante, porém, dava-se bem com ele, pois era não apenas artificialmente, mas também naturalmente da mais saudável compleição. Quando este jovem viu que eu parecia duvidar do sexo ao qual ele pertencia, levantou as saias que vestia e mostrou-me um pênis gracioso e rosado, totalmente rodeado por uma massa de pelos louro-escuros.

No momento em que todos imploravam para que tirasse minha máscara, e eu estava prestes a ceder, o Dr. Carlos — geralmente chamado de Carlos Magno — que estivera se esfregando em mim como um gato no cio, subitamente agarrou-me em seus braços e beijou-me libidinosamente.

— Muito bem, Briancourt — disse ele —, felicito-o por sua nova aquisição. Nenhuma presença poderia me dar mais prazer que a de De Grieux.

Mal essas palavras foram pronunciadas e uma ágil mão arrancou minha máscara.

Dez bocas, pelo menos, estavam prontas a beijar-me, uma vintena de mãos me acariciavam; mas Briancourt pôs-se entre mim e elas.

— Esta noite — disse ele — Camille é como um bombom sobre um bolo, algo para ser olhado, mas não tocado. René e ele ainda estão em sua lua-de-mel, e esta *fête* é dada em homenagem a eles, e também ao meu novo amante, Achmet *effendi*.

E, dando a meia-volta, ele nos apresentou ao jovem a quem estava para retratar como Jesus Cristo.

— E agora — disse-me ele —, vamos à ceia.

A sala, ou salão, para a qual fomos conduzidos era mobiliada como uma espécie de triclínio, com leitos ou sofás em lugar de cadeiras.

— Meus amigos — disse o filho do general —, a ceia é frugal, os pratos não são muitos nem abundantes, a refeição destina-se mais a revigorar-nos que a saciar-nos. Espero, porém, que os vinhos generosos e bebidas estimulantes possibilitem-nos retornar todos aos nossos prazeres com avidez renovada.

— Ainda assim, suponho que fosse uma ceia digna de Lúculo?[65]

— Eu mal me recordo dela agora. Lembro-me apenas que foi a primeira vez que provei *bouillabaisse* e um arroz doce e picante feito com uma receita indiana, e que achei ambos deliciosos.

Tinha Teleny no sofá ao meu lado, e o Dr. Carlos era meu outro vizinho. Ele era um homem belo, alto, bem constituído e de ombros largos, com uma barba cerrada, motivo pelo qual — assim como por seu nome e tamanho — era apelidado Carlos Magno. Fiquei surpreso ao vê-lo usando em volta do pescoço uma bela corrente de ouro veneziano, da qual pendia — pensei a princípio — um medalhão, que, a um exame mais atento, provou ser uma medalha de ouro cravejada de brilhantes. Perguntei se aquilo era um talismã ou uma relíquia.

Ele, então, levantou-se e disse: — Meus amigos, Des Grieux aqui presente — cujo amante eu de bom grado seria — pergunta-me o que é esta jóia, e como muitos de

---

65. Lúcio Licínio Lúculo (c. 118–56 a.C.) foi um influente general romano, famoso, quando já decadente e desprovido do poder que tivera, por seus banquetes exageradamente fartos.

vocês já me apresentaram a mesma pergunta, eu agora os satisfarei a todos e assegurarei minha paz para sempre quanto a isso.

— Esta medalha — disse ele, segurando-a entre os dedos — é uma condecoração por mérito — ou melhor, talvez devesse dizer, por castidade: é a minha *couronne de rosière.* Após ter concluído meus estudos de medicina e percorrido os hospitais, vi-me como médico, mas o que de modo algum conseguia ver era um só paciente que me desse, não vinte, mas um só franco por toda a medicina que eu lhe administrava. Quando, um dia, o Dr. N... vendo meus braços musculosos — e, de fato, ele tinha os braços de um Hércules — recomendou-me a uma velha senhora, cujo nome não mencionarei, para fazer-lhe massagens. Na verdade, fui até essa velha dama, cujo nome não é Potifar, a qual, tão logo tirei meu casaco e arregacei minhas mangas, lançou um olhar aneloso aos meus músculos e depois pareceu perdida em meditação. Mais tarde, concluí que ela estava calculando a regra das proporções.

— O Dr. N... dissera-me que a fraqueza dos nervos dos membros inferiores dela era dos joelhos para baixo. Ela, porém, parecia pensar que era dos joelhos para cima. Fiquei ingenuamente confundido e, para não cometer um erro, massageei-a dos pés para cima. Porém, logo notei que quanto mais eu subia, mais suavemente ela ronronava.

— Depois de cerca de dez minutos, "Temo que eu a esteja cansando", disse eu, "Talvez seja suficiente para a primeira vez".

— "Oh", respondeu ela, com os olhos lânguidos de um peixe velho, "Eu poderia ser massageada por você o dia inteiro. Já estou sentindo tanto benefício. Você tem as mãos de um homem pela força, e as de uma mulher pela suavidade. Mas deve estar cansado, pobre rapaz! Agora, o que você aceitaria... Madeira ou *dry sherry*?"

"Nada, obrigado."

"Uma taça de champanhe e um biscoito?"

"Não, obrigado."

"Você deve aceitar algo. Ah, já sei! Um cálice de Alkermes, da Certosa de Florença. Sim, eu mesma tomarei um cálice com você. Já estou me sentindo tão melhor pela massagem."

— Então ela apertou carinhosamente minhas mãos. "Você faria a gentileza de tocar a sineta?"

— Eu fiz isso. Ambos tomamos um cálice de Alkermes, que um criado trouxe logo depois, e então preparei-me para partir. Ela, porém, só me permitiu sair depois de estar completamente assegurada de que eu não deixaria de procurá-la no dia seguinte.

— Um dia depois, eu estava lá no horário combinado. Primeiro ela me fez sentar ao lado da cama, para descansar por um instante. Ela apertou minha mão e deu-lhe ternos tapinhas — aquela mão, disse ela, que havia-lhe feito tanto bem, e que estaria para operar curas maravilhosas em breve. "Só que, doutor", ela acrescentou, com um sorriso tolo, "a dor foi mais para cima."

— Mal pude conter o meu sorriso, e comecei a perguntar-me qual seria a natureza da sua dor.

— Pus-me a esfregá-la. Do largo tornozelo, minha mão subiu até o joelho, depois mais para cima, e sempre mais para o alto, para evidente satisfação dela. Quando, por fim, alcançou o alto das suas pernas: "Aí, aí, doutor! O senhor chegou ao ponto", disse ela, numa voz macia e ronronante. "Como o senhor é habilidoso para encontrar o ponto certo. Massageie gentilmente em toda a volta. Sim, assim mesmo; nem mais alto, nem mais baixo... em movimentos um pouco mais amplos, talvez... só um *poco* mais no meio, doutor! Oh, como me faz bem ser massageada assim! Sinto-me outra pessoa; tão mais jovem... fogosa, na verdade. Esfregue, doutor, esfregue!" E ela rolava na cama com arrebatamento, como uma velha gata malhada.

— Então, de repente, ela disse: "Mas acho que o senhor está me hipnotizando, doutor! Oh, que belos olhos azuis o senhor tem! Posso me ver nas suas pupilas luminosas como num espelho". Então, pondo um dos braços em volta do meu pescoço, ela começou a me puxar para si e a beijar-me com avidez — ou, seria melhor dizer, sugar-me com dois lábios que se pareciam, ao contato dos meus, com duas enormes sanguessugas.

— Vendo que não conseguiria prosseguir com minha massagem, e finalmente entendendo que tipo de fricção ela queria, afastei os tufos de pêlos ásperos, crespos e espessos, introduzi a ponta do meu dedo entre os lábios intumescidos e bolinei, esfreguei e friccionei o clitóris inchado e travesso de tal modo que logo o fiz mijar copiosamente: isso, porém — longe de acalmá-la e satisfazê-la —, apenas a titilou e excitou; de modo que, depois disso, não havia escapatória para os seus abraços. Ela segurava-me, além disso, pelo lugar certo, e não pude me permitir — como José — fugir e deixá-lo na mão dela.

— Para acalmá-la, portanto, nada mais me restava a fazer além de montar sobre ela e administrar-lhe outro tipo de massagem, que fiz da forma mais graciosa que pude, embora, como vocês todos têm conhecimento, nunca tenha me interessado por mulheres, e acima de tudo, pelas rançosas. Ainda assim — para uma mulher e uma velha — ela não foi tão ruim, afinal de contas. Seus lábios eram grossos, carnudos e protuberantes, o esfíncter não havia relaxado com a idade, o tecido erétil não havia perdido nada de sua força muscular, seu aperto era poderoso e o prazer que proporcionava não era para se desprezar. Eu, então, verti duas libações dentro da velha, antes de sair de cima dela, durante as quais ela do ronronar passou a miar, e depois a literalmente guinchar como uma coruja, tão grande era o prazer que recebia.

— Fosse ou não verdade, ela disse que nunca havia sentido tanto prazer em toda a sua vida. De qualquer forma, a cura que eu realizei foi maravilhosa, pois logo depois ela recuperou completamente o uso de suas pernas. Até mesmo N... ficou orgulhoso de mim. É graças a ela e aos meus braços que devo minha posição como massagista.

— Bem, e a jóia? — perguntei.

— Sim, eu havia esquecido completamente dela. O verão chegou, de modo que ela teve de deixar a cidade e ir para uma estação de águas, aonde eu não tinha desejo de segui-la. Consequentemente, ela me fez jurar que não teria uma só mulher durante a sua ausência. Eu, é claro, fiz isso de consciência limpa e coração leve.

— Quando ela voltou, tomou meu juramento novamente, depois do que desabotoou minhas calças, arrastou sir Príapo para fora, e com a devida cerimônia, condecorou-o com a *rosière*.

— Devo dizer, porém, que ele não tinha o seu pescoço totalmente empertigado e ereto; em vez disso, parecia tão subjugado — talvez por pensar que não merecia tal honra — que abaixou sua cabeça com toda submissão. Eu costumava usar esta jóia na corrente do meu relógio, mas todos continuavam sempre me perguntando o que era. Contei-lhe isso, e ela me presenteou com esta corrente e me fez usá-la em volta do pescoço.

O ágape havia chegado ao fim, os temperados pratos afrodisíacos, as bebidas fortes, a conversa alegre, de novo acenderam nossa luxúria indolente. Pouco a pouco, as posições em cada sofá tornaram-se mais provocantes; as piadas, mais obscenas; as canções, mais lascivas. A alegria ficou mais tumultuosa, os cérebros estavam todos inflamados, a carne, latejando com o desejo recém-despertado. Quase todos os homens estavam nus, todos os falos estavam rijos e eretos; parecia um verdadeiro pandemônio de libertinagem.

Um dos convidados mostrou-nos como fazer uma fonte priápica, ou o modo apropriado de beber licores. Ele chamou um jovem Ganimedes para verter um filete contínuo de Chartreuse de uma jarra de prata de bico longo sobre o peito de Briancourt. O líquido escorreu pela barriga e por entre os pequenos cachos de pêlos retintos, recendendo a rosas, ao longo do falo e para dentro da boca do homem ajoelhado diante dele. Os três homens eram tão bonitos, o conjunto tão clássico, que uma fotografia dele foi tirada à luz de carbureto.

— É muito bonito — disse o sipaio —, mas acho que posso lhes mostrar algo ainda melhor.

— E o que seria? — perguntou Briancourt.

— O modo como eles comem tâmaras em conserva recheadas com pistache na Argélia. E como por acaso você tem algumas à mesa, podemos tentar.

O velho general deu uma risadinha, evidentemente apreciando a diversão.

O sipaio, então, fez com que seu companheiro de cama ficasse de quatro, com a cabeça baixa e o traseiro levantado. Então, fez com que as tâmaras deslizassem para dentro do orifício de seu ânus, onde as mordiscava enquanto seu amigo pressionava-as para fora, depois do quê, lambeu cuidadosamente toda a calda que vertia e escorria pela bunda.

Todos aplaudiram e os dois homens estavam evidentemente excitados, pois seus aríetes atiravam suas cabeças significativamente para cima e para baixo.

— Espere, não levante ainda — disse o sipaio. — Eu ainda não acabei. Deixe-me antes pôr o fruto da árvore do conhecimento dentro dele.

Então aproximou-se do amigo e, tomando o instrumento em sua mão, pressionou-o para dentro do buraco onde as tâmaras haviam estado; e, lisa como a abertura estava, este desapareceu inteiramente depois de uma ou duas estocadas. O oficial, depois disso, de maneira alguma o tirou, mas apenas continuou esfregando-se contra as nádegas do outro homem. Enquanto isso, o pinto do sodomizado estava tão inquieto que começou a tamborilar na barriga do seu dono.

— Agora, aos prazeres passivos que restam com a idade e a experiência — disse o general. E então começou a provocar a glande do outro com sua língua, a sugá-la, e a brincar com seus dedos pela coluna da maneira mais destra.

O prazer demonstrado pelo sodomizado parecia indescritível. Ele ofegava, ele estremecia, suas pálpebras caíram, seus lábios estavam lassos, os nervos de seu rosto tinham espasmos. Ele aparentava estar, a cada momento, pronto a desmaiar com a intensidade da sensação. Ainda assim, parecia resistir ao paroxismo com unhas e dentes, sabendo que o sipaio adquirira no exterior a arte de permanecer em ação por qualquer extensão de tempo. De tempos em tempos, sua cabeça se deixava cair como se suas forças tivessem se esgotado, mas depois ele a erguia novamente e, abrindo seus lábios, disse: "Alguém... na minha boca".

O marquês italiano, que havia despido seu robe e não estava usando nada além de uma gravata e um par de meias pretas de seda, montou sobre dois bancos por cima do velho general e foi satisfazê-lo.

À visão dessa *tableau vivant* de concupiscência infernal, o sangue de todos nós nos subiu às cabeças. Todos pareciam ansiosos para desfrutar do que aqueles quatro homens estavam sentindo. Todos os falos desencapuzados estavam não apenas cheios de sangue, mas rijos como uma verga de ferro e doloridos em suas ereções. Todos se contorciam como se atormentados por uma convulsão interna. Eu próprio, não acostumado a tais visões, gemia de prazer, enlouquecido pelos beijos excitantes de Teleny, e pelo doutor, que pressionava seus lábios contra as solas dos meus pés.

Por fim, pelas estocadas lúbricas que o sipaio agora dava, pela maneira ávida com que o general sugava e o marquês era sugado, entendemos que o último momento havia chegado. Foi como um choque elétrico entre nós todos.

— Eles gozaram, eles gozaram! — foi o grito, pronunciado por todos os lábios.

Todos os casais estavam unidos, beijando-se uns aos outros, esfregando mutuamente seus corpos nus, tentando novos excessos que sua lascívia pudesse inventar.

Quando, por fim, o sipaio tirou seu o órgão mole do traseiro de seu amigo, o sodomizado caiu sem sentidos no sofá, todo coberto de suor, calda de tâmaras, esperma e baba.

— Ah! — disse o sipaio, acendendo calmamente um

cigarro — Que prazeres podem se comparar a estes das Cidades da Campina? Os árabes estão certos. Eles são nossos mestres nesta arte; pois lá, se nem todo homem é passivo na sua maturidade, sempre o é na primeira juventude e na senilidade, quando não pode mais ser ativo. Eles — ao contrário de nós — sabem de longa experiência como prolongar esse prazer por um período indeterminado. Os instrumentos deles não são imensos, mas se intumescem até atingir boas proporções. Eles são habilidosos em elevar seu próprio prazer pela satisfação que proporcionam aos outros. Eles não o inundam de esperma aguado, eles esguicham sobre você algumas gotas espessas que ardem como fogo. Como é lisa e lustrosa a pele deles! Que lava borbulha em suas veias! Eles não são homens, são leões; e rugem com propósitos lascivos.

— Você deve ter experimentado muitos, suponho?

— Vintenas deles; alistei-me para isso, e devo dizer que fiz bom proveito. Ora, visconde, o seu acessório poderia apenas fazer-me cócegas agradáveis, se você ao menos pudesse mantê-lo rijo por tempo suficiente.

Depois, apontando para um frasco largo que estava em cima da mesa: — Bem, aquela garrafa ali poderia, eu acho, ser enfiada com facilidade em mim, e me causaria apenas prazer.

— Quer tentar? — disseram muitas vozes.

— Por que não?

— Não, é melhor você não fazer isso — disse o Dr. Carlos, que rastejava ao meu lado.

— Por quê, o que há ali para se temer?

— É um crime contra a natureza — disse o médico, sorrindo.

— Na verdade, seria pior que sodomia, seria frascaria — disse Briancourt.

Como única resposta, o sipaio lançou-se com o rosto voltado para cima na borda do sofá, com sua bunda erguida para nós. Em seguida, dois homens foram sentar-se de cada lado, para que ele pudesse apoiar suas pernas nos ombros deles, depois do que ele segurou suas nádegas, que eram volumosas como as de uma velha puta gorda, e abriu-as com suas duas mãos. Quando fez isso, tivemos não apenas uma visão completa da escura linha divisória, do halo castanho e dos pêlos, mas também das milhares de pregas, cristas – ou apêndices semelhantes a guelras – e protuberâncias por toda a volta do orifício, e a julgar por elas, e pela excessiva dilatação do ânus e lassidão do esfíncter, pudemos entender que o que ele dizia não era fanfarronice.

– Quem terá a bondade de umedecer e lubrificar um pouco as bordas?

Muitos pareciam ansiosos para se permitir aquele prazer, mas coube a um homem que modestamente se apresentava como um *maître de langues*,[66] "embora com a minha proficiência", ele acrescentou, "eu poderia muito bem denominar-me professor da nobre arte". Ele era, de fato, um homem que ostentava o peso de um grande nome, não apenas de uma antiga linhagem – nunca maculada por qualquer sangue plebeu –, mas também famoso na guerra, no estadismo, na literatura e nas ciências. Ajoelhou-se diante daquela massa de carne, corriqueiramente chamada de rabo, apontou sua língua como uma cabeça de lança, e meteu-a no buraco o mais que pôde. Depois, achatando-a como uma espátula, começou a espalhar saliva por toda a volta com a máxima destreza.

– Agora – disse ele, com o orgulho de um artista que

66. Em francês no original, "professor de línguas".

acabara de concluir sua obra —, minha tarefa está feita.

Outra pessoa havia tomado a garrafa e lambuzado-a com a gordura do *pâté de foie gras*, e depois começou a enfiá-la. Inicialmente, ela não parecia capaz de entrar, mas com o sipaio esticando as bordas com seus dedos, e o operador virando e manipulando a garrafa e pressionando-a lenta e constantemente, ela finalmente começou a deslizar para dentro.

— Ai, ai! — disse o sipaio, mordendo os lábios. — Está apertado, mas até que enfim ela está dentro.

— Estou machucando você?

— Doeu um pouco, mas agora já passou. — E ele começou a gemer de prazer.

Todas as pregas e protuberâncias haviam desaparecido e a carne das bordas agora apertava fortemente a garrafa.

O rosto do sipaio expressava uma mistura de dor aguda e luxúria intensa. Todos os nervos do seu corpo pareciam tensionados e palpitantes, como se estivessem sob o efeito de uma forte bateria elétrica. Seus olhos estavam semicerrados e as pupilas haviam quase desaparecido, seus dentes travados rangiam, enquanto a garrafa era, passo a passo, enfiada um pouco mais. Seu falo, que estivera flácido e sem vida enquanto ele não sentia nada além de dor, novamente adquiria suas plenas proporções; e então, todas as veias deste começaram a inchar, os nervos a enrijecerem-se ao máximo.

— Você quer ser beijado? — perguntou alguém, vendo como agora a verga latejava.

— Obrigado — disse ele. — Sinto-me satisfeito assim.

— Como é?

— Uma irritação aguda mas agradável, que parte do meu cu para o meu cérebro.

Na verdade, todo o seu corpo estava convulso, enquanto a garrafa ia lentamente para dentro e para fora, rasgando-o e quase partindo-o ao meio. De repente, o pênis latejou vigorosamente, depois ficou turgidamente rígido, os pequeninos lábios se abriram, uma gota cintilante de líquido incolor apareceu nas suas bordas.

— Mais rápido... enfie mais... faça-me sentir... faça-me sentir!

Então ele começou a gritar, a gargalhar histericamente; depois a relinchar como um garanhão diante de uma égua. O falo esguichou algumas gotas de esperma grosso, branco e viscoso.

— Meta... meta! — ele gemeu, com uma voz agonizante.

A mão do manipulador estava convulsa. Ele deu um forte safanão na garrafa.

Estávamos todos sem fôlego de excitação, ao ver a intensidade do prazer que o sipaio sentia, quando de repente, em meio ao perfeito silêncio que se seguia a cada um dos gemidos do soldado, um leve som trincante se ouviu, o qual foi imediatamente seguido por um forte grito de dor e terror partindo do homem prostrado; de horror, partindo dos outros.

A garrafa havia quebrado; o gargalo e parte dela saíram, cortando toda a borda que exercia pressão sobre ela. A outra parte continuou engolfada no interior do ânus.

VIII

— O tempo passou...

— É claro, o tempo nunca pára, por isso é inútil dizer que ele passou. Diga-me, em vez disso, o que aconteceu com o pobre sipaio?

— Ele morreu, pobre sujeito! Primeiro, houve um *sauve qui peut*[67] geral da casa de Briancourt. O Dr. Carlos mandou buscar seus instrumentos e extraiu os pedaços de vidro, e disseram-me que o pobre jovem sofreu as dores mais excruciantes como um estóico, sem dar um grito ou um gemido; sua coragem foi de fato digna de uma melhor causa. A operação terminou, o Dr. Carlos disse ao paciente que ele teria de ser transportado para o hospital, pois temia que uma inflamação pudesse instalar-se nas partes perfuradas dos intestinos.

— O quê?! — disse ele. — Ir para o hospital e expor-me aos risos de escárnio de todas as enfermeiras e médicos... nunca!

— Mas — disse seu amigo — se uma inflamação se instalar...

— Eu estaria acabado?

— Temo que sim.

— E é provável que a inflamação se instale?

— Infelizmente, mais do que provável!

— E se ela se instalar...?

O Dr. Carlos fez uma expressão séria, mas não deu resposta alguma.

— Ela pode ser fatal?

— Sim.

— Bem, vou pensar no caso. De qualquer forma, tenho de ir para casa — isto é, para o meu alojamento — a fim de pôr algumas coisas nos devidos lugares.

De fato, ele foi acompanhado para casa, e lá, pediu com insistência para ser deixado sozinho por meia hora.

---

67. Em francês no original, "salve-se quem puder".

Tão logo se viu só, ele trancou a porta do quarto, tomou um revólver e atirou em si próprio. A causa do suicídio permaneceu um mistério para todos, exceto para nós. Este, e outro caso que aconteceu pouco depois, lançou uma nuvem sobre todos nós, e por algum tempo, pôs fim aos simpósios de Briancourt.

— E qual foi esse outro caso?

— Um de que você muito provavelmente leu a respeito, pois esteve em todos os jornais na época em que ocorreu. Um cavalheiro idoso, cujo nome eu esqueci completamente, foi tolo o bastante para ser apanhado no ato de sodomizar um soldado — um jovem recruta libertino chegado recentemente do campo. O caso fez um grande alarde, pois o cavalheiro ocupava uma posição de destaque na sociedade, e era, além disso, não apenas uma pessoa de reputação imaculada, mas também um homem extremamente religioso.

— O quê?! Você acha possível que um homem verdadeiramente religioso seja viciado em tal perversão?

— É claro que sim. O vício nos torna supersticiosos; e o que é a superstição senão uma forma obsoleta e descartada de culto? É o pecador e não o santo que necessita de um Salvador, um intercessor e um pastor; se não tem nada a reparar, qual é a utilidade da religião para você? A religião não está atrelada a uma paixão, a qual — embora considerada contrária à natureza — está tão profundamente gravada em nossa natureza que a razão não consegue aplacar nem mascarar. Os jesuítas são, portanto, os únicos pastores verdadeiros. Longe de amaldiçoá-lo, como fazem os protestantes inflamados, eles têm pelo menos mil paliativos para todas as doenças que não conseguem curar — um bálsamo para toda consciência pesada.

Mas retornemos à nossa história. Quando o jovem

soldado foi questionado pelo juiz sobre como podia ter-se degradado daquela maneira e conspurcado o uniforme que vestia, "*Monsieur le* Juiz", disse ele, ingenuamente, "O cavalheiro foi muito gentil comigo. Além do mais, por ser uma pessoa muito influente, ele me prometeu *un avancement dans le corps*!"[68]

O tempo passou, e eu vivia feliz com Teleny — pois quem não ficaria feliz com ele, bonito, bom e inteligente como era? Sua música era agora tão genial, tão exuberante de energia vital, tão radiante de sensual felicidade, que a cada dia mais ele se tornava um favorito, e todas as mulheres estavam mais do que nunca apaixonadas por ele; mas por que eu me preocuparia, ele não era inteiramente meu?

— O quê?! Você não sentia ciúmes?

— Como poderia sentir ciúmes, quando ele nunca me deu o mais leve motivo. Eu tinha a chave da sua casa, e podia entrar lá a qualquer momento do dia ou da noite. Sempre que ele deixava a cidade, eu invariavelmente o acompanhava. Não, eu estava seguro do seu amor, e portanto da sua fidelidade, assim como ele, do mesmo modo, tinha perfeita confiança em mim.

Ele tinha, no entanto, um grande defeito — era um artista, e tinha a prodigalidade de um artista na composição do seu caráter. Embora ele então ganhasse o suficiente para viver confortavelmente, seus concertos ainda não lhe proviam os meios para viver da maneira principesca como vivia. Eu frequentemente fazia-lhe sermões sobre suas dívidas; ele invariavelmente prometia-me não jogar seu dinheiro fora, mas, ai de mim! Havia na tessitura da

---

68. Em francês no original, "uma promoção na corporação militar!".

sua natureza algo do fio do qual a amante do meu homônimo — Manon Lescaut[69] — era feita.

Sabendo que ele tinha dívidas, e que estava frequentemente preocupado com cobranças, implorei-lhe várias vezes que me desse suas contas, pois eu poderia quitar todos seus débitos e permitir que ele começasse vida nova. Ele não queria nem mesmo que eu falasse em tal coisa.

— Eu me conheço — disse ele — melhor do que você. Se aceitar uma vez, farei isso novamente, e qual será o resultado? Eu acabarei sendo mantido por você.

— E onde está o grande problema? — foi minha resposta. — Você acha que eu o amaria menos por isso?

— Oh! Não! Você talvez pudesse amar-me ainda mais por conta do dinheiro que lhe custo — pois frequentemente sentimos por um amigo carinho proporcional ao que fazemos por ele — mas eu posso ser induzido a amá-lo menos. A gratidão é um fardo tão insuportável para a natureza humana. Eu sou seu amante, isso é verdade, mas não me deixe afundar mais baixo do que isso, Camille — disse ele, com um ímpeto melancólico. — Veja! Desde que o conheci, não tentei gastar só o que recebo? Um dia ou outro, posso até conseguir saldar velhas dívidas; por isso, não me tente mais.

Então, tomando-me em seus braços, cobriu-me de beijos.

Como ele estava bonito naquele momento! Acho que posso vê-lo recostado numa almofada de cetim azul-escuro, com seus braços atrás da cabeça, como você está

---

69. O narrador refere-se aos personagens do romance de Prévost, *A história do cavalheiro des Grieux e de Manon Lescaut* ou, simplesmente, *Manon Lescaut*.

recostado agora, pois tem muito das maneiras graciosamente felinas dele.

Nós havíamos então nos tornado inseparáveis, pois nosso amor parecia ficar mais forte a cada dia, e conosco "Não se extinguia o fogo com fogo", mas, ao contrário, ele crescia com o alimento que lhe dávamos. Por isso, eu vivia muito mais tempo com Teleny do que em casa.

Meu escritório não tomava muito do meu tempo, e eu apenas permanecia ali o suficiente para cuidar do meu negócio e também para deixar a ele alguns momentos para praticar. No restante do dia, ficávamos juntos.

No teatro, ocupávamos o mesmo camarote, sozinhos ou com minha mãe. Nenhum de nós aceitava, como logo tornou-se conhecido, convites para qualquer entretenimento para o qual o outro não fosse também convidado. Nos passeios públicos nós caminhávamos, cavalgávamos ou éramos transportados juntos. De fato, se a nossa união fosse abençoada pela Igreja, não poderia ter sido mais íntima. Que os moralistas depois disso expliquem-me a ameaça que representamos, ou o legislador, que teria aplicado a nós a pena infligida ao pior dos criminosos, o mal que fizemos à sociedade.

Embora não nos vestíssemos do mesmo modo, ainda assim — tendo quase a mesma constituição, praticamente a mesma idade, assim como gostos idênticos — as pessoas, que nos viam sempre de braços dados, acabaram não sendo capazes de pensar em um separado do outro.

Nossa amizade havia se tornado quase proverbial, e "Não há René sem Camille" tornou-se uma espécie de provérbio.

— Mas você, que ficara tão aterrorizado pelo bilhete anônimo, não sentiu medo de que as pessoas pudessem começar a suspeitar da verdadeira natureza da ligação de vocês?

— Aquele medo havia passado completamente. A vergonha de um tribunal de divórcio impede a adúltera de se encontrar com seu amante? Os terrores iminentes da lei impedem o ladrão de roubar? A minha consciência havia sido acalentada pela felicidade até um calmo repouso. Além do mais, o conhecimento que eu adquirira nos encontros de Briancourt, de que eu não era o único membro da nossa sociedade gangrenosa que amava à maneira socrática, e que homens da mais alta inteligência, do coração mais gentil e dos mais puros sentidos estéticos, eram — como eu próprio — sodomitas, acalmou-me. Não são as dores do inferno que tememos, mas sim a sociedade mesquinha que podemos encontrar lá embaixo.

As damas haviam então, acredito, começado a suspeitar de que nossa amizade excessiva fosse de natureza muito amorosa; e, como eu soube desde então, havíamos sido apelidados como os anjos de Sodoma — sugerindo-se, dessa forma, que esses mensageiros celestiais não haviam escapado à condenação. Mas de que me importava se algumas tríbades suspeitavam que nós compartilhávamos das suas próprias fraquezas?

— E sua mãe?

— Ela era, na verdade, suspeita de ser amante de René. Eu me diverti com isso; a ideia era tão absurda.

— Mas ela não tinha qualquer desconfiança do seu amor pelo amigo?

— Você sabe que o marido é sempre o último a suspeitar da infidelidade de sua esposa. Ela ficou surpresa ao ver a mudança que havia se operado em mim. Até me perguntou como eu havia aprendido a gostar do homem a quem esnobara e tratara com tanto desdém, e depois acrescentou: — Está vendo como nunca se deve ser preconceituoso e julgar as pessoas sem conhecê-las?

Uma circunstância, porém, que aconteceu naquela época fez forçosamente com que minha mãe desviasse sua atenção de Teleny.

Uma jovem bailarina, cujo interesse eu havia aparentemente atraído num baile de máscaras, ou sentindo certa inclinação por mim, ou julgando-me presa fácil, escreveu uma carta das mais apaixonadas para mim e convidou-me a visitá-la.

Não sabendo como recusar a honra que ela me havia conferido, e ao mesmo tempo jamais tendo gostado de tratar qualquer mulher com desprezo, mandei-lhe uma imensa cesta de flores e um livro explicando o significado delas.

Ela entendeu que o meu amor estava depositado em outro lugar. Mesmo assim, em retribuição ao meu presente, recebi uma grande e bela fotografia dela. Então, eu a visitei para agradecê-la, e assim nós logo nos tornamos ótimos amigos, mas apenas amigos e nada mais.

Como eu havia deixado a carta e o retrato no meu quarto, minha mãe, que certamente viu a primeira, deve provavelmente ter visto o segundo, também. Foi por isso que ela nunca destinou à minha ligação com o músico um só pensamento.

Em suas conversas havia, uma vez ou outra, leves insinuações ou sugestões abrangentes sobre a loucura dos homens que arruínam a si próprios pelo *corps de ballet*, ou sobre o mau gosto daqueles que se casam com suas próprias amantes ou as alheias, mas isso foi tudo.

Ela sabia que eu era dono do meu próprio nariz, portanto, não se intrometia na minha vida particular, e deixava que eu fizesse exatamente o que me agradasse. Se eu tivesse um *faux ménage*[70] aqui ou ali, tanto melhor ou pior para mim. Ela se dava por satisfeita se eu tivesse o bom gosto de respeitar *les convenances* e não fazer delas assunto público. Apenas um homem de quarenta e cinco anos que tenha decidido não se casar pode desafiar a opinião pública e manter uma amante de maneira ostensiva.

Além do mais, ocorreu-me que, como ela não queria que eu desse muita atenção aos objetivos de suas frequentes viagens, deixava-me com plena liberdade para agir conforme o meu próprio discernimento.

— Ela ainda era uma mulher jovem naquela época, não era?

— Isso depende inteiramente do que você considera uma mulher jovem. Minha mãe tinha cerca de trinta e sete ou trinta e oito anos, e tinha uma aparência extremamente jovem para a sua idade. Sempre era descrita como uma das mulheres mais belas e desejáveis.

Ela era muito bonita. Alta, com braços e ombros esplêndidos, uma cabeça bem assentada e ereta, era impossível deixar de notá-la onde quer que fosse. Seus olhos eram grandes e de uma calma invariável e impassível, que nada parecia perturbar; suas sobrancelhas, que quase se encontravam, eram alinhadas e espessas; seus cabelos, escuros, naturalmente ondulados e em cachos massivos; sua testa, baixa e larga; seu nariz, reto e pequeno. Tudo isso combinava-se para dar algo de classicamente solene e estatuesco a todo o seu semblante.

A boca, porém, era sua melhor característica. Não apenas ela era perfeita em seus traços, mas seus lábios quase salientes eram tão viçosos, suculentos e semelhantes a cerejas, que você ansiaria por prová-los. Uma boca

---

70. Em francês no original, "concubinato".

como essa deve ter feito o diabo com homens de fortes desejos que olhavam para ela — mais do que isso, deve ter agido como um filtro amoroso, despertando o fogo ávido da luxúria mesmo nos corações mais indolentes. Na verdade, poucas eram as calças que não se estufavam na presença de minha mãe, apesar de todos os esforços de seus donos para não demonstrar o batuque tamborilado dentro delas; e esse, sou obrigado a pensar, é o melhor elogio que pode ser oferecido à beleza de uma mulher, pois é um elogio natural e não um cumprimento piegas.

As maneiras dela, porém, tinham aquela tranquilidade, e seu andar, aquela calma, que não apenas estampam a casta de Vere de Vere,[71] mas que caracterizam uma camponesa italiana e uma *grande dame* francesa, embora jamais combinariam com a aristocracia germânica. Ela parecia nascida para reinar como uma rainha das salas de visitas, e portanto aceitava como seu dever, e sem a mais leve demonstração de prazer, não apenas todos os artigos lisonjeiros dos jornais elegantes, mas também a homenagem respeitosa de uma hoste de admiradores distantes, nenhum dos quais ousaria tentar um flerte com ela. Para todos ela era como Juno, uma mulher irreprochável que poderia ser um vulcão ou um iceberg.

— E posso perguntar o que ela era?

— Uma dama que recebia e prestava inumeráveis visitas, e que parecia sempre presidir em todos lugares — os jantares que oferecia, e também os que aceitava —, portanto, o paradigma da dama benfeitora.

Um lojista uma vez observou: "É dia de festa quando

---

71. Trata-se da personagem retratada no poema *Lady Clara Vere de Vere*, de Tennyson, que representa o orgulho de classe e o sentimento de divisão em castas da sociedade aristocrática da época.

madame Des Grieux pára diante de nossas vitrines, pois ela não apenas atrai a atenção dos cavalheiros, mas também a das damas, que frequentemente compram o que atrai o seu olho artístico".

Ela possuía, além disso, aquela excelente característica numa mulher: sua voz era sempre suave, gentil e baixa; pois eu acho que conseguiria me acostumar com uma esposa sem atrativos, mas não com uma cuja voz fosse aguda, áspera e cortante.

— Dizem que você se parece muito com ela.

— Dizem? De qualquer forma, espero que você não queira que eu exalte minha mãe como um Lamartine, e depois acrescente com modéstia: "Sou a própria imagem dela".

— Mas como foi que, tendo-se tornado viúva tão jovem, ela não se casou novamente? Rica e bela como era, deve ter tido tantos pretendentes quanto Penélope.

— Um destes dias eu lhe contarei a história dela, e então você entenderá por que ela preferia sua liberdade aos laços do matrimônio.

— Ela tinha carinho por você, não tinha?

— Sim, muito; e eu também tinha por ela. Além disso — se eu não fosse dado a estas propensões as quais não ousava confessar a ela, e que somente as tríbades podem entender. Se eu, como outros homens da minha idade, vivesse uma alegre vida de fornicação com putas, amantes e adoráveis *grisettes* — teria com frequência feito dela a confidente das minhas façanhas eróticas, pois nos momentos de alegria nossos sentimentos pródigos são frequentemente embotados por excessos demasiadamente grandes, enquanto as lembranças distribuídas com parcimônia à nossa vontade são um verdadeiro prazer redobrado, dos sentidos e da mente.

Teleny, porém, havia nessa época se tornado uma espécie de barreira entre nós, e eu acho que ela desenvolvera um certo ciúme dele, pois seu nome parecia ter se tornado tão desagradável a ela quanto anteriormente havia sido para mim.

— Ela começou a suspeitar da *liaison* de vocês?

— Eu não sei se ela suspeitava, ou se estava começando a ficar com ciúmes da afeição que eu dedicava a ele.

As coisas, porém, estavam chegando a um momento de crise, e tomando a forma do modo pavoroso em que acabaram.

Um dia, um grande concerto estava para ser dado em..., e como L..., que deveria tocar, ficou doente, Teleny foi solicitado a substituí-lo. Era uma honra que ele não podia recusar.

— Estou relutante em deixá-lo — disse ele —, mesmo por um ou dois dias, pois sei que neste momento você está tão ocupado que não lhe é possível escapar, especialmente com o seu gerente enfermo.

— Sim — falei —, é bem inoportuno, no entanto eu poderia...

— Não, não, isso seria uma tolice. Não permitirei que você faça isso.

— Mas você sabe que faz muito tempo que você não toca nenhum concerto sem que eu esteja presente.

— Você estará presente em espírito, ainda que seu corpo não esteja. Eu o verei sentado no seu lugar de costume, e tocarei para você e somente para você. Além disso, nós nunca nos separamos por qualquer duração de tempo — não, nem por um único dia, desde a carta de Briancourt. Vamos tentar ver se conseguimos viver separados durante dois dias. Quem sabe? Talvez, uma hora ou outra...

— O que você quer dizer?

— Nada, apenas que você pode se cansar desta vida. Você pode, como outros homens, casar-se apenas para ter uma família.

— Uma família! — eu explodi em gargalhadas. — Esse estorvo é tão necessário para a felicidade de um homem?

— Meu amor pode fartá-lo.

— René, não fale assim! Eu conseguiria viver sem você?

Ele deu um sorriso incrédulo.

— O quê?! Você duvida do meu amor?

— Posso duvidar que as estrelas são feitas de fogo? Mas — continuou ele, vagarosamente, e olhando para mim — você duvida do meu?

Pareceu-me que ele tivesse empalidecido quando me fez essa pergunta.

— Não. Alguma vez você me deu o mais leve motivo para duvidar?

— E se eu fosse infiel?

— Teleny — falei, sentindo-me desfalecer —, você tem outro amante.

E vi-o nos braços de algum outro, saboreando aquela felicidade que era minha e só minha.

— Não — disse ele. — Eu não tenho, mas se tivesse?

— Você amaria a ele... ou a ela, e então minha vida estaria arruinada para sempre.

— Não, não para sempre. Apenas por algum tempo, talvez. Mas você não poderia me perdoar?

— Sim, se você ainda me amasse.

A ideia de perdê-lo fez com que uma dor aguda atravessasse meu coração, o que pareceu agir como uma flagelação extrema. Meu olhos encheram-se de lágrimas e meu sangue estava incendiado. Eu, então, apertei-o em meus braços e o abracei, tensionando todos os meus músculos nesse abraço; meus lábios procuraram avidamente os dele, minha língua estava dentro de sua boca. Quanto mais eu o beijava, mais triste me sentia, e mais ansioso era o meu desejo. Parei por um momento para olhá-lo. Como ele estava bonito naquele dia! Sua beleza era quase etérea.

Posso vê-lo agora, com aquele cacho de cabelo, tão macio e sedoso, da cor de um raio dourado de sol brincando através de uma taça de cristal com vinho cor de topázio, com sua boca úmida semi-aberta, oriental em sua voluptuosidade, com seus lábios cor-de-sangue que nenhuma doença havia feito murchar como os das cortesãs maquiadas e com perfume de almíscar, que vendem por ouro alguns momentos de felicidade vil, nem desbotar como os das virgens anêmicas com cinturas de vespa, cujas regras mensais não deixaram em suas veias nada além de um fluido descolorado, em lugar do sangue cor de rubi.

E aqueles olhos luminosos, nos quais um inato fogo colérico parecia temperar a lascívia da boca carnuda, assim como suas bochechas, quase infantis em sua rotundidade inocente e aveludada, em contraste com a garganta massiva, tão cheia de vigor másculo..."Concerto e forma onde realmente parecia/ que cada um dos deuses imprimira o selo/ para afiançar ao mundo que ali estava um homem."[72] , CENA (TRAD. PÉRICLES EUGÊNIO DA SILVA RAMOS).

Deixe que o esteta indiferente e recendente a lírio,

---

72. Trata-se, aqui, de uma citação do *Hamlet*, Ato III

que ama uma sombra, fustigue-me depois disto, pela paixão ardente e enlouquecida que sua beleza viril excitava no meu peito. Bem... sim, eu sou como os homens de sangue férvido nascidos no solo vulcânico de Nápoles, ou sob o sol abrasador do Oriente; e, afinal de contas, prefiro ser como Brunetto Latini[73] . — um homem que amava seus iguais — a ser como Dante, que mandou todos eles para o inferno, enquanto ele próprio foi para aquele lugar estéril chamado paraíso, com uma visão lânguida de sua própria criação.

Teleny retribuiu meus beijos com a avidez apaixonada do desespero. Seus lábios eram fogo, seu amor parecia ter-se tornado uma violência febril. Não sei o que aconteceu comigo, mas senti que aquele prazer poderia matar, mas não me acalmar. Minha cabeça estava inteiramente esbraseada!

Há dois tipos de sentimento lascivo, ambos igualmente fortes e avassaladores: o primeiro é a férvida concupiscência carnal dos sentidos, que se inflama nos órgãos genitais e sobe até o cérebro, e com ela os seres humanos...

Em alegrias nadam:
Já imaginam que divina essência,
Dentro deles reinando, asas lhes cria
Com as quais voem desprezando a terra.[74]

---

73. Brunetto Latini foi mestre e grande incentivador de Dante Alighieri. No entanto, o poeta coloca-o no Inferno, em seu poema, por ser praticante da sodomia. Cf. *A Divina Comédia*, Inferno, Canto XV

74. Versos do Canto IX do *Paraíso perdido*, de Milton, na tradução de António José de Lima Leitão. O trecho que se seguirá contém diversas referências, diretas ou indiretas, à passagem do poema de Milton em que o amor de Adão e Eva se consuma.

O outro é a fria libidinagem da fantasia, a penetrante irradiação de fel que parte do cérebro e resseca o sangue saudável, como se intoxicado de vinho novo.

O primeiro, a forte concupiscência da juventude lúbrica — que é da natureza da carne —, satisfaz-se tão logo os homens descomedidamente se fartam de ondas de amores, de ondas de deleites e a antera carregada já espalhou violentamente as sementes das quais está repleta; e então eles se sentem como nossos pais primeiros quando, fatigados de prazeres,

Um orvalhoso sono enfim os prostra.

O corpo, assim, tão deliciosamente leve parece repousar "Da fresca terra no macio regaço", e a mente preguiçosa mas semi-desperta medita em sua carapaça sonolenta.

O segundo, estimulado numa cabeça de vapores danosos produzida, é a depravação da senilidade — um desejo mórbido, como a fome da glutonaria saciada. Os sentidos, como Messalina, *lassata sed non satiata*[75] sempre fervilhantes, continuam desejando ardentemente o impossível. As ejaculações espermáticas, longe de acalmar o corpo, apenas o provocam, pois a influência excitante de uma fantasia devassa continua depois de a antera ter espargido todas as suas sementes. Ainda que produza um sangue ácrido em lugar do fluido balsâmico e cremoso, traz com ele nada além de dolorosa irritação. Se, ao contrário da satiríase, uma ereção não tem lugar, e o falo permanece flácido e sem vida, ainda assim o sistema nervoso não se encontra menos convulso de impotente desejo e lascívia — uma miragem do cérebro superaquecido, não menos pungente em função do seu efeito.

---

75. Em latim no original, "fatigada, mas não saciada".

Esses dois sentimentos combinados são algo próximo daquilo por que passei quando, mantendo Teleny preso junto ao meu peito palpitante e agitado, senti dentro de mim o contágio desse desejo ansioso, e de sua opressiva tristeza.

Eu havia tirado o colarinho e a gravata do meu amigo para ver e sentir e seu belo pescoço nu, depois, pouco a pouco, despi-o de todas as suas roupas, até que por fim ele restou nu em meu abraço.

Que modelo de graciosidade voluptuosa ele era, com seus ombros fortes e musculosos, seu peito largo e túrgido, sua pele de uma brancura perolada, suave e fresca como as pétalas de um lírio, seus membros roliços como os de Léotard,[76] por quem todas as mulheres estavam apaixonadas. Suas coxas, suas pernas e pés, em sua graça primorosa, eram modelos perfeitos.

Quanto mais olhava para ele, mais enamorado dele eu ficava. Mas a visão não era suficiente. Eu tinha de intensificar o deleite visual com o sentido do tato, tinha de sentir os músculos rijos porém elásticos na palma de minha mão, acariciar seu peito imponente e vigoroso, afagar suas costas. Delas, minhas mãos desceram até os lobos arredondados do traseiro, e apertei-o pelas nádegas de encontro a mim. Depois, arrancando minhas roupas, pressionei todo o seu corpo sobre o meu, e esfreguei-me conta ele, contorcendo-me como um verme. Deitado sobre ele como estava, minha língua introduziu-se em sua boca, procurando pela dele, que recuou, e depois

---

76. Jules Léotard (c. 1842–1870) foi um famoso acrobata e trapezista francês, criador do maiô colante ainda hoje bastante usado por dançarinos e artistas circenses.

lançou-se para fora quando a minha se retirou, pois pareciam brincar um malicioso e disputado jogo de esconde-esconde — um jogo que fazia o corpo inteiro estremecer de deleite.

Então nossos dedos trançaram o pêlo crespo e encaracolado que crescia por toda a volta das partes baixas, ou manipulavam os testículos, tão suave e gentilmente que estes mal eram sensíveis a tal toque, e ainda assim arrepiavam-se quase a ponto de verter o fluido neles contido antes da hora.

A mais habilidosa das prostitutas jamais conseguiria proporcionar sensações tão excitantes quanto aquelas que senti com meu amante, pois sua provocação é, afinal, aprendida apenas com os prazeres que ela própria sentiu, enquanto as emoções mais intensas, não sendo aquelas do seu sexo, são-lhe desconhecidas e não podem ser imaginadas por ela.

Do mesmo modo, nenhum homem jamais será capaz de enlouquecer uma mulher com tão avassaladora lascívia quanto outra tríbade, pois só esta sabe como boliná-la no ponto exato na hora H. A quintessência da felicidade pode, portanto, ser desfrutada apenas por seres do mesmo sexo.

Nossos dois corpos estavam agora num contato tão íntimo quanto o da luva com a mão que ela abriga, nossos pés provocavam um ao outro com malícia, nossos joelhos estavam pressionados, a pele de nossas coxas parecia ter-se fundido e formado uma só carne.

Embora resistisse a me levantar, ainda assim, sentindo seu falo rijo e intumescido palpitando contra o meu corpo, eu estava prestes a separar-me dele para tomar seu latejante instrumento de prazer em minha boca e drená-lo, quando ele — sentindo que o meu estava agora não apenas túrgido, mas úmido e prestes a transbordar — prendeu-me com seus braços e manteve-me onde estava.

Abrindo suas coxas, ele em seguida prendeu minhas pernas entre as suas, e enlaçou-as de tal modo que seus calcanhares estavam pressionados contra os lados das minhas panturrilhas. Por um momento, fiquei preso como se estivesse em um torno, e mal podia me mover.

Depois, afrouxando seus braços, ele se ergueu, pôs um travesseiro sob suas nádegas, que assim ficaram bem separadas — suas pernas o tempo todo muito abertas.

Tendo feito isso, ele se apossou da minha verga e pressionou-a contra seu ânus aberto. A ponta do falo fogoso logo encontrou sua entrada — no orifício hospitaleiro que se empenhava em admiti-lo. Forcei um pouco mais; toda a glande foi engolida. O esfíncter logo apertou-a de tal modo que ela não poderia sair sem esforço. Enfiei-a vagarosamente para estender ao máximo possível a inefável sensação que percorria todo o órgão, para acalmar os nervos agitados e aplacar o calor do sangue. Outro empurrão e metade do falo estava dentro do seu corpo. Puxei meia polegada para fora, embora me parecesse um metro, pelo prazer prolongado que senti. Pressionei para diante novamente, e todo ele, até a própria raiz, foi completamente engolido. Assim alojado, esforcei-me em vão para metê-lo mais fundo — um feito impossível — e, apertado como estava, senti-o contorcer-se em sua bainha como um bebê no útero de sua mãe, proporcionando a mim e a ele uma indescritível e deliciosa excitação.

Tão intensa foi a felicidade que se apoderou de mim que eu me perguntei se algum etéreo fluido gerador de vida não estaria sendo vertido sobre minha cabeça e escorrendo lentamente sobre minha carne trêmula?

Certamente, as flores despertadas pela chuva devem

ter consciência de tal sensação durante um aguaceiro, depois de terem sido ressecadas pelos raios escaldantes de um sol estival.

Teleny novamente pôs seus braços em volta de mim e segurou-me bem apertado. Olhei minha própria imagem dentro dos seus olhos, ele se viu dentro dos meus. Enquanto durava esta sensação voluptuosa e tremeluzente, afagamos os corpos um do outro com suavidade, nossos lábios aderidos e minha língua novamente dentro de sua boca. Permanecemos nesta cópula quase sem nos mexer, pois eu sentia que o mais leve movimento provocaria uma copiosa ejaculação, e aquela sensação era delicada demais para se permitir que ela passasse tão rápido. No entanto, não pudemos evitar de nos contorcer, e quase desmaiamos de prazer. Ambos tremíamos de lascívia, da raiz dos nossos cabelos até a ponta de nossos artelhos; toda a carne dos nossos corpos tremulava luxuriosamente, assim como as águas plácidas do lago fazem ao meio-dia, quando beijadas pelo doce aroma da brisa devassa que acabara de deflorar a rosa virgem.

Um deleite de tamanha intensidade não podia, porém, durar muito tempo. Algumas contrações quase involuntárias do esfíncter sacudiram o falo, e então o primeiro embate se acabou; dei uma estocada com toda força, remexi-me por cima dele; minha respiração ficou mais pesada; ofeguei, suspirei, gemi. O grosso fluido ardente esguichou lentamente e a longos intervalos.

Enquanto eu me esfregava nele, Teleny passou por todas as sensações que eu experimentava, pois mal havia sido drenado da última gota quando fui, da mesma forma, banhado pelo seu esperma fervente. Não nos beijamos mais; nossos lânguidos lábios entreabertos e inertes apenas aspiravam o hálito um do outro. Nossos olhos sem visão não mais se enxergavam mutuamente, pois caímos naquela prostração divina que se segue ao êxtase esmagador.

A inconsciência, porém, não nos tomou, mas nós permanecemos num entorpecente estado de languidez, mudos, esquecidos de tudo, exceto do amor que tínhamos um pelo outro, inconscientes de tudo, menos do prazer de sentir os corpos um do outro, que, no entanto, pareciam ter perdido sua própria individualidade, misturados e confundidos enquanto estavam juntos. Aparentemente, tínhamos apenas uma cabeça e um coração, pois batiam em total uníssono, e os mesmos pensamentos esvoaçavam por entre ambos os nossos cérebros.

Por que Jeová não nos matou naquele momento? Não o havíamos provocado o bastante? Como era possível que o ciumento Deus não invejasse nossa felicidade? Por que ele não arremessou um de seus raios vingadores contra nós e nos aniquilou?

— O quê?! E atirar vocês dois de cabeça no inferno?

— Ora, e daí? O inferno, claro, não é o empíreo — não é lugar para falsas aspirações depois de um ideal inalcançável de esperanças falaciosas e amargos desapontamentos. Nunca tendo pretendido ser o que não somos, devemos encontrar lá a verdadeira satisfação da mente, e nossos corpos serão capazes de desenvolver aquelas faculdades com as quais a natureza os dotou. Não sendo nem hipócritas, nem dissimulados, a ameaça de sermos vistos como realmente somos não pode jamais nos atormentar.

Se somos rudemente maldosos, devemos pelo menos sê-lo de modo verdadeiro. Haverá entre nós aquela honestidade que aqui na terra existe apenas entre ladrões; e além disso, deveremos ter aquele companheirismo genial dos camaradas que seguem nossa própria inclinação.

É o inferno, então, um lugar para ser temido? Assim, mesmo admitindo uma vida eterna no poço sem fundo, o que não admito, o inferno seria apenas o paraíso daqueles cuja natureza foi talhada para ele. Os animais se afligem por não terem sido criados homens? Não, creio que não. Por que deveríamos nós, então, tornarmo-nos infelizes por não termos nascido anjos?

Naquele momento, parecia que estávamos flutuando em algum lugar entre o céu e a terra, sem pensar que tudo o que tem um começo tem da mesma forma um fim.

Os sentidos estavam embotados, de forma que o sofá aveludado sobre o qual repousávamos era como um leito de nuvens. Um silêncio mortal reinava à nossa volta. Até mesmo o barulho e o zunido da grande cidade parecia ter parado — ou, pelo menos, nós não o ouvíamos. Poderia a Terra ter interrompido sua rotação, e a mão do Tempo ter se detido em sua marcha funesta?

Lembro-me de ter desejado languidamente que minha vida pudesse acabar naquele estado placidamente embotado e sonhador, idêntico a um transe mesmérico, quando o corpo entorpecido é lançado num letargo semelhante à morte, e a mente, como uma brasa entre cinzas decaídas, está vigilante o suficiente apenas para sentir a consciência da tranquilidade e do pacífico descanso.

Subitamente, fomos despertados na nossa prazerosa sonolência pelo som estridente de uma campainha elétrica.

Teleny saltou, envolveu-se às pressas num roupão e atendeu o chamado. Poucos momentos depois ele voltou com um telegrama em sua mão.

— O que é? — perguntei.

— Uma mensagem de... — ele respondeu, olhando-me tristemente, com uma certa trepidação em sua voz.

— E você tem de ir?

— Suponho que sim — disse ele, com uma lamentosa infelicidade em seus olhos.

— Isso é tão desagradável para você?

— Desagradável não é a palavra; é insuportável. Esta é a primeira separação, e...

— Sim, mas só por um ou dois dias.

— Um ou dois dias — acrescentou ele, melancolicamente — é o espaço que separa a vida e a morte...

É a pequena fresta no alaúde,
Que um dia calará a música,
E seu lento crescer constante,
A tudo silenciará.[77]

— Teleny, há alguns dias você tem um peso em sua mente... algo que não consigo entender a fundo. Não vai contar ao seu amigo o que é?

Ele abriu bem os seus olhos, como se olhasse para as profundidades do espaço ilimitado, enquanto uma expressão dolorosa se deixou ver em seus lábios, e então acrescentou, vagarosamente:

— Meu destino. Você se esqueceu da visão profética que teve naquela noite do concerto beneficente?

— O quê?! Adriano lamentando-se pela morte de Antínoo?

— Sim.

— Uma fantasia brotada no meu cérebro superestimulado pelas qualidades conflitantes da sua música húngara, tão vivamente sensual e ao mesmo tempo tão esplendidamente lamentosa.

---

77. Versos de *Merlin and Vivien* (*Merlin e Vivien*), de Tennyson.

Ele sacudiu sua cabeça com tristeza.

— Não, foi algo mais do que fútil fantasia.

— Uma mudança vem acontecendo em você, Teleny. Talvez seja o elemento religioso ou espiritual em sua natureza que esteja justamente agora predominando sobre o sensual, mas você não é o que era.

— Sinto que tenho sido muito feliz, mas essa nossa felicidade é construída sobre a areia... uma ligação como a nossa...

— Não abençoada pela Igreja, repugnante aos bons sentimentos da maioria dos homens.

— Bem... sim, em tal amor há sempre
Uma pinta que perfura a fruta no celeiro
E, arruinada até o miolo, aos poucos apodrece todas.[78]
Por que nos conhecemos... ou melhor, por que um de nós não nasceu mulher? Se ao menos você fosse uma pobre garota...

— Vamos, deixe de lado suas fantasias mórbidas, e diga-me com toda franqueza se você me amaria mais do que ama.

Ele olhou-me com tristeza, mas não conseguia convencer-se a dizer uma inverdade. No entanto, depois de um momento, acrescentou, suspirando:

Há um amor que é para durar,
Até o calor da juventude se acabar.[79]
Diga-me, Camille, o seu amor é como este?

— Por que não? Você não pode ter para sempre tanto carinho por mim quanto eu tenho por você, ou eu só me importo por você por conta dos prazeres sensuais que

78. Versos do poema *All in All*, de Tennyson.

79. Versos do poema *One Year Ago*, de Walter Savage Landor (1775–1864).

me proporciona? Você sabe que o meu coração anseia por você quando os sentidos estão saciados e o desejo entorpecido.

— No entanto, se não fosse por mim, você poderia ter amado alguma mulher com quem pudesse se casar...

— E ter descoberto, mas tarde demais, que nasci com outros desejos. Não, cedo ou tarde eu teria de seguir o meu destino.

— Agora pode ser muito diferente. Saciado do meu amor, você pode, talvez, casar-se e esquecer-me.

— Nunca. Mas vamos, você estava se confessando? Está para se tornar calvinista? Ou, como a Dama das Camélias ou Antínoo, acha necessário sacrificar-se a mim no altar do amor?

— Por favor, não brinque.

— Não, eu vou lhe dizer o que faremos. Vamos deixar a França. Vamos para a Espanha, para o sul da Itália... não, vamos deixar a Europa, e ir para o Oriente, onde eu certamente devo ter vivido em alguma vida anterior, e que tenho anseios de conhecer, como se a terra "Onde as flores desabrocham, os raios solares sempre fulgem",[80] fosse o lar da minha infância; lá, desconhecido de todos, esquecido pelo mundo.

— Sim, mas eu posso deixar esta cidade? — disse ele, pensativo, mais para si mesmo que para mim.

Eu sabia que nos últimos tempos Teleny vinha tendo muitas demandas, e que sua vida com frequência se tornava aborrecida pelos agiotas.

Importando-me muito pouco, portanto, com o que as pessoas pudessem pensar de mim — além do mais, quem não tem uma boa opinião de um homem que paga? —,

---

80. Verso do poema *A Noiva de Abidos*, de Lord Byron.

eu reunira todos os seus credores e, sem o conhecimento dele, quitara todos os seus débitos. Eu estava para contar--lhe sobre isso, e aliviá-lo do peso que o oprimia, quando o Destino – cego, inexorável, esmagador Destino – selou minha boca.

Novamente, a campainha da porta soou alto. Tivesse ela sido tocada alguns segundos mais tarde, como a vida dele e a minha teriam sido diferentes! Mas foi *Kismet*,[81] como dizem os turcos.

Era a carruagem que chegara para levá-lo à estação. Enquanto ele se aprontava, ajudei-o a guardar seu traje de gala e outras pequenas coisas de que poderia precisar. Tomei, por acaso, uma pequenina caixa de fósforos contendo camisas de Vênus e, sorrindo, disse-lhe:

– Veja, vou colocá-las na sua mala. Elas podem ser úteis.

Ele estremeceu e ficou mortalmente pálido.

– Quem sabe? – falei. – Alguma bela dama benfeitora...

– Por favor, não brinque – ele retorquiu, quase zangado.

– Oh! Agora eu posso me permitir isso, mas antes... você sabe que eu já tive ciúmes de minha mãe?

Teleny, naquele momento, derrubou o espelho que estava segurando, o qual, ao cair, partiu-se em pedaços.

Por um instante, ambos parecíamos horrorizados. Aquilo não era um presságio ameaçador?

Naquele momento, o relógio no console da lareira soou as horas. Teleny encolheu seus ombros.

– Vamos – disse ele –, não há tempo a perder.

---

81. "Destino."

Ele apanhou sua valise e nos apressamos escada abaixo.

Acompanhei-o até a estação, e antes de deixá-lo, quando ele ia desembarcar da carruagem, meus braços se fecharam em torno dele e nossos lábios se encontraram num último e prolongado beijo. Uniram-se afetuosamente um ao outro, não com a febre do desejo, mas com um amor repleto de ternura, e uma dor que comprimia os músculos do coração.

Seu beijo era como a última emanação de uma flor que murcha, ou como o doce perfume exalado ao anoitecer por uma daquelas delicadas flores brancas de cacto, que abrem suas pétalas ao alvorecer, acompanham o sol em sua marcha diurna, e depois se abatem e murcham com os últimos raios do astro.

Ao me separar dele, senti-me como se tivesse sido despojado de minha própria alma. Meu amor era como uma túnica de Nesso,[82] e separar-me dele era tão doloroso como ter minha carne arrancada em postas. Era como se a minha alegria de viver tivesse sido tirada de mim.

Observei-o enquanto ele se afastava apressadamente com seu andar saltitante e sua graça felina. Quando alcançou o portão, ele se virou. Estava mortalmente pálido, em seu desespero parecia um homem prestes a cometer suicídio. Acenou-me um último adeus e rapidamente desapareceu.

O sol havia se posto para mim. A noite havia caído

---

82. Referência à túnica embebida com o sangue envenenado do centauro Nesso, oferecida ingenuamente por Dejanira a seu amante Hércules. Ao aderir inseparavelmente à carne do herói mitológico, causando-lhe queimaduras insuportáveis, a túnica levou-o a atirar-se vivo numa pira funerária, como única forma de se livrar do sofrimento.

sobre o mundo. Senti-me como uma alma retardatária; Ao inferno e ao céu refratária[83] e, trêmulo, perguntei-me que lamentações surgiriam de toda aquela escuridão?

A visível agonia no rosto dele despertou um terror profundo dentro de mim; depois pensei como ambos éramos tolos em causar um ao outro uma dor tão desnecessária, e corri para fora da carruagem atrás dele.

Repentinamente, um corpulento camponês grosseirão correu de encontro a mim e me prendeu nos seus braços.

— Oh...! — não entendi o nome que ele disse — Que satisfação inesperada! Há quanto tempo você estava aqui?

— Deixe-me ir... deixe-me ir! Você está enganado! — Gritei, mas ele me prendeu com mais força.

Enquanto lutava com o homem, ouvi o sino tocar. Com um forte safanão eu o empurrei e corri até a estação. Alcancei a plataforma alguns segundos tarde demais, o trem estava em movimento, Teleny havia desaparecido.

Nada mais me restava então a fazer além de postar uma carta para aquele meu amigo, implorando que ele me perdoasse por ter feito o que frequentemente me proibira de fazer; ou seja, ordenar ao meu advogado que reunisse todas as suas contas pendentes e pagasse todos aqueles débitos que por tanto tempo haviam pesado sobre ele. Essa carta, porém, ele nunca recebeu.

Saltei novamente para dentro do carro e fui conduzido até meu escritório através das avenidas populosas da cidade.

Que agitação estridulante havia por todo lugar! Que sórdido e sem sentido este mundo parecia!

---

83. Versos do poema *The Garden of Proserpine*, de Algernon Charles Swinburne (1837–1909)

Uma mulher de sorriso forçado e roupas chamativas lançava olhares libidinosos para um rapaz, e tentava-o a acompanhá-la. Um sátiro caolho devorava com o olhar uma garota muito jovem – uma mera criança. Achei que o conhecia. Sim, era aquele meu asqueroso colega de escola, Bion, exceto que parecia-se ainda mais com um cafetão do que seu pai costumava parecer. Um homem gordo de cabeça lustrosa carregava um melão cantalupo, e sua boca parecia salivar em antecipação ao prazer que sentiria ao comê-lo depois da sopa, com sua esposa e filhos. Perguntei-me se algum homem ou mulher poderia um dia ter beijado aquela boca babona sem sentir náuseas.

Eu havia, durante os últimos três dias, negligenciado completamente meu escritório, e meu gerente estava enfermo. Portanto, senti que era meu dever voltar ao trabalho e fazer o que tinha de ser feito. Apesar da dor que mordia meu coração, comecei a responder cartas e telegramas ou dar as ordens necessárias para que eles fossem respondidos. Trabalhei de maneira febril, mais como uma máquina do que como um homem. Por algumas horas, fiquei completamente absorvido em complicadas transações comerciais, e embora trabalhasse e fizesse cálculos com clareza, ainda o rosto do meu amigo, com seus olhos pesarosos, sua boca voluptuosa com o sorriso amargo, estava sempre diante de mim, enquanto o sabor do seu beijo ainda se fazia sentir nos meus lábios.

A hora de fechar o escritório chegou, e ainda assim nem metade das minhas incumbências estava feita. Vi, como num sonho, as faces consternadas dos meus funcionários privados de seus jantares ou de seus prazeres. Todos eles tinham algum lugar para onde ir. Eu estava sozinho, até mesmo a minha mãe estava ausente. Portanto, ordenei que eles se fossem, dizendo que ficaria com o escriturário chefe. Não esperaram que eu dissesse duas vezes; num piscar de olhos, o escritório estava vazio.

Quanto ao contador, era um fóssil comercial, uma espécie de máquina de calcular animada; havia ficado tão velho no ofício que todas as suas juntas rangiam como dobradiças enferrujadas cada vez que ele se movia, de modo que muito raramente saía do lugar. Ninguém jamais o vira em qualquer outro local que não o seu banco alto; sempre estava em seu posto antes que qualquer um dos funcionários mais jovens chegasse, e ainda estava ali quando eles partiam. A vida para ele tinha um só objetivo — o de fazer somas incontáveis.

Sentindo-me um tanto indisposto, mandei o *office-boy* comprar uma garrafa de *dry sherry* e uma caixa de *wafers* de baunilha. Quando o rapaz voltou, disse-lhe que podia ir embora.

Servi uma taça do vinho para o escriturário e entreguei-lhe a caixa de biscoitos. O velho tomou a taça com sua mão apergaminhada e ergueu-a contra a luz como se estivesse calculando suas propriedades químicas ou seu peso específico. Então, sorveu-o lentamente e com evidente gosto.

Quanto ao *wafer*, olhou-o com cuidado, como se fosse um cheque prestes a ser registrado por ele.

Depois, pusemo-nos a trabalhar novamente, e por volta das dez horas, todas as cartas e despachos haviam sido respondidos e eu dei um profundo suspiro de alívio.

— Se meu gerente vier amanhã, como disse que viria, ficará satisfeito comigo.

Sorri quando esse pensamento passou pela minha mente. Por que eu estava trabalhando? Pelo lucro, para agradar meu funcionário ou pelo trabalho em si? Estou certo de que pouco sabia. Acho que trabalhava pela excitação febril que o trabalho me proporcionava, assim como os homens jogam xadrez para manter seu cérebros ativos com outros pensamentos além daqueles que os oprimem; ou, talvez, porque nasci com propensões ao trabalho, como as abelhas ou as formigas.

Não querendo manter o pobre escriturário em seu banco por mais tempo, admiti-lhe o fato de que estava na hora de fechar o escritório. Ele se levantou vagarosamente, com um som crepitante, tirou seus óculos como um autômato, limpou-os preguiçosamente, colocou-os em seu estojo, apanhou calmamente outro par — pois tinha óculos para todas as ocasiões — colocou-os em seu nariz e depois olhou para mim.

— Você concluiu um grande volume de trabalho. Se seu avô e seu pai pudessem tê-lo visto, certamente teriam ficado satisfeitos com você.

Novamente servi duas taças de vinho, uma das quais entreguei a ele. Saboreou o vinho, contente, não com a bebida em si, mas pela minha gentileza em oferecê-lo a ele. Depois trocamos um aperto de mãos e ele partiu.

Para onde eu iria agora... para casa?

Desejei que minha mãe estivesse de volta. Havia recebido uma carta dela naquela mesma tarde, na qual dizia que, em vez de retornar dentro de um ou dois dias, como havia pretendido fazer, ela poderia, talvez, partir para a Itália por curto tempo. Estava sofrendo de um ligeiro ataque de bronquite, e temia a umidade e os nevoeiros da nossa cidade.

Pobre mamãe! Naquele momento eu pensei que, desde que me tornara íntimo de Teleny, houvera um ligeiro estranhamento entre nós; não que eu a amasse menos, mas porque Teleny absorvia todas as minhas faculdades mentais e corporais. No entanto, agora que ele estava ausente, eu quase sentia saudades maternas, e decidi escrever-lhe uma carta longa e afetuosa tão logo chegasse em casa.

Nesse meio-tempo, caminhei ao acaso. Depois de ter andado a esmo por cerca de uma hora, encontrei-me inesperadamente diante da casa de Teleny. Havia conduzido meus passos naquela direção sem saber para onde ia. Olhei para as janelas de Teleny com olhos saudosos. Como eu amava aquela casa. Poderia beijar até as pedras onde ele havia pisado.

A noite estava escura mas sem nevoeiro, a rua — muito tranquila — não era das mais iluminadas, e por alguma razão a lâmpada de gás mais próxima havia se apagado.

Enquanto continuava contemplando as janelas, pareceu-me avistar uma luz fraca tremeluzindo pelas frestas das cortinas fechadas.

— É claro — pensei — que é apenas minha imaginação.

Apertei meus olhos.

— Não, por certo não estou enganado — disse eu em voz alta, audível apenas por mim mesmo. — Certamente há luz ali.

Teleny teria voltado?

Talvez ele tivesse sido presa do mesmo estado de melancolia que caíra sobre mim quando nos separamos. A angústia visível no meu rosto lívido deve tê-lo paralisado, e no estado em que se encontrava ele não poderia tocar, por isso voltara. Talvez, também, o concerto tivesse sido adiado.

Talvez fossem ladrões?

Mas, se Teleny...?

Não, a simples ideia era absurda. Como eu podia suspeitar da fidelidade do homem que amava? Contraí-me diante de tal suposição como diante de uma coisa atroz... de algum tipo de profanação moral. Não, tinha de ser qualquer outra coisa que não aquilo. A chave da porta do andar de baixo estava na minha mão, eu já estava dentro da casa.

Afastei-me furtivamente degraus acima, no escuro, pensando na primeira noite em que havia acompanhado meu amigo até ali, em como havíamos parado para nos abraçar e beijar a cada degrau.

Mas naquele momento, sem meu amigo, a escuridão pesava sobre mim, oprimido-me, esmagando-me. Cheguei finalmente ao patamar do mezanino onde Teleny morava; a casa toda estava perfeitamente silenciosa.

Antes de pôr a chave, olhei pelo buraco da fechadura. Teria Teleny, ou seu criado, deixado o gás aceso na antecâmara e em um dos quartos? Então a lembrança do espelho quebrado me veio à mente; todo tipo de pensamentos horríveis esvoaçou pelo meu cérebro. Então, novamente, contra minha vontade, a horrível apreensão de ter sido suplantado na afeição de Teleny por alguma outra pessoa impôs-se sobre mim.

Não, isso era ridículo demais. Quem poderia ser esse rival?

Como um ladrão, introduzi a chave na fechadura. As dobradiças eram bem lubrificadas, a porta cedeu sem fazer ruído e se abriu. Fechei-a cuidadosamente, sem emitir o mais leve som. Infiltrei-me nas pontas dos pés.

Havia, por todo lugar, tapetes espessos que abafavam meus passos. Fui até o quarto onde, poucas horas antes, havia conhecido uma felicidade tão arrebatadora.

Estava aceso.

Ouvi sons abafados dentro dele.

Eu sabia muito bem o que aqueles sons significavam. Pela primeira vez, senti a pontada despedaçadora do ciúme. Parecia que uma adaga envenenada tivesse subitamente sido cravada no meu coração; como se uma imensa hidra tivesse agarrado meu corpo entre suas mandíbulas e perfurado a carne do meu peito com as suas enormes presas.

Por que eu havia entrado ali? O que faria agora? Para onde eu iria?

Senti-me desabar.

Minha mão já estava na porta, mas antes de abri-la fiz o que suponho que a maioria das pessoas teria feito. Tremendo da cabeça aos pés, com o coração abalado, curvei-me e olhei pelo buraco da fechadura.

Estava sonhando... era aquilo um pesadelo assustador?

Finquei as unhas profundamente em minha carne para me convencer de que estava consciente.

E ainda assim, não tinha certeza de estar vivo e desperto.

A vida, às vezes, perde seu senso de realidade; ela nos parece uma estranha ilusão de ótica — uma bolha fantasmagórica que desaparecerá ao mais leve sopro.

Contive minha respiração e olhei.

Aquilo não era, então, ilusão alguma — nem uma visão da minha fantasia superexcitada.

Ali, naquela cadeira — ainda quente dos nossos abraços — dois seres estavam sentados.

Mas quem eram eles?

Talvez Teleny tivesse cedido seu apartamento a algum amigo por aquela noite. Talvez tivesse esquecido de mencionar o fato a mim, ou então não julgasse necessário fazê-lo.

Sim, certamente deveria ser isso. Teleny não podia me enganar.

Olhei novamente. Como a luz dentro do quarto era muito mais intensa que a do corredor de acesso, eu podia perceber tudo com clareza.

Um homem, cuja forma eu não podia ver, estava sentado naquela cadeira concebida pela mente engenhosa de Teleny para aumentar a satisfação sensual. Uma mulher de cabelos escuros e desalinhados, vestida com uma túnica de cetim branco, estava sentada de pernas abertas sobre ele. Suas costas estavam, desse modo, voltadas para a porta.

Forcei meus olhos para captar cada detalhe, e vi que ela não estava realmente sentada, mas erguida nas pontas dos pés, de modo que, embora corpulenta, saltitava com leveza sobre os joelhos do homem.

Embora não pudesse ver, compreendi que a cada vez que ela caía, recebia dentro de seu orifício o pivô avantajado ao qual parecia tão firmemente acoplada. Além disso, que o prazer que recebia desse modo era tão excitante que fazia com que ela ricocheteasse como uma bola elástica, mas apenas para cair novamente e assim engolfar entre seus lábios carnudos, esponjosos e bem lubrificados, a totalidade daquela verga latejante de prazer até a sua raiz peluda. Fosse ela quem fosse — alta dama ou prostituta — não era uma principiante, mas uma mulher de grande experiência, para ser capaz de cavalgar aquela corrida citereia com tão manifesta habilidade.

Enquanto espiava, vi que seu gozo ficava cada vez mais forte: estava atingindo seu paroxismo. De uma marcha, ela havia ido tranquilamente a um trote, e depois a um meio galope. Então, enquanto continuava cavalgando, agarrou, com paixão sempre crescente, a cabeça do homem sobre cujos joelhos estava montada. Era claro que o contato dos lábios de seu amante, e o intumescer e serpentear da sua ferramenta dentro dela, excitou-a até uma fúria erótica, de modo que ela disparou num galope, "que se lança bem mais alto,/ que em desejo audaz se agita/ para chegar ao delicioso/ destino da sua jornada".[84]

Nesse meio-tempo, o homem, quem quer que fosse, depois de ter passado suas mãos pelos lobos massivos do traseiro dela, começou a dar-lhe tapas, e a apertar e massagear os seus seios, acrescentando assim ao seu prazer mil pequenas carícias que quase a enlouqueceram.

Lembro-me, agora, de um fato muito curioso, que demonstra o modo como nossos cérebros funcionam, e como nossa mente é atraída por delicados objetos irrelevantes, mesmo quando concentrada nos mais tristes pensamentos. Lembro-me de sentir um certo prazer artístico pelo efeito sempre cambiante de luz e sombra lançado em diferentes partes da rica túnica de cetim da dama, quando esta cintilava sob os raios luminosos da lâmpada acima deles. Lembro-me de admirar seus tons perolados, sedosos e metálicos, ora deslumbrantes, ora tênues, ou apagando-se num lustro embotado.

Justo nesse momento, porém, a cauda de sua túnica enroscou-se em algum ponto em torno da perna da cadeira, de modo que, como esse incidente impedia seus movimentos rítmicos e cada vez mais rápidos, abraçando-se ao pescoço do seu amante, ela conseguiu habilmente despir-se de sua veste, ficando assim inteiramente nua entre os braços do homem.

---

84. Versos do poema "The Bells", de Edgar Allan Poe (1809–1849).

Que corpo esplêndido ela possuía! O de Juno, em toda a sua majestade, não poderia ser mais perfeito. Mal tive tempo, no entanto, para admirar sua beleza luxuriante, sua graça, sua força, a magnífica simetria do seu perfil, sua agilidade, ou sua destreza, pois a cavalgada estava agora chegando ao fim.

Ambos estavam trêmulos sob o encanto daquela excitação arrebatadora que precede o extravasamento dos dutos espermáticos. Era evidente que a ponta da ferramenta do homem era sugada pela boca vaginal, uma contração de todos os nervos se seguiu; a bainha na qual a coluna inteira estava contida havia se estreitado, e ambos os corpos contorciam-se de maneira convulsa.

Certamente, depois de espasmos tão poderosos, prolapso e inflamação do útero deveriam se seguir, mas afinal, que êxtase ela devia proporcionar.

Então eu ouvi suspiros combinados e arrulhos baixos e ofegantes, sons guturais de prazer, acabando em beijos sufocantes dados por lábios ainda colados languidamente um ao outro. Então, enquanto eles ainda tremiam com os últimos espasmos de prazer, eu tremi de agonia, pois estava quase certo de que o homem tinha de ser o meu amante.

Mas quem poderia ser aquela mulher odiosa?, perguntei a mim mesmo.

No entanto, a visão daqueles dois corpos nus agarrados num abraço tão excitante, aqueles dois lobos massivos de carne, brancos como a neve recém-caída, o som sufocado de seu êxtase beatífico, dominou por um momento o meu ciúme excruciante, e fiquei excitado a um ponto tão ingovernável que mal pude me refrear para não correr quarto adentro. Meu pássaro palpitante — meu rouxinol, como o chamam na Itália — como o estorninho de Sterne, tentava escapar de sua gaiola; e não apenas isso, mas também levantava sua cabeça de tal modo que parecia ter desejos de alcançar o buraco da fechadura.

Meus dedos já estavam na maçaneta da porta. Por que não irromper quarto adentro e tomar parte na festa, ainda que com mais humildade, e como um mendigo, entrar pela porta dos fundos?

Por que não, afinal!

Nesse exato momento, a dama cujos braços ainda estavam fortemente agarrados ao pescoço do homem, disse...

— *Bon Dieu*! Como isso foi bom! Não sinto um gozo tão intenso há muito tempo.

Por um instante, fiquei atônito. Meus dedos soltaram a maçaneta da porta, meu braço caiu, até mesmo meu pássaro tombou sem vida.

Que voz!

— Mas eu conheço essa voz — disse comigo mesmo. — Ela soa mais do que familiar para mim. Apenas o sangue que me sobe à cabeça e entorpece meus ouvidos me impede de compreender de quem é essa voz.

Enquanto, em meu assombro, eu havia erguido minha cabeça, ela se levantara e se virara. De pé como estava agora, e perto da porta, meus olhos não conseguiam alcançar seu rosto, apesar de eu conseguir ver o seu corpo nu — dos ombros para baixo. Era uma figura maravilhosa, a mais bela que eu jamais vira. Um torso de mulher no auge de sua beleza.

Sua pele era de uma brancura ofuscante, e rivalizava em lisura, assim como em lustro perolado, com o cetim da túnica que havia tirado. Seus seios — talvez um pouco grandes demais para serem esteticamente belos — pareciam pertencer a uma daquelas voluptuosas cortesãs venezianas pintadas por Ticiano; eles se erguiam redondos e firmes como se estivessem inchados de leite; os mamilos túmidos, como dois delicados botões de flor rosados, eram circundados por um halo castanho que parecia a franja sedosa do maracujá.

A poderosa linha dos quadris exibia-se para avantajar a beleza das pernas. Sua barriga — tão perfeitamente redonda e lisa — era parcialmente coberta por uma pelagem magnífica, preta e acetinada como a de um castor, e no entanto eu podia ver que havia sido mãe, pois ela estava *moiré*[85] como seda lavada, porque dos lábios escancarados e úmidos, gotas peroladas gotejavam lentamente.

Embora não estivesse exatamente em sua primeira juventude, não era por isso menos desejável. Sua beleza tinha toda a graça da rosa plenamente desabrochada, e o prazer que ela evidentemente podia proporcionar era o da flor encarnada em sua fragrante floração; aquela beatitude que faz com que a abelha que suga seu mel desfaleça de deleite no seu seio. Esse corpo afrodisíaco, como pude ver, foi feito, e certamente proporcionara prazer, para mais de um homem, uma vez que ela havia evidentemente sido dotada pela natureza para ser uma das devotas de Vênus.

Depois de exibir assim a sua beleza maravilhosa diante dos meus olhos deslumbrados, ela se pôs de lado e pude ver o parceiro de sua brincadeira amorosa. Embora seu rosto estivesse coberto com as mãos, era Teleny. Não havia engano quanto a isso.

---

85. Em francês no original, "lustrosa".

Primeiro, sua bela figura, depois seu falo, que eu conhecia tão bem, por último — quase desmaiei quando meus olhos caíram sobre ele —, em seu dedo cintilava o anel que eu havia lhe dado.

Ela tornou a falar.

Ele tirou suas mãos do rosto.

Era ele! Era Teleny... meu amigo... meu amante... minha vida!

Como posso descrever o que senti? Parecia-me como se estivesse respirando fogo; como se uma chuva de cinzas incandescentes se derramasse sobre mim.

A porta estava trancada. Agarrei sua maçaneta e sacudi-a como um poderoso redemoinho de vento agita as velas de uma grande fragata, e depois a deixa em farrapos. Arrombei-a.

Eu vacilei no limiar. O chão pareceu ceder sob meus pés; tudo girava à minha volta; eu estava no centro de um poderoso turbilhão. Agarrei-me à moldura da porta para não cair, pois ali, para meu inexprimível horror, encontrei-me face a face com... minha própria mãe!

Houve um triplo grito de vergonha, de terror, de desespero — um grito penetrante e agudo que ressoou pelo ar imóvel da noite, tirando todos os ocupantes daquela casa silenciosa de seus sonos pacíficos.

— E você... o que você fez?

— O que eu fiz? Eu realmente não sei. Devo ter dito algo... devo ter feito algo, mas não tenho a menor lembrança do que foi. Então, desci tropegamente as escadas na escuridão. Foi como avançar cada vez mais para baixo num poço profundo. Lembro-me apenas de correr através das ruas obscuras... correr como um louco, para onde eu não sabia.

Senti-me amaldiçoado como Caim, ou como o Judeu Errante, por isso corri aleatoriamente.

Eu havia fugido deles, seria capaz de fugir do mesmo modo de mim mesmo?

Subitamente, numa esquina, choquei-me com alguém. Ambos recuamos. Eu, perplexo e aterrorizado; ele, simplesmente surpreso.

— E quem foi que você encontrou?

— Minha própria imagem. Um homem exatamente igual a mim — meu *doppelgänger*, de fato. Ele me encarou por um instante e depois prosseguiu. Eu, ao contrário, corri com toda a força que me restava.

Minha cabeça estava girando, minhas forças, sucumbindo, tropecei várias vezes, mas ainda assim continuei correndo.

Estaria louco?

De repente, ofegante, sem fôlego, com o corpo e a mente escoriados, encontrei-me parado sobre a ponte — não só isso, no ponto exato onde estivera parado alguns meses antes.

Dei uma gargalhada áspera e estridente que me assustou. Então as coisas haviam chegado àquele ponto, afinal.

Lancei um olhar apressado aos arredores. Uma sombra escura cresceu a distância. Era meu outro eu?

Tremendo, tiritando, enlouquecido, sem um segundo de reflexão, subi no parapeito e mergulhei de cabeça na correnteza espumante lá embaixo.

Eu estava novamente no meio de um turbilhão; ouvia o ruído das águas apressadas nos meus ouvidos; a escuridão era opressiva em toda a minha volta, um mundo de pensamentos esvoaçou pelo meu cérebro com rapidez assombrosa, e então, por algum tempo, mais nada.

Apenas lembro-me vagamente de ter aberto meus olhos e visto, como num espelho, meu próprio rosto lívido olhando fixamente para mim.

Um vazio caiu novamente sobre mim. Quando finalmente recobrei meus sentidos, encontrei-me no necrotério — aquela pavorosa casa mortuária, o necrotério! Tomaram-me por morto e levaram-me para lá.

Olhei em volta, não vi nada além de faces desconhecidas. Meu outro eu não era visível em lugar algum.

— Mas ele realmente existia?

— Sim.

— Quem era ele?

— Um homem da minha idade, e tão exatamente semelhante a mim que poderíamos ter sido tomados por irmãos gêmeos.

— E ele salvou sua vida?

— Sim. Parece que quando nos encontramos, ele ficou chocado não apenas com a forte semelhança que existia entre nós, mas também pela minha aparência transtornada, por isso ele se dispôs a seguir-me. Vendo-me atirar-me na água, ele correu atrás de mim e conseguiu me tirar de dentro dela.

— E você voltou a vê-lo?

— Sim, pobre sujeito! Mas esse é outro estranho incidente da minha vida excessivamente agitada. Talvez eu o conte a você em alguma outra ocasião.

— Então, saindo do necrotério?

— Pedi para ser transportado para algum hospital vizinho, onde poderia ter um quarto particular só para mim, onde não teria de ver ninguém, onde ninguém me veria, pois senti-me doente... muito doente.

Quando estava prestes a entrar na carruagem e abandonar minha casa mortuária, um corpo amortalhado foi levado para lá. Disseram que era um jovem que havia acabado de cometer suicídio.

Tive um calafrio de medo, uma terrível suspeita tomou minha mente. Implorei para o médico que estava comigo que mandasse o cocheiro parar. Eu tinha de ver aquele cadáver. Tinha de ser Teleny. O médico não me deu atenção, e o carro partiu.

Ao chegar ao hospital, meu acompanhante, vendo meu estado mental, mandou perguntar quem era o homem morto. O nome que mencionaram era-me desconhecido.

Três dias se passaram. Quando digo três dias, refiro-me a um enfadonho e interminável intervalo de tempo. Os opiáceos que o médico me deu haviam-me posto para dormir, e interromperam até mesmo o horrível abalo dos meus nervos. Mas que opiáceo pode curar um coração esmagado?

Ao fim desses três dias, meu gerente havia-me encontrado e foi me ver. Ele pareceu terrificado com a minha aparência.

Pobre homem! Não sabia o que dizer. Evitava qualquer coisa que pudesse chocar os meus nervos, por isso falou de negócios. Ouvi-o por algum tempo, embora suas palavras não tivessem qualquer significado para mim, depois consegui arrancar dele que minha mãe havia deixado a cidade, e que já escrevera a ele de Genebra, onde estava hospedada naquele momento. Ele não mencionou o nome de Teleny, e eu próprio não me atrevia a pronunciá-lo.

Ele me ofereceu um quarto na sua residência, mas eu recusei e fui para minha casa com ele. Agora que minha mãe se fora eu era obrigado a ir para lá – pelo menos por alguns dias.

Ninguém havia me procurado durante minha ausência; não havia cartas ou mensagens para mim, de modo que eu também podia dizer:

"Os meus parentes me deixaram, e os meus conhecidos se esqueceram de mim.

Os que se abrigam na minha casa e as minhas servas tomam-me por um estranho: sou um estrangeiro aos olhos deles."[86]

Como Jó, sentia agora que...

"Todos os meus amigos mais íntimos me abominam, e até os que eu amava se voltaram contra mim. Até as criancinhas me desprezam."

No entanto, eu estava ansioso para saber algo de Teleny, pois terrores me faziam temer por todos os lados. Teria ele partido com minha mãe sem deixar a mais breve mensagem para mim?

Entretanto, o que ele escreveria?

Se tivesse continuado na cidade, eu não havia lhe dito que, qualquer que pudesse ser a sua culpa, eu sempre o perdoaria se ele me mandasse o anel?

— E se ele tivesse mandado, você conseguiria tê-lo perdoado?

— Eu o amava.

Eu não podia suportar aquele estado de coisas por mais tempo. A verdade, embora dolorosa, era preferível àquele suspense medonho.

Procurei Briancourt. Encontrei seu estúdio fechado e fui até sua casa. Ele estava ausente havia dois dias. Os criados não sabiam onde ele estava. Pensaram que ele tivesse, talvez, ido para a casa de seu pai, na Itália.

---

86. Esta citação e a seguinte, pertencem ao livro bíblico de Jó, capítulo 19.

Desconsolado, perambulei pelas ruas e logo me encontrei novamente diante da casa de Teleny. A porta do andar de baixo ainda estava aberta. Passei furtivamente pela guarita do porteiro, com menos medo que ele me parasse e falasse comigo que de saber que meu amigo não estava em casa. Ninguém, porém, me notou. Rastejei degraus acima, trêmulo, sem forças, nauseado. Pus a chave na fechadura, a porta se abriu sem ruído como havia feito algumas noites antes. Eu entrei.

Então me perguntei o que faria em seguida, e quase girei sobre meus calcanhares e fugi.

Enquanto estava ali parado, hesitando, pensei ouvir um fraco gemido.

Escutei. Tudo estava em silêncio.

Não, havia um gemido... um baixo lamento moribundo.

Parecia partir do quarto branco.

Estremeci com horror.

Corri para lá.

A lembrança do que vi congela a própria medula dos meus ossos.

Mesmo quando me recordo, sinto medo e o tremor toma conta da minha carne.

Vi uma poça de sangue coagulado sobre a brancura ofuscante do tapete de pele, e Teleny, meio estendido, meio caído sobre o sofá coberto com a pele de urso. Uma pequena adaga estava cravada no seu peito e o sangue continuava a gotejar da ferida.

Lancei-me sobre ele; ainda não estava morto; ele gemeu; abriu seus olhos.

Dominado pelo sofrimento, confundido pelo terror, perdi toda a presença de espírito. Larguei sua cabeça e apertei minhas têmporas pulsantes entre as palmas das mãos, tentando recompor meus pensamentos e dominar-me para poder ajudar meu amigo.

Deveria tirar a faca da ferida? Não, isso poderia ser fatal.

Ah, se eu tivesse algum conhecimento de cirurgia! Mas não tendo nenhum, a única coisa que podia fazer era procurar ajuda.

Corri até o patamar da escada. Gritei com todas as minhas forças: – Socorro, socorro! Fogo, fogo! Socorro!

Sobre a escada, minha voz soou como um trovão.

O porteiro saiu de sua guarita imediatamente.

Ouvi portas e janelas se abrirem. Gritei novamente: "Socorro!", e então, agarrando uma garrafa de conhaque do armário da sala de jantar, voltei correndo para meu amigo.

Umedeci seus lábios. Verti algumas colheres de *brandy*, gota a gota, em sua boca.

Teleny abriu seus olhos novamente. Eles estavam baços e quase mortos; exceto que aquele olhar melancólico que ele sempre tinha havia aumentado com tal intensidade que suas pupilas estavam tão soturnas quanto uma sepultura escancarada. Eles me comoveram com uma angústia indescritível. Mal podia enfrentar aquele olhar lamentável, duro como pedra. Senti meus nervos enrijecerem, minha respiração parou, irrompi num pranto convulso.

– Oh, Teleny, por que você se matou? – lamentei. – Como você pôde duvidar do meu perdão, meu amor?

Ele evidentemente me ouviu, e tentou falar, mas não conseguiu produzir o mais leve som.

– Não, você não pode morrer, eu não posso continuar sem você, você é minha própria vida.

Senti que meus dedos eram pressionados ligeiramente, imperceptivelmente.

O porteiro então fez sua aparição, mas parou no limiar assustado, aterrorizado.

— Um médico... por misericórdia, um médico! Tome uma carruagem... corra! — falei, implorando.

Outras pessoas começaram a entrar. Fiz sinal para que elas recuassem.

— Feche a porta. Não deixe ninguém mais entrar, mas pelo amor de Deus, traga um médico antes que seja tarde demais!

As pessoas, perplexas, ficaram paradas a alguma distância, contemplando a cena horrível.

Teleny novamente moveu os seus lábios.

— Shh! Silêncio! — sussurrei, com severidade. — Ele está falando!

Senti-me desolado por não ser capaz de entender uma só palavra do que ele queria dizer. Depois de várias tentativas infrutíferas, consegui compreender:

— Perdão!

— Se eu perdôo você, meu anjo? Mas eu não apenas o perdôo, eu daria minha vida por você!

A expressão triste nos seus olhos se tornou mais profunda, mas ainda assim, dolorosos que fossem, um olhar mais alegre parecia ter-se tornado visível neles. Pouco a pouco, a profunda tristeza aparentemente gerou uma inefável doçura. Mal pude suportar seus olhares por mais tempo; eles estavam me torturando. O fogo calcinante deles mergulhou no fundo da minha alma.

Então ele novamente falou uma frase completa, cujas únicas duas palavras, que adivinhei mais do que ouvi, foram: "Carta... Briancourt".

Depois disso, sua força esvaecente começou a abandoná-lo de todo.

Enquanto olhava para ele, vi que seus olhos se enevoavam, uma tênue película caiu sobre eles, ele não parecia mais me ver. Sim, eles estavam ficando cada vez mais vidrados e opacos.

Ele não tentou falar, seus lábios estavam bem fechados. Porém, depois de alguns momentos, abriu sua boca espasmodicamente; ele estertorou. Produziu um som baixo, sufocado e rouco.

Foi seu último suspiro. O chocalho pavoroso da morte.

O quarto estava calado.

Vi as pessoas fazerem o sinal da cruz. Algumas mulheres se ajoelharam e começaram a murmurar orações.

Um iluminação horrível despontou sobre mim.

O quê?! Então ele está morto?

A cabeça dele caiu sem vida sobre o meu peito.

Lancei um grito agudo. Pedi ajuda.

Um médico chegou, por fim.

— Ele está além de qualquer ajuda — disse o médico. — Ele está morto.

O quê?! Meu Teleny, morto?

Olhei para as pessoas em volta. Horrorizado, percebi que elas pareciam recuar. O quarto começou a girar. Não vi mais nada. Eu havia desmaiado.

Só recuperei os sentidos depois de algumas semanas. Um certo embotamento havia me tomado, e a Terra parecia um deserto que eu era obrigado a atravessar.

Ainda assim, a ideia de auto-imolação nunca mais me voltou à mente. A morte parecia não me querer.

Nesse meio-tempo, minha história, com palavras veladas, havia aparecido em todos os jornais. Era uma fofoca saborosa demais para não se espalhar imediatamente, como um incêndio.

Até mesmo a carta que Teleny escrevera para mim antes do seu suicídio — contando que seus débitos, que haviam sido pagos pela minha mãe, foram a causa de sua infidelidade — tornaram-se de domínio público.

Então, tendo os Céus revelado minha iniquidade, a terra levantou-se contra mim; pois se a Sociedade não pede que sejamos intrinsecamente bons, exige que façamos uma boa demonstração de moralidade, e, acima de tudo, que evitemos escândalos. Por esse motivo, um famoso clérigo — um homem santo — fez naquela época um edificante sermão, que começava com o seguinte texto:

"Que sua lembrança pereça da terra, e que pelas ruas não tenha ela nome."[87]

E ele terminava dizendo:

"Que ele seja lançado da luz para as trevas, e afugentado para fora do mundo."[88]

Em seguida, todos os amigos de Teleny, os Zofares, os Elifazes e os Bildades,[89] disseram um alto Amém!

— E Briancourt, e sua mãe?

— Oh, eu prometo contar-lhe as aventuras deles! Farei isso alguma outra vez. Elas bem merecem ser ouvidas.

87. Jó 18, 17.
88. Jó 18, 18.
89. Os nomes são dos amigos de Jó, que o renegaram.

COLEÇÃO HEDRA

1. *Iracema*, Alencar
2. *Don Juan*, Molière
3. *Contos indianos*, Mallarmé
4. *Auto da barca do Inferno*, Gil Vicente
5. *Poemas completos de Alberto Caeiro*, Pessoa
6. *Triunfos*, Petrarca
7. *A cidade e as serras*, Eça
8. *O retrato de Dorian Gray*, Wilde
9. *A história trágica do Doutor Fausto*, Marlowe
10. *Os sofrimentos do jovem Werther*, Goethe
11. *Dos novos sistemas na arte*, Maliévitch
12. *Mensagem*, Pessoa
13. *Metamorfoses*, Ovídio
14. *Micromegas e outros contos*, Voltaire
15. *O sobrinho de Rameau*, Diderot
16. *Carta sobre a tolerância*, Locke
17. *Discursos ímpios*, Sade
18. *O príncipe*, Maquiavel
19. *Dao De Jing*, Lao Zi
20. *O fim do ciúme e outros contos*, Proust
21. *Pequenos poemas em prosa*, Baudelaire
22. *Fé e saber*, Hegel
23. *Joana d'Arc*, Michelet
24. *Livro dos mandamentos: 248 preceitos positivos*, Maimônides
25. *O indivíduo, a sociedade e o Estado, e outros ensaios*, Emma Goldman
26. *Eu acuso!*, Zola | *O processo do capitão Dreyfus*, Rui Barbosa
27. *Apologia de Galileu*, Campanella
28. *Sobre verdade e mentira*, Nietzsche
29. *O princípio anarquista e outros ensaios*, Kropotkin
30. *Os sovietes traídos pelos bolcheviques*, Rocker
31. *Poemas*, Byron
32. *Sonetos*, Shakespeare
33. *A vida é sonho*, Calderón
34. *Escritos revolucionários*, Malatesta
35. *Sagas*, Strindberg
36. *O mundo ou tratado da luz*, Descartes
37. *O Ateneu*, Raul Pompeia
38. *Fábula de Polifemo e Galateia e outros poemas*, Góngora
39. *A vênus das peles*, Sacher-Masoch
40. *Escritos sobre arte*, Baudelaire
41. *Cântico dos cânticos*, [Salomão]
42. *Americanismo e fordismo*, Gramsci
43. *O princípio do Estado e outros ensaios*, Bakunin
44. *O gato preto e outros contos*, Poe
45. *História da província Santa Cruz*, Gandavo
46. *Balada dos enforcados e outros poemas*, Villon
47. *Sátiras, fábulas, aforismos e profecias*, Da Vinci
48. *O cego e outros contos*, D.H. Lawrence
49. *Rashômon e outros contos*, Akutagawa
50. *História da anarquia (vol. 1)*, Max Nettlau
51. *Imitação de Cristo*, Tomás de Kempis
52. *O casamento do Céu e do Inferno*, Blake
53. *Cartas a favor da escravidão*, Alencar
54. *Utopia Brasil*, Darcy Ribeiro

55. *Flossie, a Vênus de quinze anos*, [Swinburne]
56. *Teleny, ou o reverso da medalha*, [Wilde et al.]
57. *A filosofia na era trágica dos gregos*, Nietzsche
58. *No coração das trevas*, Conrad
59. *Viagem sentimental*, Sterne
60. *Arcana Cœlestia* e *Apocalipsis revelata*, Swedenborg
61. *Saga dos Volsungos*, Anônimo do séc. XIII
62. *Um anarquista e outros contos*, Conrad
63. *A monadologia e outros textos*, Leibniz
64. *Cultura estética e liberdade*, Schiller
65. *A pele do lobo e outras peças*, Artur Azevedo
66. *Poesia basca: das origens à Guerra Civil*
67. *Poesia catalã: das origens à Guerra Civil*
68. *Poesia espanhola: das origens à Guerra Civil*
69. *Poesia galega: das origens à Guerra Civil*
70. *O chamado de Cthulhu e outros contos*, H.P. Lovecraft
71. *O pequeno Zacarias, chamado Cinábrio*, E.T.A. Hoffmann
72. *Tratados da terra e gente do Brasil*, Fernão Cardim
73. *Entre camponeses*, Malatesta
74. *O Rabi de Bacherach*, Heine
75. *Bom Crioulo*, Adolfo Caminha
76. *Um gato indiscreto e outros contos*, Saki
77. *Viagem em volta do meu quarto*, Xavier de Maistre
78. *Hawthorne e seus musgos*, Melville
79. *A metamorfose*, Kafka
80. *Ode ao Vento Oeste e outros poemas*, Shelley
81. *Oração aos moços*, Rui Barbosa
82. *Feitiço de amor e outros contos*, Ludwig Tieck
83. *O corno de si próprio e outros contos*, Sade
84. *Investigação sobre o entendimento humano*, Hume
85. *Sobre os sonhos e outros diálogos*, Borges | Osvaldo Ferrari
86. *Sobre a filosofia e outros diálogos*, Borges | Osvaldo Ferrari
87. *Sobre a amizade e outros diálogos*, Borges | Osvaldo Ferrari
88. *A voz dos botequins e outros poemas*, Verlaine
89. *Gente de Hemsö*, Strindberg
90. *Senhorita Júlia e outras peças*, Strindberg
91. *Correspondência*, Goethe | Schiller
92. *Índice das coisas mais notáveis*, Vieira
93. *Tratado descritivo do Brasil em 1587*, Gabriel Soares de Sousa
94. *Poemas da cabana montanhesa*, Saigyō
95. *Autobiografia de uma pulga*, [Stanislas de Rhodes]
96. *A volta do parafuso*, Henry James
97. *Ode sobre a melancolia e outros poemas*, Keats
98. *Teatro de êxtase*, Pessoa
99. *Carmilla — A vampira de Karnstein*, Sheridan Le Fanu
100. *Pensamento político de Maquiavel*, Fichte
101. *Inferno*, Strindberg
102. *Contos clássicos de vampiro*, Byron, Stoker e outros
103. *O primeiro Hamlet*, Shakespeare
104. *Noites egípcias e outros contos*, Púchkin
105. *A carteira de meu tio*, Macedo
106. *O desertor*, Silva Alvarenga
107. *Jerusalém*, Blake
108. *As bacantes*, Eurípides
109. *Emília Galotti*, Lessing
110. *Contos húngaros*, Kosztolányi, Karinthy, Csáth e Krúdy
111. *A sombra de Innsmouth*, H.P. Lovecraft

112. *Viagem aos Estados Unidos*, Tocqueville
113. *Émile e Sophie ou os solitários*, Rousseau
114. *Manifesto comunista*, Marx e Engels
115. *A fábrica de robôs*, Karel Tchápek
116. *Sobre a filosofia e seu método — Parerga e paralipomena (v. II, t. I)*, Schopenhauer
117. *O novo Epicuro: as delícias do sexo*, Edward Sellon
118. *Revolução e liberdade: cartas de 1845 a 1875*, Bakunin
119. *Sobre a liberdade*, Mill
120. *A velha Izerguil e outros contos*, Górki
121. *Pequeno-burgueses*, Górki
122. *Um sussurro nas trevas*, H.P. Lovecraft
123. *Primeiro livro dos Amores*, Ovídio
124. *Educação e sociologia*, Durkheim
125. *Elixir do pajé — poemas de humor, sátira e escatologia*, Bernardo Guimarães
126. *A nostálgica e outros contos*, Papadiamántis
127. *Lisístrata*, Aristófanes
128. *A cruzada das crianças/ Vidas imaginárias*, Marcel Schwob
129. *O livro de Monelle*, Marcel Schwob
130. *A última folha e outros contos*, O. Henry
131. *Romanceiro cigano*, Lorca
132. *Sobre o riso e a loucura*, [Hipócrates]
133. *Hino a Afrodite e outros poemas*, Safo de Lesbos
134. *Anarquia pela educação*, Élisée Reclus
135. *Ernestine ou o nascimento do amor*, Stendhal
136. *A cor que caiu do espaço*, H.P. Lovecraft
137. *Odisseia*, Homero
138. *O estranho caso do Dr. Jekyll e Mr. Hyde*, Stevenson
139. *História da anarquia (vol. 2)*, Max Nettlau
140. *Eu*, Augusto dos Anjos
141. *Farsa de Inês Pereira*, Gil Vicente
142. *Sobre a ética — Parerga e paralipomena (v. II, t. II)*, Schopenhauer
143. *Contos de amor, de loucura e de morte*, Horacio Quiroga
144. *Memórias do subsolo*, Dostoiévski
145. *A arte da guerra*, Maquiavel
146. *O cortiço*, Aluísio Azevedo
147. *Elogio da loucura*, Erasmo de Rotterdam
148. *Oliver Twist*, Dickens
149. *O ladrão honesto e outros contos*, Dostoiévski
150. *Diários de Adão e Eva e outros escritos satíricos*, Mark Twain
151. *Cadernos: Esperança do mundo*, Albert Camus
152. *Cadernos: A desmedida na medida*, Albert Camus
153. *Cadernos: A guerra começou...*, Albert Camus
154. *Escritos sobre literatura*, Sigmund Freud
155. *O destino do erudito*, Fichte

Adverte-se aos curiosos que se imprimiu este livro na gráfica Yangraf, em 8 de dezembro de 2014em papel Pólen Bold 90 g/m² em tipologia Libertine, com diversos sofwares livres, entre eles, LuaLaTeX, git & ruby.

Transportes Turísticos